熹妃傳

第一部

解語 著

六

熹妃傳

目錄

第三百四十七章　下風

欽天監與德妃說了什麼無從得知，但是德妃的旨意在數日後下達雍王府。鈕祜祿氏孕育皇嗣，勞苦辛勤，應當好生休息，自即日起，鈕祜祿氏待在淨思居中安心養胎，直至皇嗣平安出生為止。

與這道旨意一起送來的，還有許多滋養安胎的上等補品藥材。

「多謝德妃娘娘關心，奴婢感激不盡。」儘管心中已是一片驚濤駭浪，但表面上，凌若始終維持著平靜之色，對著前來傳德妃旨意的憐兒欠身。

憐兒微微一笑，命隨她同來的宮人將東西交給淨思居的人後，對凌若道：「主子對凌福晉一直頗為關懷，前些日子知道凌福晉懷孕的消息後不知多歡喜。只是宮中事忙，宜妃這些日子身子又不好，主子忙得不可開交，一直抽不出空來。這不，眼下剛得了些空閒，便立刻命奴婢過來看凌福晉，又怕凌福晉辛苦，特意交代奴婢讓您在此處安心靜養，直到皇嗣出生。」見凌若不語，她又道：「主子之所以這麼吩咐，可都是為了凌福晉好，您可千萬莫要誤會。」

「誤會？」凌若睨了一眼從遠處飄來的烏雲一眼，似笑非笑地道：「不知憐兒姑娘所謂的誤會是什麼？」

「這……」憐兒一時語塞，總不好直說是讓她莫誤會德妃這是要禁她的足吧。何況這也不是什麼誤會，而是德妃本意。

凌若並沒有要讓她為難的意思，很快便笑道：「德妃對奴婢的關切愛護，奴婢感激尚來不及，又怎會誤會；而且這幾日，奴婢自己也覺得身子不太爽利，正想歇息幾天呢。」

「那就好。」憐兒暗自鬆一口氣，在得了水月拿來的二十兩銀子後，滿意地離開淨思居。她並不曾看到，凌若在她轉身後變得極為難看的臉色。

「主子，德妃好端端怎麼會突然下了這麼一道旨意？往好聽了說是關心主子，可要是往不好聽了說那就是軟禁。」水秀忿忿地說著。

密布的烏雲擋住了剛剛還明亮的天色，陰沉悶熱，隨時會有一場大雨下來。一群蜻蜓在低空中飛著，有幾隻還飛進了正堂，環繞在眾人身邊。

凌若只幽幽說了一句話：「嫡福晉前幾日曾入宮請安，而我孕有不祥之胎的流言已經傳遍了宮闈。」

小路子神色一動，低聲道：「照主子這麼說，嫡福晉是這一切的主謀？」

「八九不離十。」其實凌若懷疑的一直只有兩個人，年氏抑或是那拉氏。眼下看來，那拉氏的嫌疑更大一些。「她在王爺面前詆毀不了我，便將目標轉向德妃。德妃是王爺親額娘，即使感情不算頂好，但總是母子。試問天底下有哪個做母親的會願意兒子為了一個女人弄得家宅不寧？」

小路子一聽這話立時急了眼。「可這一切都是假的，是有人為了對付主子而故意鬧騰出來的。」

「此事你們知曉，德妃卻不知曉，何況她即便知道了也不會相信，畢竟咱們沒有證據在手。」凌若一邊說一邊搖頭。「這次禁足，看來是逃不了了。」

「主子也別太過擔心，依奴婢所見，王爺只怕還不曉得這樁事呢，他要是曉得了，一定會替主子在德妃面前求情，說不定明兒個就釋了主子的禁足呢。」水秀只能撿著寬心的話來說。

「但願吧。」凌若隨口應了一句，並沒有抱太多希望。倒不是怕胤禛不替自己求情，而是曉得這個情即便求了也沒什麼大用。在德妃眼中，自己只是一個庶福晉、一個奴婢，怎能與胤禛安危、王府安寧，這兩件事相提並論。

果然，就像凌若猜測的那樣，胤禛一得知此事便當即入宮面見德妃，可惜情沒求成，反被德妃訓斥一頓。

胤禛說凌若懷的並非什麼不祥之胎，可德妃同樣說她問過欽天監，欽天監最近觀天相，發現東北方有凶星出沒，而胤禛的府邸就在皇城東北面，正應了星相；若不及時驅災避難，只怕會有大禍臨頭，讓他最近少與凌若相見。

當胤禛將這個消息告訴凌若時，她並沒有太多的不甘，反而安慰、開解胤禛，說德妃如此也是關心他，讓他萬不可起任何怨懟之意。這樣的她令胤禛更加心疼，摟了她道：「若兒，暫時忍耐幾個月，等孩子生下來後，額娘就會明白一切都是她多心，這世間根本沒有不祥一說。」

凌若乖巧地點頭，旋即神色一黯，低聲問道：「是不是這些日子妾身都見不到王爺了？」

「傻丫頭。」胤禛揉著她的長髮，溫言道：「我怎麼會置妳於不顧，我答應妳，只要一有空便來看妳好不好？」

「嗯！」凌若歡喜地點頭。只要胤禛不忘記她，那一切尚不算太壞。

從鐵線蛇到府中的流言，再到宮中的流言，甚至是欽天監，那拉氏這個局布得極是完美，在不動聲色間便占盡上風；相比之下，自己則落了下風。

凌若不是沒想過驚動康熙，但是一來此處不是暢春園，她身為庶福晉，未應召不得入宮；二來她越過德妃將此事稟告康熙，即便是被釋了足，德妃心裡也會有一個疙瘩。德妃若想讓她不好過，那實在是太簡單了。甚至她懷疑，那拉氏已經挖好一個坑在等著她跳下去。

所幸只是被禁足、限了自由而已，其餘一切還是比照庶福晉用度在供應，容遠亦每日來給她請脈安胎。孩子一直很好，容遠甚至私下告訴她，這一胎從脈象上看，很可能是男孩。

第三百四十八章　時疫

五月、六月、七月，凌若的行動範圍一直被限制在淨思居內，一步不得出。隨著時間的推移，她的腹部漸漸大了起來，到夏秋交接時，已經有七個月的身孕了。雖然是禁足中，但她的生活依然保持著良好的規律，除了按時飲食、服藥之外，每日都會在院中散半個時辰的步，從不例外。

那拉氏原是想讓凌若因為禁足以及胎兒不祥一事，鬱鬱寡歡，從而自己令得胎象不穩，引發小產或早產。何曾想，凌若在禁足時依然能保持心情開朗，絲毫不影響腹中胎兒發育，頗有些失算。

凌若雖被禁足，但看她的人卻不受限制，瓜爾佳氏與溫如言經常過來陪她聊天解悶；還有伊蘭也是，也許是長大了吧，凌若感覺伊蘭比以前懂事許多。

七月夏末，京中突然爆發了時疫，這種疫病經由口鼻傳入，有極強的傳染性，症狀或頭痛、發熱，或頸腫、發頤（註1）。若一人得病，往往染及一室、染及一鎮一邑。藥石於此病雖有效，但僅限於初發時，一旦病情加重，則無藥可救，只能眼睜睜看其病死。此病發展迅速，才過了十餘日，便已經足有幾百人染疫，且還在不斷增加，這件事鬧得京城人心惶惶。

京城是天子腳下，時疫爆發的事很快被報上去、朝廷第一時間做出反應，召集所有太醫，研製消滅時疫的法子，避免繼續爆發下去會出現無法控制的局面。

為求慎重，康熙將此事交給胤禛與胤禟一道負責。不過胤禟怕染上時疫，從不去那些患病百姓所在的地方。

胤禛與他相反，擔著隨時會被傳染的危險諸事親力親為，不管是得病的患者，還是失去親人的家屬，他都一一探視，凡是他能解決的都盡量去解決。

老百姓純樸卻不傻，誰對他們好，看得一清二楚，逢人便說四阿哥宅心仁厚，心繫百姓疾苦，尤其是在面對他們這些最底層的庶民時，毫無架子。

從這個時候起，在談及胤禛時開始出現兩種對立的說法。朝中說他是冷面阿哥，刻薄寡恩、喜怒無常；民間說他是仁德阿哥，心繫百姓疾苦。

天氣漸漸轉涼，馬上就要入秋了，可是太醫院遲遲沒有研究出治時疫的藥方。眾人心中都清楚，一旦真正入秋，失去炎熱這個大敵的時疫，爆發起來會比之前可

註1　熱病後，餘毒結於下巴間引起的急性化膿性疾病。

怕百倍、千倍。

胤禛連著幾日忙得沒時間歇息，兩眼熬得通紅，好不容易得空可以歇會兒時，他又睡不著。

因為經常出入時疫患者所在，胤禛已經有一陣子沒去看凌若了，怕會不小心將病傳染給她，只是每日吩咐人去淨思居看一下，確定她與孩子安好。

凌若日日在佛前乞求佛祖保佑胤禛平安無事，可惜很多事情，越不想它發生，它就越會發生。

八月的某一日，胤禛開始出現頭痛症狀，起先只當是最近勞累所致，沒往心裡去。哪知第二日突然發熱不止，根本起不得身，與那些患了時疫的人症狀相近。

那拉氏知道此事後，連忙命人去請太醫，她自己則寸步不離地守在渾身發熱的胤禛身邊。

年氏是第二個到的，一來便問：「太醫還沒到嗎？」

那拉氏黯然搖頭，取下胤禛額頭上的帕子放到冷水中絞過，再次將它放回去。

年氏一皺眉，正要說話，外面忽然傳來一陣急促的腳步聲，緊接著三福領了院正齊太醫進來。

「老臣給嫡福晉請安，給年福晉請安。」齊太醫扶著腰欠身行禮。

三福在去太醫院之前特意帶了一頂轎子過去，以便上了年紀的齊太醫乘坐。雖然不必自己走，但三福著急上火，不住催轎夫快些，那四名轎夫幾乎是小跑著來的，顛得他一把老骨頭快散架了。

年氏搶在那拉氏前頭，心急如焚地道：「齊太醫不必多禮，快替王爺看看，他這是得了什麼病？」

齊太醫剛一摸到胤禛身上猶如著火似的溫度，眉頭就立刻皺成一個山字，待診完脈後，這眉頭皺得更緊了，最不願見的情況還是發生了。

「齊太醫，王爺得的究竟是什麼病，你倒是快說啊！」年氏等了半晌不見齊太醫說話，忍不住出聲催促。

齊太醫搖一搖頭，放下胤禛的手，回身道：「回二位福晉的話，王爺他……染上了時疫！」

在那五個字之前，那拉氏還存了一絲僥倖，希望胤禛只是得了普通風寒，喝幾服藥就好了；可是齊太醫後面的話，殘忍無情地打碎這最後的僥倖，令她一下子失了支撐的力氣，身子往地上倒去，虧得三福眼疾手快地扶住她。

年氏也好不了多少，臉色慘白，往後退了數步，緊緊抓著窗櫺撐住身子，勉力道：「齊太醫，你會不會診錯了？王爺向來注意防護，何況與那些患者接觸也不是一日、兩日的事，若要得病早就得了，怎會拖到現在。」

齊太醫搖搖頭道：「這時疫傳染也是因人而異，身子虛的易得，身子強壯的則不易得。之前王爺身子健壯又有防護，這時疫自然奈何不了王爺；但是這些日子，王爺為患病百姓四處奔走，勞心勞力，又沒什麼時間歇息，縱是鐵打的身子也吃不消。這身子一弱，體內陰陽失衡，自然就被時疫趁虛而入了。」

雙目無神的那拉氏突然眸光一亮，緊緊抓住齊太醫的手，滿懷希望地道：「齊太醫，你是太醫院的院正，你告訴我，王爺的病一定能治好的對不對？」

齊太醫忍著手上的疼痛，艱難道：「請嫡福晉恕老臣無能，治時疫的藥方，直到現在都未能研究出來。」

第三百四十九章　遷怒

那拉氏聲音尖銳地喝道：「既然知道自己無能，那便趕緊想法子救王爺，如果王爺有什麼三長兩短，你也脫不了關係！」

「嫡福晉息怒！」齊太醫曉得她是因為擔心胤禛安危，所以才會這樣激動，澀聲道：「如果有法子，老臣早就使出來了，實在是……唉。」他嘆一口氣又道：「如果是昨日發現這病，或許湯藥還有效，今日卻是晚了些，如今只能看治時疫的藥方能否在這段時間裡研究出來，這樣的話王爺尚且有救。否則……」

「住嘴！」那拉氏瞥了他一眼，冰冷的目光令齊太醫猶如置身冰窖之中。「沒有否則，一定要在王爺出事前研究出藥方，要不然我必定入宮面稟皇阿瑪，將你革職查辦！」

「微臣定當盡力而為。」齊太醫無奈地躬身說了一句，旋即又道：「時疫有很強的傳染性，王爺如今患了時疫，為免傳染給二位福晉，待會兒微臣會開一劑防治的方子，二位福晉還有闔府上下都要每日服用才行，否則一旦讓這時疫傳染開來，後果怕是不堪設想。」

「行了，你先下去！」那拉氏心煩意亂地揮揮手，在齊太醫依言退下後，她不顧年氏尚在屋中，望著高燒不醒的胤禛落淚，喃喃道：「王爺，您千萬不要有事，否則留下妾身一個人在世上，妾身真不知怎麼辦才好。」

「王爺一定不會有事！一定不會！」年氏在後面斬釘截鐵地說著，她眼中亦有水光在閃爍，卻強忍著不願凝成淚落下。

那拉氏拭了臉上的淚，哽咽道：「我自嫁給王爺到現在已經整整十四年，之前一直安安穩穩、風平浪靜，可自從鈕祜祿氏入府後，府中就沒有過幾天太平日子，尤其是她懷了那個孩子後更是不安穩。可我總想著額娘已經禁了她的足，應該害不了人，哪知又出了這麼一檔子事……」說到後面，她已是泣不成聲，好一會兒才道：「若王爺真有個不測，我也不願獨活在世。」

雖然年氏一直不待見那拉氏，但此刻聽著亦是悲從中來，與悲同生的還有恨，對鈕祜祿氏的恨意。那拉氏說得沒錯，一切都是鈕祜祿氏這個不祥人帶來的災難，若非她，王爺絕不會躺在床上生死不知！

這個女人該死！該死！

在服過齊太醫命人端來的湯藥後，年氏一言不發地出了鏤雲開月館，在年氏身後，是那拉氏詭異的笑容……

胤禛得病，她很傷心，所以她更不想見到鈕祜祿氏好過！

年氏一路疾行，衣袖帶風，很快便到了淨思居，不等人通報，逕自走進去。

凌若正在院中修剪殘敗的花枝，聽得有腳步聲進來，剛抬起頭，還未來得及看清是何人，臉上已經被結結實實甩了一巴掌，痛得耳朵嗡嗡作響。

「年福晉，您這是做什麼？」水秀見自家主子無緣無故被打，氣得她出聲質問，可惜換來的是另一個巴掌。

「憑妳一個賤丫頭，也有資格來質問本福晉？」年氏冷言相向，眉宇間有絲毫不加掩飾的戾氣。

凌若捂著腫痛的臉頰，凝聲道：「年福晉要教訓妾身與丫頭，妾身無話可說，但凡事皆有個緣由，不知妾身何時得罪了年福晉，還請年福晉示下，否則妾身雖在禁足中，也必設法向王爺與嫡福晉問個明白。」

她雖被德妃禁了足，但位分猶在，皇嗣猶在，容不得他人隨意作踐。豈料此話剛一出口，她另一邊臉頰也挨了一巴掌。

「妳不要太過分了！」這一次凌若是真的怒了。年氏進來後，不說情由就對她隨意責打，實在欺人太甚。

「我過分？」年氏冷笑，眸中有細如針芒的寒意掠過，一把攥住她光潔的下巴，一字一句道：「莫說現在只是打妳兩巴掌，就算我將妳一刀殺了，與妳的罪行相比，也還是太輕！」

「主子息怒。」綠意在一旁輕聲勸著。她自不是同情凌若，而是怕年氏在盛怒之下，做出什麼無可挽回的事來。畢竟，眼下王爺還沒有死，一旦他病好了，追究起來，縱是主子身分尊貴也擔待不起王爺的怒火。

「息怒？就是因為她，王爺此刻躺在床上生死不知，妳要我怎麼息怒！」年氏咬牙切齒地說出令凌若大驚失色的話。

「王爺出什麼事了？」聽到胤禛出事，凌若不顧臉上的疼痛，緊張地追問。

「現在知道關心王爺了嗎？」年氏冷笑，捏著凌若下巴的手緊了緊，森然道：「明知道自己是個不祥之人，連懷的孩子也不祥，就不要再纏著王爺。現在好了，王爺染了時疫，很可能救不過來，妳高興了？鈕祜祿凌若，我發誓，如果王爺有個三長兩短，我一定不會放過妳！」

胤禛染上時疫？這個消息令凌若如遭雷擊。這些日子以來一直擔心的事終於還是發生了，胤禛他……

「太醫怎麼說？」她問，急切而慌張。

「時疫凶險，太醫還能怎麼說？如今只能盼著能及時研究出治時疫的法子，救王爺一命！」想到胤禛，年氏心裡又何嘗好受，但這一切只會令她更憎恨眼前這個女人。若非還有幾分理智，她真恨不得現在就殺了這個不祥人。

「我要去見王爺！我要去見王爺！」聽到胤禛危在旦夕的消息，凌若不顧一切地想要奔去看他，然她忘了自己此刻已有八個月的身孕，身子笨重，根本跑不了，沒走幾步就險些摔倒在地上，還好水秀及時扶住她。

「主子小心。」

「水秀，快扶我去見王爺，他病了，我要去見他……」她話未說完，淚已潸然而落，溼了衣襟。

水秀也跟著落淚，勸道：「主子，您如今被德妃娘娘禁足著，不能出去。」

年氏看到她這個樣子，不僅沒有絲毫同情，反而氣不打一處來，怒容滿面地一把抓起她的頭髮，喝罵道：「虧得妳還有臉去見王爺，若不是因為妳和這個孽種，王爺怎會感染時疫！」

凌若一忍再忍，但年氏卻是越說越過分，如今更是出言侮辱她腹中的孩子，神色不由得冷了下來。「請年福晉謹言慎行！我腹中的孩子是王爺骨血、皇家子嗣，並非妳嘴裡的孽種！再言之，王爺患時疫是天災，與我和孩子又有何干。」

第三百五十章　挑明

「哼，不祥就是不祥，妳就算說得天花亂墜也改變不了這個事實，所有的事都是由妳這個不祥之人引發。」年氏冷聲說著，看凌若的目光就像是在看死人。「鈕祜祿氏，從現在開始妳最好求神拜佛保佑王爺沒事，否則我一定要妳陪葬！」

胤禛……一想到胤禛可能會死，凌若就心痛如絞，可是她現在什麼都做不了，連去看他一眼也不行。

年氏在出了一通氣後，轉身想要離開，哪知衣角被人死死拉住，回頭望去，卻見凌若跪在地上哀聲道：「求求您，讓我去見王爺，我很擔心他！」

凌若怕……怕現在不去，萬一胤禛真的無救，她連他最後一面也見不到。所以她願意放下所有尊嚴去求年氏，只要能見胤禛一面便好。

年氏氣急反笑。「是妳瘋了還是我瘋了？妳已經害得王爺染了時疫，還要去見他，難道真要害死王爺才肯甘休嗎？」

「我從來沒有害過王爺！」凌若大聲反駁，忽地道：「福晉口口聲聲說我害了王爺，可有證據？」

年氏不語。如有證據，她豈會容許鈕祜祿氏在這裡礙眼，早已處置了對方。

見年氏準備離開，凌若心中突然升起一個大膽的想法，起身衝著已經快走到院門的年氏大聲喊：「年福晉，您今日會來這裡，是自己所想還是受人挑唆？」

凌若這句話令她停下了腳步，狐疑地回過頭來。「妳這話是什麼意思？」

凌若盡量讓自己冷靜下來，扶著水秀的手走過去，凝聲道：「如果我告訴年福晉，所謂的不祥其實全部都是某個人一手策劃，您相信嗎？」

年氏本就是個一點即透的人，凌若此刻將話說到這分上，她豈有不明白之理？何況她會出現在這裡，正是受那拉氏挑唆，只是當時憂心胤禛安危，不曾多想，如今再回想起來，不禁悚然變色。「那拉氏？」

「不錯，所有不祥的流言皆出自她的籌謀，蒙蔽了府裡所有人的耳目，包括德妃娘娘。」凌若忍著嘴角的疼痛，繼續道：「其實這個世上根本沒有不祥一說，那拉氏想要對付我，所以一步步做成此局。王爺的時疫確實是意外，但她心思歹毒，將此事栽贓到我頭上不說，還挑撥年福晉，想要讓您在盛怒之下做出難以挽回的事，如此，她便可一舉雙贏。」

年氏仔細回想了一下，發現果然如凌若所言，那拉氏嫌疑極大。對於那拉氏算計自己的事，她心中暗恨，不過面上卻不露分毫，只淡淡道：「一切皆是妳猜測，並沒有真憑實據。」

凌若笑一笑道：「年福晉在府中多年，當知很多時候，證據不過是人使出來害別人的一種手段罷了，並不能盡信。是與非，更多的是存在於心中。」

年氏眸光一轉，落在凌若身上，陰晴不定地道：「既然存在於心中，妳又為何告訴我？就算我相信妳的話，同樣也不會幫妳，最多是在妳替王爺陪葬的時候賜妳一杯鴆酒，讓妳死得沒有那麼痛苦。」

「我知道。」

凌若的回答令年氏細眉微皺，一時間猜不出她究竟打的是什麼算盤，猶豫再三後，出聲問道：「那妳想要什麼？」

凌若整衣再次下跪，慎重道：「王爺身患時疫，病情嚴重，妾身別無所求，只想這段時間能夠伺候在王爺身邊，煎湯熬藥，直至王爺病癒。若王爺當真藥石罔效，英年早逝……」她艱難地忍著椎心之痛說出這幾個字。「妾身願意以死相殉，隨王爺一道去陰曹地府。」

說出這句話，凌若亦是被逼無奈。她可以預見，如果胤禛死了，不管是那拉氏還是年氏，都絕不會允許她與孩子繼續活下去。自願、被迫，始終都逃不過一個死局。

年氏怔怔地看著她，完全沒想到她所謂的要求竟是這樣；更沒想到，她會自願陪葬。試問自己，並沒有這樣的勇氣呢！

「這是妳的真心話？」她試探地問。

凌若正色道：「句句屬實，絕無半句虛言，求福晉成全。」她此刻也是病急亂投醫，能幫她的唯有年氏一人。

為怕年氏不同意，她又拋出一枚誘餌──「若王爺躲過這一劫，那妾身與孩子不祥之說自然不攻而破，待到那時，再設法揪出嫡福晉陷害妾身的證據。身為嫡妻卻嫉妒妾室，蓄意陷害，憑這一條罪名，縱然她身為嫡福晉也免不了受責難。再言之，妾身此時出現在鏤雲開月館，壞了嫡福晉原來的打算，嫡福晉必會大吃一驚。福晉當知，人在吃驚下是最易露出馬腳的。而妾身也會全力襄助福晉，以報福晉大恩大德。此事於福晉，有百利而無一害。」

最後一句話令年氏頗為心動。誠然如今府中是她當權，但是那拉氏始終是王府的嫡福晉，身分擺在那裡，令她行事時多有掣肘；何況當年福宜的死，十有八九是那拉氏指使陳一澤所做。這個仇，她無時無刻不想著報，只是一直沒尋到機會才生生忍著罷了。

與之相比，鈕祜祿氏變得微不足道；機會擺在面前，就看要不要把握了。

年氏猶豫許久，終於下定決心，一抬弧度優美的下巴，對還跪在地上的凌若道：「妳，隨我來。」

綠意見自家主子真要帶鈕祜祿氏離開淨思居，心下一急，忙提醒：「主子，您忘了凌福晉是德妃娘娘下旨禁足在這裡的？您現在帶她離開，萬一德妃娘娘降罪下來，該怎麼辦？」

「德妃娘娘那邊我自會去解釋，眼下最重要的是王爺的病，若王爺好了，我相信一切皆不再重要。」

年氏既然打定主意，便不會再輕易更改，領了凌若一路往鏤雲開月館而去。

在離開前，凌若喚過小路子，悄悄吩咐了一句。

第三百五十一章　命懸

到了鏤雲開月館，那拉氏正好出來，她看到年氏這麼快回轉，眸光微微一動，迎上去正要說話，突然看到年氏後面的人影，臉色登時為之一變，駭然道：「妹妹妳怎得將她帶了出來？」

年氏施施然上前，待行過禮後，方才像想起什麼道：「嫡福晉是說鈕祜祿氏？」

那拉氏寒聲道：「不錯，妹妹當知她與腹中孩子皆是不祥之人，王爺患時疫也是為她所害，妳此刻再帶她來，是想害王爺病情加重嗎？」

年氏抿一抿被秋風吹亂的散髮，漫聲道：「嫡福晉此言差矣，一直以來關於鈕祜祿氏與孩子不祥的事，都只是傳言，並沒有真憑實據；即使是德妃娘娘那邊，欽天監也只說東北方有凶星出沒，究竟鈕祜祿氏是不是那顆凶星還有待斟酌。何況王爺患病前，一直都對此事不太相信。」

那拉氏針鋒相對地道：「若她不是，咱們府中何以會一再出事，王爺更身患時疫，危在旦夕？」

年氏瞥了她一眼，閒閒道：「怕就怕這件事不像表面上看到的那麼簡單。」

「妳這是什麼意思？」聽著她意有所指的言語，那拉氏沉了臉色。

「我能有什麼意思。」年氏一抿嘴，指了低頭不語的凌若道：「既然嫡福晉說是她害了王爺，我就讓她來服侍王爺，將功補過。」

那拉氏的臉色極不好看，冷聲道：「府裡又不是沒有下人，用得著她挺著個大肚子去伺候嗎？再說，妳現在將她帶出來，眼中可還有額娘？」她口中的額娘自然是指德妃娘娘。

年氏早已在路上想好了說詞，不疾不徐地道：「額娘之所以下那道旨意，也是因為緊張王爺安危，結果王爺還不是一樣患了時疫，可見鈕祜祿氏禁足不禁足都是一樣的。」

那拉氏被她氣得一陣哆嗦，拂袖離去，臨走前扔下一句話：「這件事我一定會照實稟告額娘，妳那些話留著去跟額娘解釋吧。」

年氏對她的話語不置一詞，轉頭對凌若道：「行了，妳可以進去了。」

「多謝年福晉。」儘管年氏不是真心幫她，但這一刻凌若卻是真心感謝，沒有什麼事比讓她見胤禛一面更重要。

到了裡面，周庸正站在一旁暗自垂淚，看到凌若進來，忙迎上去打了個千兒，詫異道：「福晉怎麼過來了？」

凌若顧不得答話，快步走到床前，看到雙目緊閉、面色潮紅的胤禛，眼淚一下子糊了眼，顫抖著撫上胤禛發燙的臉頰，澀聲道：「王爺，他怎麼樣了？藥方開了嗎？」

「開了，但是齊太醫也說了，這些藥效果不大，始終要等治時疫的法子研究出來才行。」周庸神色黯然地說了一句，旋即又道：「福晉身懷六甲，還是趕緊走吧，否則若染了時疫便麻煩了。」

「我既然來了就不會離開。」這一刻，凌若的神色無比堅定。「王爺病著一日，我便在這裡陪他一日，直至王爺痊癒或……」最後那幾個字像根刺一樣卡在喉中，怎麼也說不出口。

周庸雖只是一個下人，卻也能感覺到凌若對胤禛深重無比的情意，感動地道：「王爺如果知道福晉這番心意，一定會很開心。」

凌若搖頭未語，坐了一會兒後道：「藥在煎了嗎？這樣一直燒著也不是個事，否則就算將來時疫治好了，這人也燒糊塗了。」

「奴才去看看。」周庸離去後不久，端了一個紅漆描金托盤回來，其中一碗自是齊太醫開給胤禛的藥，另一碗卻是防治時疫的藥。

在胤禛半吐半嚥地喝完藥後，周庸有些猶豫地將另一碗藥端給凌若。「福晉，這藥可以防治時疫，只是……是藥三分毒，奴才剛才問過齊太醫，他也不知道孕婦服用後對腹中胎兒是否有傷害。」

防治時疫……這幾個字令凌若心中一動，在替胤禛拭淨殘留在嘴角的藥漬後問道：「王爺之前有服用此湯藥嗎？」

周庸如實道：「王爺每日出入時疫患者所在，為免傳染，每日都會服用一碗，從不間斷。」

「既如此，王爺怎還會感染時疫？」凌若之前只顧著難過，沒想到這一點，如今回想起來，卻是疑慮重重。

「齊太醫說可能是因為王爺連日操勞，體質漸虛，才不慎為時疫侵襲。」周庸想了想，將之前從齊太醫那裡聽到的話複述一遍。

「那與王爺一道的人呢，有沒有也患時疫？」胤禛每次出入外頭，都有人跟隨，要說勞累，其他人也都差不多。

周庸愣了一下，好一會兒才道：「這倒還沒聽說，眼下患時疫的只有王爺一人，奴才與其他幾人都安然無事。」

凌若暗自點頭。見她不再多問，周庸藥碗往前遞了一遞，小聲道：「福晉，這藥您喝嗎？」

濃重的藥味從碗中散發出來，令懷孕後一直沒有過嘔吐反應的凌若胃裡一陣翻騰，趕緊將臉別過去，同時孩子亦在肚裡用力踢了一下，似乎在抗議。

她一撫胸，待感覺沒那麼難受後，擺手道：「你拿下去吧，這藥我不會喝的。」等了片刻，見周庸還杵在那裡，她勉強一笑道：「怎麼，怕我有危險？」

周庸其實也很猶豫，這藥喝了也許會傷害胎兒，但若不喝，感染時疫的可能性便大大增加。斟酌再三後，他勸道：「依奴才愚見，此藥利大於弊。」

凌若伸手探一探胤禛身上的溫度，發現服藥後稍有下降，心中微微一寬，取下敷在他額上的帕子，正要去重新絞一遍冷水，周庸已經接過帕子。

在重新敷好帕子後，凌若方幽幽道：「你是王爺的親信，對我也素來敬重，有些話我沒必要瞞你。說句大不敬的話，如果這一次王爺沒能熬過來，你覺得我與孩子會怎麼樣？」不待周庸回答，她已說道：「失去王爺的庇護，就算我沒有染上時疫，王府也不會再有我們的立足之地，這裡有太多人容不下我們。」

第三百五十二章　五天

周庸未言，心中卻明白凌若說的皆是實話。王府後院的明爭暗鬥從未停止過，在這方天地中，步步皆是人命。

凌若的話還在繼續：「相反的，如果太醫院能趕在王爺無救前將治時疫的法子研究出來，那我就算得病也有救。所以這藥，於我實在沒什麼大用。」

在周庸退下後，凌若執起胤禛的手放在腹部上，哽咽道：「四爺，我與孩子會一直在這裡陪您，您一定要好起來。」

之後，凌若履行她的諾言，以懷孕之身，衣不解帶地伺候在胤禛床榻前，端湯送藥，無不周到，累了就在貴妃榻上合衣瞇一會兒。

期間，胤禛曾醒來過幾次，儘管病得迷迷糊糊，但偶爾會有幾分清醒，看到守在身邊的凌若，感動又擔心，恐她也會感染時疫。凌若為了可以繼續留下來照顧他，騙說每日都有在服用防治時疫的湯藥，讓他不必擔心。

這樣的辛勞，令凌若瘦了一圈，所幸孩子一切都好。他彷彿知道額娘是為了照顧阿瑪才這麼辛苦，在腹中很是安穩，極少有亂動亂踢的時候。

而且凌若很幸運，與胤禛同處一室這麼久，都沒有被傳染。

胤禛得了時疫的事，早已傳到宮裡，聖心憂切，命太醫院全力救治，一定要趕在病發不可醫之前，研治出治時疫的良方。

為了便於就近照料，齊太醫與容遠、幾名太醫就住在雍王府，每每研究出什麼法子，便命周庸拿去給外頭患時疫的病人服用，看效果如何。

這段時間，伊蘭曾去淨思居找過凌若，卻被告知她去鏤雲開月館照顧身患時疫的胤禛的消息。

伊蘭在猶豫片刻後，轉身去了鏤雲開月館。這裡到處都充斥著藥味，外頭滴水簷下更是放了一個大壺，裡面盛著煎好的防治時疫的湯藥，所有人在進去前都可以喝一碗，以免感染。

這藥效果甚是不錯，至少雍王府這麼多人都沒有感染。京城的時疫亦因這藥而得到有效的控制，雖天氣已經轉涼，但一直沒有出現過大爆發，甚至患病人數的增加也放緩許多。

然即便如此，也有幾千人得病，如果太醫院再研究不出治病的法子，這些人都會死，處理他們成堆的屍體將會變成一個極麻煩的事；一旦出什麼紕漏，這些體內盡是時疫病毒的死屍必會成為另一場災難的起源。

這件事中，太醫院所承受的壓力最大，齊太醫等人已經連著數夜沒有闔眼，眼睛熬得通紅，不斷試驗著，希望可以找到對付時疫的方法。

且說伊蘭在服過藥後進去，發現凌若正坐在床邊發愣，小心翼翼地過去喚了聲「姊姊」；出聲的同時，目光不著痕跡地掃過躺在床上的胤禛，發現他真病得很重，臉色蠟黃、呼吸粗重，即便是在睡夢中依然不停地咳嗽。

凌若自沉思中驚醒，看到近在咫尺的伊蘭，強笑道：「妳怎麼來了？服過藥了嗎？」

「姊姊放心，已經服了。倒是王爺他怎麼樣了？好些了嗎？」伊蘭一臉關切地問道，然始終不曾靠近，即便與凌若說話也隔著數步距離。

儘管已經服用過湯藥，但她心中還是免不了有些害怕，就算是來這裡，她也是掙扎許久才決定的。這個世上什麼東西失去了都可以設法奪回來，唯有命沒了就沒了，任你想盡辦法也休想從閻羅王手中拿回。

將所有心思都放胤禛身上的凌若並沒有注意到這個細節，黯然道：「王爺的情況並不好，時冷時熱，身子越來越虛弱。太醫說，依這情況，最多還能撐五天，如果到時候仍尋不到法子，只怕……」說到此處，這些天一直強撐著沒落過淚的凌若再也忍不住，掩面悲泣。她很怕胤禛會英年早逝，真的很怕……

「姊姊莫哭了，這不是還有五天嗎？說不定這幾天會有奇蹟發生也說不定。」伊蘭如是安慰著，腳步卻沒有挪近半分。

這番安慰不但沒止住淩若的淚，反而令她悲從中來。這些天淩若一直在安慰自己，要堅持下去，一定要堅持下去，胤禛不會丟下她們。可隨著胤禛的情況不斷惡化，她越來越沒信心，甚至能感覺到死神的腳步在不斷逼近。

她好怕，真的好怕，有時候半夜突然醒來，她第一個反應是去看看胤禛是否還活著，唯恐他在自己睡著時突然離去。

五天，這五天間真的還有機會嗎？

雍王府因這一場時疫而陷入一片愁雲慘霧中。那拉氏與年氏每日都會來看胤禛，戴佳氏及宋氏等人也常來，只是她們幫不上忙，就知道哭哭啼啼，若讓不知情的人見了，還以為胤禛已經遭遇不測了。

那拉氏被擾得心煩不已，將她們好一頓喝斥，並嚴令她們不許哭啼，否則便滾回自己屋去，不許出來。

兩日後，府裡來了兩位意想不到的客人，竟是康熙與德妃，他們在幾名大內侍衛的保護下微服來此。

他們來的時候，胤禛正在昏迷中。這些日子，他清醒的時間越來越短，經常昏睡一整天，身子時冷時熱，面如金紙。

「奴婢參見皇上，參見德妃娘娘。」淩若忍了心中的酸楚難過，向進來的兩人起身行禮。

居，見到凌若，德妃美眸微瞇。她已經從那拉氏口中知道年氏將鈕祜祿氏帶出淨思居，在這裡伺候胤禛的事。乍一聽聞此事，她氣憤萬分，認為年氏置胤禛安危於不顧，當即就將年氏召進宮裡。她們之間說了什麼不得而知，只知德妃最後默許這件事，並沒有下旨將凌若趕回淨思居去。

「這些日子一直是妳在照顧老四？」在看過胤禛後，康熙轉首去問凌若，見其點頭，微微頷首道：「難得妳有這份心，老四若知道必然很高興。不過妳如今懷著孩子，始終要當心一些，時疫可不比尋常小病。」

凌若面色哀戚地道：「奴婢現在別無所求，只盼王爺能快些好起來。」

第三百五十三章　放手一搏

康熙心情沉重地點點頭，又待了一會兒後，與德妃一道出去。齊太醫等人早得了康熙到來的消息，畢恭畢敬地候在外面。

「還是沒有研究出來嗎？」康熙第一句問的就是這個，眼圈有些泛紅。他已經失去了好幾個兒女，圈禁的圈禁、離宮的離宮，如今連老四都得了病。唉，早知如此，他當初就不會將此事交給老四去做。

「臣等無能，請皇上恕罪！」齊太醫一邊說著一邊跪下去，面如死灰。四阿哥已經到了生死存亡的著急時刻，然他們還是毫無頭緒，沒有尋到救人的法子。

「幾位太醫，真的沒辦法了嗎？」德妃心情異常沉重，聲音微微發顫。

齊太醫不語，倒是容遠在後面道：「回德妃娘娘的話，臣等昨日又研究出一個藥方，已經找患者去試驗，現在正在等結果。」

此事實在算不得什麼好消息，因為之前已經試過好幾個方子都沒什麼效果；甚至有一次起了反效果，患者在吃下藥後反而病情加重，緊接著一命嗚呼。

正自愁眉不展時，周庸跌跌撞撞地跑過來，他沒有留意到尋常打扮的康熙與德妃，上氣不接下氣地跑到齊太醫等人面前，興奮得滿臉通紅。「幾位太醫，有效果了！有效果了！」

德妃一臉緊張地注視他。胤禛雖不是她心尖上的那塊肉，但始終是她兒子，身為額娘，她怎麼也不希望兒子有事。

周庸興奮地點頭。「回皇上的話，昨日徐太醫開給奴才的藥方見效了，服下藥的八名患者，有五人病情出現不同程度的好轉。」垂在身側的雙手因為激動而攥得緊緊。等了這麼久，終於等到第一個好消息。

「好，做得好，看來天不絕老四！」康熙雖然不待見容遠，但對於他能夠研究出治時疫的法子還是很高興的。德妃聽了這個消息亦是歡喜得直落淚。

「還有三人呢？」容遠聽他只提到五人好轉，心裡略有些不安。

周庸臉色微黯地道：「還有三人病情惡化，一人已經死了。」

齊太醫微一沉思，對神色凝重的容遠道：「看來你的藥確實有效，只是效用不穩。不過不管怎樣，這都是令人欣喜的一大步，只要再給些時間調整方子上的藥物，必可穩定藥效，救治患了時疫的病人。」

「那麼依齊太醫所見，要多長時間才可以？」康熙迫不及待地問道。胤禛可是只剩下兩天的命了，耽擱不起。

齊太醫估計了一下後道：「調整藥方需要在病人身上試驗，依微臣所見，起碼得四、五日才行。」

這其實已經是齊太醫考慮到康熙等人心情，把時限往緊了說，否則縱是十天半月也不算多。

「不行，老四等不了這麼久。」康熙斷然否決，灰白相間的眉毛皺成一團，心裡正在進行激烈的天人掙扎。

「皇上！您一定要救救老四，臣妾就他和老十四兩個兒子。」德妃緊緊抓著康熙的手臂，垂淚道。

「放心，老四是朕的兒子，沒那麼容易死。」在安慰了德妃一句後，康熙目光驟然變得銳利而清明，揚聲道：「齊太醫，徐太醫！」

「微臣在。」齊太醫與容遠上前一步，等待康熙示下。

康熙暗吸一口氣，一字一句道：「給你們半日的時間，你們盡量調整藥方，將危險降到最低。半日後不論結果如何，都將藥煎給四阿哥喝下。」他終歸是一代英主，很快做出了對胤禛來說最好的決斷。

「微臣遵旨。」齊太醫與容遠暗自對視一眼，從這句話中皆聽出康熙想放手一搏的決心。

確實，這是四阿哥唯一的生路了，服藥也許會死，但不服藥就一定會死。

在他們退下後，康熙也與德妃回宮，臨走前告訴那拉氏，一有什麼消息立刻派人入宮通知他們。

半天很快就過去，夜幕剛落之時，齊太醫端了一碗煎得濃黑的藥汁進來。看他們將這碗藥強行灌到胤禛口中，凌若還有那拉氏等人皆在一旁捏著冷汗。

令他們沒想到的是，藥服下去後，胤禛出現嘔吐以及高燒。據周庸的稟報，那些死去的患者，在病情惡化前皆出現過嘔吐、高燒的症狀。

這件事令得原本抱著一絲僥倖的凌若等人的心不斷往下沉。難道上天真的不容胤禛再活下去嗎？

凌若緊緊抿著唇，沒有讓已經爬到咽喉的哭聲逸出來，不斷告訴自己，胤禛還活著，她不能哭，不能去觸這個霉頭，不能哭。

半夜的時候，胤禛又服了一次藥，然病情依然沒有好轉，嘔吐不止。因為這些時日一直沒有吃下去過什麼像樣的東西，所以他吐出來的除了藥汁便是膽汁，折騰了許久才勉強止住。

為免不測，齊太醫與容遠、幾名太醫輪流守在外間，只要凌若一喚他們就可以立刻入內。

一晚上，凌若都在擔驚受怕，直至天矇矇亮時，方才和衣靠在床邊瞇了一會兒。心情的緊張還有身子的勞累，似乎影響到腹中孩子，在裡面不停地動著，令凌若這個盹打得極不安穩。

天亮後，齊太醫進來替胤禛把完脈，瞥見凌若難看的臉色，勸道：「凌福晉勞累這些天，不如先回去歇歇吧。」

凌若抬首，疲憊的臉上凝起幾絲精神，道：「齊太醫，你老實告訴我，王爺的病究竟有幾分把握，五分還是六分？」

儘管凌若已經盡量往壞了想，但在齊太醫看來，依然是過於樂觀了。在幾番猶豫後，齊太醫告訴她，胤禛治癒的希望只有四成，而且還得看他什麼時候會醒，醒得越晚，治癒的希望就越低。

第三百五十四章 好轉

四成……難道胤禛真的要離她們而去嗎？凌若面若死灰，無法接受這個現實，心神恍惚的她連齊太醫是什麼時候離開的都不知道。

「四爺……」她倚著床沿，跪坐在床榻上。一連多日衣不解帶地照顧，就是尋常人都受不了，何況是身懷六甲的她，精力早已被耗乾，現在支撐她的全憑一股執念，一股胤禛會活過來的執念。

「四爺，我求求您，不要離開妾身，妾身只與您做了七年的夫妻，遠遠不夠。妾身好想與王爺一起看著孩兒出生，一起白首偕老，即便您心裡永遠有一個納蘭湄兒也不要緊，只要您好好活著，好好活著……」

她努力地想讓自己笑出來，可結果笑變成了淚，無法控制的淚水一滴接一滴，不斷滴落在胤禛溫熱的手背上。

「若您走了，妾身也不想獨活，只是可憐了孩子，他還沒有來這世間看一眼，便要再次離開，就像當年的霽月一樣。」凌若越想越傷心，伏在胤禛手背上低低抽泣。

不知過了多久，突然感覺壓在下面的手臂動了一下，她忙抬起頭來，在朦朧的淚眼中，她看到一雙朝思暮想的眼眸，下一刻，立刻驚喜地喚道：「四爺？」

胤禛虛弱地點點頭，旋即努力抬起手覆上凌若淚痕滿面的臉頰，艱難地道：「不要哭……」

「嗯，妾身不哭。」凌若胡亂地抹了把臉，忍著眼眶裡的淚，緊緊抓住胤禛的手，彷彿那就是她生命的全部。

胤禛扯了扯嘴角，露出一個艱難的笑容，他的身子實在是太虛弱了。其實從剛才起，他就有聽到凌若的聲音，只是眼皮像是灌了鉛一樣，怎麼也睜不開，直到剛才感覺到滴在手背上的灼熱，擔心凌若出事，才勉強睜開眼。

「我……不會有事，放心。」胤禛用盡全身力氣說完這幾個字後，就再次陷入昏迷。

不過此刻凌若的心安定許多，藥並非盡是反效，至少胤禛又一次清醒過來，儘管只那麼一會兒工夫，但應該是一個極好的消息。

凌若將此事告訴齊太醫，他也是精神一振，再次把脈，發現相較於清晨，胤禛此刻的脈象要更平穩；而胤禛又曾醒轉，顯然事情正在向好的方向發展。

白天又服了兩次藥，雖然胤禛依然在昏睡中，不過在灌藥時大半都喝了進去，比前幾次都要好。

這日伊蘭過來，聽得胤禛情況有所好轉，甚是高興。她也告訴凌若，再有幾日，她就要與今年應屆的秀女一道入宮待選，重複七年前凌若曾走過的路。說起此事時，伊蘭清秀的面容中有揮之不去的擔心。

凌若安慰她：「放心吧，不會有事的，等王爺病好之後，我就求他向皇上要一個恩典，替妳尋一戶好人家。」

「謝謝姊姊。」伊蘭彎眉淺笑，似有無盡的感激。「妳待我真好。」

凌若撫著她光滑細嫩的臉頰道：「傻丫頭，自家姊妹何須言謝，姊姊此生最大的心願，就是阿瑪、額娘還有你們幾個能過得好。」

說話間，有小廝端了晚膳進來，凌若遂道：「既是來了，就陪我一起吃頓飯吧，這些日子總是一個人吃，可是無聊呢。」

「姊姊有命，我怎敢不從呢？」伊蘭玩笑著說了一句，扶凌若坐下來一道用飯。她夾了一塊黃魚背上無刺的肉放到凌若碗裡。「姊姊這些日子一直照顧王爺，辛苦了，多吃一些。」

凌若望著她，柔柔一笑道：「蘭兒長大了呢，懂得關心人了。」

伊蘭側一側頭，神色真誠地道：「人總是要長大的，其實與別人相比，我已經幸福太多，有阿瑪、額娘的疼愛不說，還有一個這麼愛我的好姊姊。姊姊，對不起，以前我任性不懂事，讓妳操了太多的心。」

「好了，都說讓妳不要再講這些見外的話，沒得生分了。」凌若一邊說著一邊夾了一塊珍珠雞到她碗中。「快吃吧，吃完趕緊回去，莫要讓阿瑪他們擔心。」

「嗯。」伊蘭乖巧地答應一聲，藉低頭吃飯的動作掩飾不時閃過眼眸的異色。

凌若不住地掩嘴打哈欠，說話亦有氣無力，顯然是累到了極點。

在命小廝進來收拾過碗筷後，伊蘭又陪著凌若說了會兒話。

凌若見外頭夜色深沉，催促道：「快回去吧，不然額娘該著急了，我讓小路子送妳回去。」

「不用了，就算我不回去，額娘也會猜到我是歇在王府中，不會擔心的。」伊蘭看了凌若憔悴的面容一眼，道：「倒是姊姊妳，每天這樣熬著，身體怎麼受得了？就算不為自己著想，也要為肚子裡的孩子著想，妳現在可是兩個人呢。」

「不礙事的。」凌若溫柔地看了一眼昏睡中的胤禛，婉聲道：「我還撐得住。太醫說王爺的情況有所好轉，只要今夜順利的話，明日便差不多會醒轉。」

「妳啊，總喜歡強撐。」伊蘭嘟著嘴輕斥一句：「我瞧妳剛才在吃飯的時候都快睡著了！看妳這樣子，我真怕王爺平安無事醒來後，妳就該生病了。」她頓一頓又道：「這樣吧，這裡我幫姊姊看著，妳趕緊去偏房睡一覺，養養精神。」

不等凌若反對，伊蘭又道：「我保證，如果王爺有什麼事，我立刻叫醒妳。」

「可是……」

凌若想想還是不放心，又恐伊蘭累著，正要反對，伊蘭已經推著她往外頭走，嘴裡道：「不要再可是，難道連自己親妹妹還信不過嗎？趕緊回去睡一覺，我保證明天一定還姊姊一個好端端的四爺，絕對不會少了他一根頭髮絲。」

凌若被她說得直發笑，嗔道：「妳這油嘴滑舌的小丫頭，居然拿王爺來開玩笑，改明兒個小心我告訴王爺，讓他治妳的罪。」

伊蘭吐吐粉嫩的舌頭，嬌聲道：「好了好了，我錯了還不行嗎？不過姊姊妳真的不能再硬撐下去了，快去休息。」

第三百五十五章　一波未平一波又起

凌若又感動又好笑，搖搖頭無奈地道：「好了好了，我怕了妳了。我去睡覺，至於王爺這裡，妳就幫忙看一夜，若是有什麼事，立刻來叫我，知道嗎？」

在伊蘭的一再保證下，凌若離開了。她確實是累了，這些天就像是個上了發條的機器，每時每刻腦子裡都緊繃著一根弦，如今胤禛病癒有望，弦一鬆下來，立刻就感覺到無盡的疲憊洶湧而來，將她淹沒，連走一步都覺得極累。

這一夜，是凌若這麼多天來睡得最好的一覺，醒來時，天邊已經泛起了魚肚白。她記掛著胤禛，匆匆梳洗，連早膳都來不及用便過去，哪知剛要開門，就看到伊蘭走出來。

伊蘭明顯愣了一下，隨即飛快地垂下頭，低聲道：「我先回淨思居了。」

這一瞬間，凌若明顯發現伊蘭狀況有異，可是伊蘭走得太快，令她根本沒時間問，只能讓水月跟去看看，自己則暫時按捺下疑問去瞧胤禛。

經過一夜的休養，胤禛臉色比昨日好了許多，呼吸亦漸趨平穩。

「水秀，去端盆水來，我替王爺擦一下身子。」水秀端水進來後，凌若掀開蓋在胤禛身上的被子，看到胤禛整整齊齊穿在身上的月白色寢衣時，她輕「咦」了一聲，隨即神色變得凝重起來，連水秀遞過來的面巾也忘了去接。

水秀見她一直保持著掀被子的動作，不由得奇道：「主子，怎麼了？」

凌若心神一震，遲疑地轉向水秀道：「妳過來看看，有沒有發現四爺今日的寢衣特別整齊。」

水秀湊過頭仔細看了一眼，別說，還真是那麼一回事。往常主子雖然每日擦完王爺身子後都會替王爺整一下衣衫，但從沒有像今天這麼齊整過，連一絲折痕也沒有。每一個角落都整整齊齊，很明顯是有人替王爺整理過。可是昨夜守在這裡的只有二小姐一人，她沒事替王爺整衣衫做什麼？

水秀還在遲疑要不要將這話說出來，凌若已經伸手自胤禛胸口拾起一根細長的頭髮，很像是女人留下的。

昨夜究竟出了什麼事？凌若很想問個究竟，但是胤禛尚在昏睡中，伊蘭又走了，根本無從問起，只能強抑心中的疑惑，先替胤禛解衣擦身。

凌若替胤禛擦過身子，正在替他繫衣帶的時候，齊太醫與容遠進來了。各自見禮後，兩人分別替胤禛把脈，容遠倒是還好，齊太醫卻是一邊把脈一邊頷首，臉上盡是欣慰之色。

「齊太醫，王爺可是有所起色？」見他鬆開手，凌若連忙關切追問。

齊太醫眉飛色舞地道：「何止是有起色，簡直是大有好轉。之前服下去的藥，在昨夜裡已經全部在王爺體內化開，此刻王爺體內已經沒有了時疫，之所以還昏睡不醒，乃是因為王爺元氣損耗過大，身體虧損，等身體恢復後自然會醒。」

等齊太醫說完後，凌若下意識地看向容遠，她最信任的人自是容遠無疑。待見容遠亦點下了頭後，凌若心情激盪不已，長長出了一口氣。等了這麼多天，終於等來好消息，胤禛他熬過來了。

激動過後，凌若鄭重地朝齊太醫兩人行禮。「多謝二位太醫對王爺全心全力的救治，感激不盡！」

齊太醫連忙擺手道：「福晉過於客氣了，這是微臣身為醫者該盡的本分，實無須言謝。不過話說回來，徐太醫能研究出這張方子，救回王爺還有城中無數患病百姓的命，實在是一件功德無量的善事。」

容遠聞言，垂身拱手道：「院正過譽了，那張方子乃是全院上下齊心合力所成，並非我一人之功。」

就在太醫們研究該用哪些藥物後續調養的時候，水月突然慌慌張張地跑進來，附在凌若耳邊低聲說了句什麼，引得她神色大變。顧不得交代什麼，就扶了水秀和水月的手急急離去，留下一臉奇怪的齊太醫兩人。

「主子走慢些，小心腳下。」水秀跟水月這一路跟得心驚肉跳，因為凌若實在走得太快了，哪怕遇上鵝卵石小路也絲毫沒有放慢腳步。花盆底鞋本就不便行走，遇到凹凸不平的地方更是危險，以凌若現在這樣子，若是不慎摔一跤，可是要出大事的。

好不容易到了淨思居，凌若一步不停地來到偏房，還沒開門就聽見裡面隱隱傳來哭泣聲。安兒手足無措地站在外面，一問之下，方知是被伊蘭趕出來的。

水秀上前推門，發現門從裡面反鎖，外面的人根本打不開。凌若見狀，越發心急，舉手拍門大聲道：「蘭兒，我是姊姊，妳快開門。」

屋裡的哭泣聲出現片刻停頓，旋即傳來伊蘭帶著濃重鼻音的聲音：「我不想見任何人，妳走啊！」

「蘭兒，妳告訴我到底出什麼事了？」她越不開門，凌若心裡就越著急，哪肯離開，不住地拍著門。

她這個舉動似乎刺激到伊蘭，在裡面情緒激動地大叫：「我說了不要見人，妳不要逼我，走啊！走啊！」

水月拉住凌若袖子，低聲道：「主子，剛才救下二小姐的時候，她情緒已經很激動了，奴婢怕再刺激到她，她會再做傻事。」

聽她這麼說，凌若心裡也害怕，定一定神，隔了門道：「好，姊姊不逼妳，但是蘭兒也要聽姊姊的話，不要傷害自己啊！」

她又等了一會兒，見裡面始終沒有聲音，只能無奈地離開。在扶凌若到正堂中坐下後，水秀終於忍不住問出憋了一路的疑問：「水月，二小姐到底出了什麼事，又為何將自己反鎖在屋內，連主子也不肯見？」

水月先是睨了凌若一眼，見她沒說什麼，方道：「適才我陪二小姐回來，她說自己渴了，讓我去倒杯茶來。哪知等我一回來，就看到二小姐站在凳子上將白綾往梁上拋，竟是準備上吊，嚇得我趕緊抱住她。二小姐很激動，一直不停地讓我離開，我怕她再做傻事，就讓安兒看著二小姐，自己趕過去稟報主子。」

第三百五十六章　肌膚之親

這番解釋反而令水秀更加糊塗。「二小姐好端端的做什麼要自盡？」

「我也不知道，感覺今天二小姐整個人都怪異得很。」水月也是一頭霧水。

凌若一言不發地聽她們說著，伊蘭今日確實有些奇怪，之前在胤禛房門口遇見她的時候也是這樣，難道……

一個可怕的念頭在不經意間浮上心間，令她臉龐一下子失了血色，再也待不住，疾步來到偏房門前，此刻裡面已經沒了抽泣聲。但這反而令凌若更加心慌，用力拍門。「蘭兒，姊姊有話與妳說，開門！」

唯恐她在裡面做傻事，凌若喚來了小路子與陳陌，讓他們準備撞門。

「一、二、三！」陳陌跟小路子點點頭，兩人同時憋足力氣往門上撞去，哪知伊蘭恰好在這個時候開門，兩人驚叫一聲，收勢不住，一道跌在地上，疼得他們齜牙咧嘴。

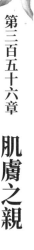

凌若顧不得旁的，一把拉住伊蘭的手，仔細打量後，發現她除了雙眼紅腫得像核桃之外，其他的倒沒什麼。

伊蘭看了一眼摔成滾地葫蘆的小路子兩人，哪有不明白之理，當下仰起頭帶著幾分氣憤道：「姊姊妳這是做什麼，我只想一個人靜一靜罷了，需要讓人撞門嗎？若是姊姊嫌我在這裡礙眼，我回去就是了。」

「哪有這事，姊姊也是擔心妳會做傻事。」在拉了伊蘭到屋內後，凌若朝剛爬起來的小路子使了一個眼色，後者立即會意地將門輕輕掩上。

待屋中只剩下他們幾人，凌若方正色道：「蘭兒，告訴姊姊，到底出什麼事了，為什麼好端端的要自盡？」

伊蘭臉上掠過一絲慌亂，甩開凌若的手，背過身道：「沒事，什麼事都沒有。」

「蘭兒，妳是我親妹妹，有事沒事難道我會看不出來嗎？」凌若用力扳過她的身子，眸光輕顫，艱難地道：「妳告訴我，是不是與王爺有關？」

這句話似乎刺激到伊蘭，她情緒一下子變得很激動，捧著頭痛苦地尖聲大叫：「我都說了不知道！妳不要再逼我，我什麼都不知道！」

凌若沒想到她會有這麼劇烈的反應，嚇了一跳，想要安慰她，可伊蘭就像是一隻刺蝟一樣，誰也不讓靠近，淚流滿面地蜷著身子縮在牆角，極是可憐。

「好，姊姊不逼妳。」凌若怕刺激到伊蘭，只得放緩聲音，慢慢走近她，柔聲道：「蘭兒先起來好不好，地上冷，坐久了要生病的。」

伊蘭可憐兮兮地抬頭看了她一眼，慢慢站起來，但抱著自己的雙手一直沒放開，似在害怕什麼。

看到她這樣子，凌若心疼不已，吩咐水秀去倒了杯熱茶來，遞到她面前。「來，喝口茶。」

伊蘭遲疑許久方才接過，喝了幾口溫熱的茶水後，她的心情似乎平復許多。這一次凌若不敢再緊逼，小心地試探道：「蘭兒，現在能告訴姊姊出什麼事了嗎？我們是親姊妹，不管什麼事，姊姊都會與妳一起承擔。」

聽到這句話，伊蘭已經止住的淚又簌簌落下。不待凌若再說什麼，她撲上來將頭埋在凌若的肩頸處放聲大哭，一邊哭一邊不停地說著對不起。

凌若輕拍她的背安慰，待哭聲漸漸止住後方才道：「妳是我一母同胞的妹妹，不論做錯了什麼都無須說對不起，知道嗎？」

伊蘭感動地點點頭，凌若在替她拭淨殘留在臉上的淚痕後，輕聲道：「現在可以告訴姊姊發生什麼事了嗎？」

伊蘭身子微微一顫，猶如一隻受驚的小鹿，抿了抿唇，終是低低講述起來：「昨夜，我留在鏤雲開月館照顧王爺，前半夜還好，但是後半夜王爺突然發起熱來，渾身燙得嚇人，我很害怕，不知該怎麼辦才好，後來見屋中有水，又想到姊姊說用水擦身可以降溫，就拿水來替王爺擦身。」

「我不是說過王爺有什麼事就立刻叫我嗎？為什麼沒告訴我？」若非伊蘭說

起，凌若根本不知昨夜還發生過這樣的事。

伊蘭聽到凌若質問，含在眸中的淚水立時又掉了下來，泣聲道：「我……我當時真的很害怕，腦子裡一片空白，完全亂了方寸，根本不能思考。」

「那後來呢？」凌若追問，若僅僅是這樣，伊蘭絕不至於要哭鬧上吊，後面必然還有事發生。

「後來……」伊蘭似乎覺得有些難以啟齒，聲如蚊蚋地道：「後來擦過身，王爺似乎感覺好些了，我以為沒事了，正要離開，突然王爺在昏睡中又打起了冷顫，還一把抱住我，不停地喊著好冷，冷意隔著衣裳滲進來。」

她看到凌若面色不對，忙道：「我、我想過要推開王爺，可是王爺不停地喊冷，渾身發抖，我看到他連牙齒都冷得咯咯作響，於心不忍，何況……我知道姊姊一直都很愛王爺，對姊姊來說，王爺就等同於妳的命，萬一王爺有個三長兩短，姊姊怕是也不願獨活。所以無奈之下，我只能讓王爺抱著我取暖，直到他體溫平復下來後方才扶他重新躺下。」

凌若萬萬沒想到一夜竟然發生這麼多事，伊蘭與胤禛有了肌膚之親。雖然過程中胤禛一直神智不清，但伊蘭是清醒的，並不能將此事一筆抹去當作不存在。

伊蘭淒然笑道：「額娘一直教導我們：身為女子，當潔身自好，非夫婿不得碰觸。雖然當時是救人心切，可我的身子終歸是不潔了，這樣的我如何有資格在三日後入宮選秀？」

凌若心亂如麻，理不出個頭緒來，好一會兒才說道：「這件事除了妳我幾個之外，並無他人知曉……」她想讓伊蘭當成什麼事都沒發生過，畢竟只是肌膚上的碰觸，並沒有其他逾越禮制的事，可這個話怎麼也說不出口。

伊蘭看出她的心思，不住搖頭，淚水紛然而落，猶如四濺的雨珠。「我做不到，姊姊，我真的做不到，我現在只要一閉上眼就會想起這件事，想起自己被夫婿之外的人那樣抱著，我受不了，真的受不了。」

「所以……妳想到了死？」直到這時，凌若才終於明白伊蘭為何要尋死。

第三百五十七章　二擇其一

伊蘭痛苦地閉眼道：「是，除了這個，我真的想不出還能怎麼做，就算別人不知道，我始終也過不了自己心裡這關。」說及此，她想要去抓凌若的手，不想凌若往後縮了一下，令她抓了個空，臉上頓時浮現失落之色，旋即又露出自嘲的笑容。「姊姊果然是怪我的，呵……不過已經不要緊了，什麼都不要緊了。」

她一邊說一邊往外走，神色古怪得很。待她的手觸到門閂時，內心一直在天人交戰的凌若終於忍不住問：「妳要去哪裡？」

伊蘭仰頭深吸一口氣，微微側頭道：「姊姊還記不記得以前我問妳要那枚翡翠戒指的時候，妳說過什麼？」不等凌若回答，她已然道：「我每一個字都記得。姊姊說：蘭兒若喜歡，姊姊屋裡的東西全部拿去也沒關係，何況區區一枚戒指。」聲音停頓了一下，再響起時，已帶著明顯的嘶啞：「姊姊待蘭兒真的很好很好，所以蘭兒也不想姊姊不開心。蘭兒其實從來，從來沒有想過要搶姊姊的東西。」

凌若沒想到她會將自己說過的話一字不漏地記下來，鼻子一酸，晶瑩在眼裡閃爍。見伊蘭已經打開門準備走出去，心裡無端地慌亂起來，她連忙上前幾步，緊緊抓住伊蘭雙手，哽咽道：「我知道，我一直都知道，這次的事怪不得妳。」

是啊，伊蘭被迫與人有了肌膚之親，心裡已經夠難過了，她身為親姊，又怎麼能將這件事完全推在伊蘭身上？一切只是意外而已。

「能聽到姊姊這句話我很開心，真的。」伊蘭臉上突然露出一個令人心疼的笑容，同時緩慢卻堅定地撥開凌若的手。「放手吧，姊姊，我真的該走了。」

「妳要去哪裡？」凌若再一次問道。

「我不知道，也許回家，也許……」

伊蘭搖搖頭未說下去，但是那愴然悲涼的神色令凌若無比擔心，唯恐她離開後又去做傻事。

如此僵持許久後，凌若終是開口：「罷了，妳先住著吧，這事我會想辦法。」

伊蘭淒然道：「還能想什麼辦法？姊姊，我真的不想讓妳難做，我走了，對妳、對王爺都好。」

她越這樣說，凌若越不肯放她離去。那畢竟是親妹妹啊，出了這麼大的事，怎忍心真的不管不問由著她一人自生自滅。萬一伊蘭有什麼不測，她這輩子都不會原諒自己。

見伊蘭還想再說，她抬手阻止道：「若妳還當我是姊姊的話，就聽我的話好生待在這裡。何況這事已經發生了，不是妳一走了之就可以解決的。」

伊蘭猶豫很久，還是聽從凌若的話留下來。凌若怕她會再想不開，除了安兒之外，將陳陌也留下來照看她。

從伊蘭屋中出來，已是近午時分。秋陽明澈似金，照在開得正好的菊花上，透著一種動人心魄的美，然凌若卻無心欣賞，回到正堂後就閉目，一言不發地坐在椅中。水秀幾人面面相覷，不敢出聲驚擾，直至瓜爾佳氏與溫如言結伴同來，兩人均是滿面喜色。

瓜爾佳氏一進來便道：「妹妹果然在。告訴妳一件喜事，適才我與溫姊姊去看王爺的時候，發現王爺已經醒過來了，而且齊太醫和徐太醫分別替王爺診過脈，都說已經安然無恙了。」

凌若勉強露出一個笑容道：「是嗎？王爺沒事就好，咱們也可以放心了。」

瓜爾佳氏心生奇怪，一直以來，凌若都是所有人中最擔心胤禛的一個，懷著孕還沒日沒夜地照顧胤禛，現在胤禛醒了，她怎麼不是很開心？而且她們一早過去的時候，發現凌若竟然沒有在那裡，這可是這些天從未有過的事。

「妹妹，是不是出什麼事了？」溫如言也留意到凌若笑意背後的勉強，直覺告訴她，怕是有什麼事發生，才令得凌若態度有所反常。

見凌若不開口，她與瓜爾佳氏互望一眼，輕聲道：「難道連我們也不能說嗎？」

「不是。」凌若心裡很亂，想找人說又不知道從何說起，想了很久方才嘆了口氣道：「是關於伊蘭的。」

當瓜爾佳氏與溫如言從淩若嘴裡得知整件事後，均是詫異不已，怎麼也想不到會在胤禛病快好的時候，出這麼一檔子事，眼下看來還真是有些棘手。

瓜爾佳氏把玩著手裡的盞蓋，輕輕道：「那妳現在準備將伊蘭怎麼辦？」

淩若撫額，頭痛地道：「說實話，我現在真的不知道，所以想問問二位姊姊的意見。」

溫如言屈指在茶几上輕輕一敲道：「其實很簡單，現在擺在面前的只有兩條路，一條是當成什麼事都沒發生過，但是妳說伊蘭接受不了，那麼換言之只剩下一條路了。不過在走這條路之前，我勸妳好生想清楚，這個宅子究竟藏了多少見不得人的勾當，妳我心中都清楚。妳不害人，人卻會來害妳，每一步落地都會伴隨著危險。這樣的地方，並不是一個好歸宿。」

「姊姊說的我都清楚，可是……」

「可是妳覺得除此之外，並沒有別路可走了，是嗎？」瓜爾佳氏淡淡地接了一句，隨手將盞蓋覆在冒著熱氣的白瓷描金茶盞上。「路其實有很多，只是妳怕伊蘭不肯接受罷了。若兒，不論我與溫姊姊與妳多麼親厚，但在這件事上，始終是外人。該做什麼，怎麼做對妳和對伊蘭才是最好，始終要妳自己去設法衡量才行，我與溫姊姊最多只能給妳一些建議。」

這句話後，她與溫如言迅速交換一個眼神，在某方面達成一個無言的共識。

「天高任鳥飛，海闊憑魚躍。始終，外面的世界才是好的，如果可以，妳再勸勸伊蘭，讓她忘了這件事，回頭再給她指個人家，風風光光出嫁。左右她如今還是清白之軀，嫁過去也不會有人說三道四。」

「我知道了，回頭尋了機會我再勸勸伊蘭，多謝二位姊姊。」凌若感激地道。

又坐了一會兒後，凌若要去看胤禛，溫如言她們因為已經看過，所以就不再去了，三人在院外分開。

第三百五十八章　當局者迷

「涵煙這幾日說想學畫畫，我記得妹妹擅畫花鳥，不知能否教教涵煙？」攜手走了一陣子，在岔道將要分開時，溫如言忽地這般問道。

「涵煙想學，我這個做姨母的自當盡心教授。」瓜爾佳氏收回邁出的腳步，與溫如言一道往攏翠居行去。在溫如言晉為庶福晉的時候，胤禛賜給了她。

走在鵝卵石鋪成的小徑中，兩邊皆是鬱鬱挺拔的竹樹，觸手可及。瓜爾佳氏摘了一片細長的竹葉在指尖把玩，腳步有意無意地慢下來。

「妹妹在想什麼？」溫如言瞅了她一眼道。

「還不是在想剛才那件事，我擔心她會不聽勸。」瓜爾佳氏遙望竹林的目光裡透著幾許憂色。「若兒這人太過重情，這是她的優點也是她的缺點。」

溫如言聞言嘆了口氣，撫著光滑如璧的竹身道：「唉，妳說的我何嘗不知，只是該說的咱們已經都說了，最終能做決定的始終是若兒她自己。」

「旁觀者清，當局者迷。對伊蘭，若兒始終是留情了。這性子，早晚會吃大虧。」說到這裡，瓜爾佳氏手指驟然一緊，將竹葉緊緊攥在掌中。「與之相比，伊蘭這丫頭的鬼心思可是多了，只是肌膚之親罷了，需要尋死覓活這麼嚴重嗎？何況此事是真是假還有待商榷。」

溫如言悚然一驚，凝眸盯了她片刻，道：「妹妹是說，這件事是伊蘭刻意為之？這不可能吧，她才多大，怎有這樣的心思？」

瓜爾佳氏啟脣冷笑道：「十五歲，不小了，何況她常出入王府，心智比一般人成熟些也不奇怪。姊姊妳想想，王爺病重的那會兒，伊蘭都是待一會兒就走，為何偏偏在王爺病快好的時候，她主動留下來照看？其實外頭那麼多人在，王爺發病，她只要叫一聲，自然會有人接手，可是她沒有這麼做，只以一句『亂了方寸』搪塞過去。我懷疑她……根本就是故意為之。」

溫如言沉吟片刻後道：「妳說的不無道理，若真是這樣，伊蘭這份機心可是不小，只是她這麼做的目的是什麼？入王府嗎？可她都是要參選的秀女了，若說貪慕榮華，入宮不是更好嗎？」

瓜爾佳氏攤開手，恰時一陣秋風襲來，吹起她掌中皺了的竹葉。

「姊姊，皇上今年已經五十餘歲了吧？」瓜爾佳氏突然問了這麼一句，待溫如言點頭後，她又徐徐道：「五十餘歲的人，再怎麼說也算不得春秋鼎盛。說句不敬的話，這樣一個漸衰的老人，又怎麼比得上正值壯年的王爺更有吸引力？」

「伊蘭喜歡王爺？」溫如言眉心猛地一跳，這六個字脫口而出。

「這只是我的猜測，但也算合情合理。」瓜爾佳氏眼眸微瞇，迎著豔豔秋陽道：「王爺是人中龍鳳，哪個女子見了不心動？若換了我，也希望嫁一個這樣的夫婿。否則當初若兒替她選了魏探花這樣好的青年才俊，她何以要百般推卻？」

「既是這樣，適才妳為何不提醒若兒？」

瓜爾佳氏沉沉嘆了口氣道：「若兒那樣聰明，我能想到的她未必想不到，只是不願去想罷了。我說過，她為人太重情義，伊蘭利用的恰恰就是這點。」

「難道就這樣聽任發展下去？」溫如言思來想去還是覺得不對。伊蘭這般處心積慮，連親姊姊也拿來利用，若讓她入府，難保不會是第二個佟佳梨落。

「現在只能寄希望於若兒，盼她能硬下心腸來勘破此關；若不能，往後只怕後患無窮。」瓜爾佳氏無可奈何地說著，她們看得再明白也是枉然。

若能過得了這一關，在這王府中，凌若將不輸給任何一人。

凌若一路來到鏤雲開月館，守在外面的是張成走後才調到胤禛身邊的小廝來福。他與凌若接觸雖然不多，但這些日子，凌若是如何守著胤禛照顧的，他都看在眼中，對這位不懼時疫、待胤禛一往情深的女子甚是佩服，遠遠打個千兒道：「凌福晉吉祥。」

凌若點點頭，沒有急著進去，而是問道：「還有誰在裡面？」

「就王爺一人在，嫡福晉她們都回去了，不過王爺剛剛服過藥，已經歇下了，可是有些不湊巧。要不，凌福晉晚些再來？」

胤禛久病初癒，正是需要休養的時候，非萬不得已，實不敢驚擾。

凌若頷首正要離開，屋裡傳出胤禛尚有些虛弱的聲音：「是若兒嗎？進來。」

「嗻！」來福趕緊躬身答應，開門請凌若進去。

屋裡開了小半扇窗透氣，令得裡面的藥味沒有像前幾日濃烈，再加上窗外開了一樹銀桂，令人心情愉悅的香氣不時隨風飄進屋中。

胤禛半倚在床上，看到凌若進來，笑意攀上眼眸，令他的五官瞬間柔和許多。在這樣的笑意中，他伸出手。

只是這樣一個簡單的動作而已，凌若卻淚盈於睫，快走幾步，緊緊握住那隻依然溫熱的手，同時淚落如珠。

胤禛雙脣微彎，望著凌若的眸中似乎也有一絲絲水光，口中卻笑道：「妳啊，總是這麼愛哭。上次醒轉的時候，妳也在掉眼淚。妳可知道每次看妳掉淚，我都會覺得很心疼。」他抬手，以指腹拭去她臉上的淚，憐惜道：「不要再哭了。」

第三百五十九章　決定

「妾身是看到王爺安然無恙，太過歡喜，所以才掉淚呢。」凌若抽泣著道，淚怎麼也止不住。擔了這麼久的心終於可以放下，在今日之前的每一個日夜，她都害怕，怕胤禛的手突然冷下去，再也不會溫暖、再也看不到他與自己說話。

胤禛努力撐起虛弱的身子，將凌若攬在懷中，任由她在胸前放縱地哭泣，直至她哭聲小了一些後，方才低低道：「這些日子辛苦妳與孩子了。」

「只要王爺可以平安無事，妾身辛苦一些又算得了什麼。至於孩子……」凌若撫著高聳的腹部，含淚笑道：「他很乖，雖然還沒有出生，但妾身說的話他都能聽懂，一直乖乖待在裡面，沒有鬧彆扭。」

樸實簡單的言語，卻令胤禛心裡猶如有暖流流過。這些日子他雖然一直昏昏沉沉，但偶爾清醒的時候，總是能看到凌若在身邊，從不曾離開。

四目相對的那一刻，胤禛心裡驟然浮起一句話：不離不棄，生死與共！

在他病重的時間，她用實際行動完美詮釋了這句話。與這份情意相比，那拉氏也好，年氏也罷，不足以相提並論。

十指相扣，他動情地吻去凌若臉上的淚水。「若兒，從今往後，我必不負妳。」

一直以來，胤禛即便待她再好，這心都帶著若有似無的疏遠。但這一刻，凌若感覺到了，感覺到胤禛的心向她敞開，任她一步步走進去。也許依然不能與早早占據那裡的納蘭湄兒相提並論，但無疑是一個極大的進步。

這本是一件極為高興的事，可一想到伊蘭，心就無端地沉了下來，她究竟該怎麼處置這件事？看胤禛的模樣，分明是不知情，她真要提及嗎？胤禛見她一直沒說話，眉宇間似還有幾分愁色，關切地問：「怎麼了？有心事？」

凌若嘴唇蠕動，終是沒說出口，搖搖頭道：「沒什麼。」怕胤禛再追問下去，她忙岔開話題：「王爺大病未癒，不宜勞累，還是躺下睡一會兒吧。」

「好。」胤禛答應一聲，與她交纏的手卻未鬆開。「不過妳不許走，留下來陪我一起躺著。」

凌若拗不過他，只能和衣在他身邊躺下。如今她肚子漸大，為免不小心撞到，胤禛自覺地縮到床裡頭，將大半個床都讓給凌若。

看他一個大男人緊縮在一小塊地方，凌若又感動又好笑。「妾身一個人哪需要這麼大的地方，四爺再睡出來些吧。」

「不必了。」胤禛笑一笑，將手放在她腹上。「現在可不是妳一個，還有孩子呢。」說到這裡，他心有餘悸地道：「適才醒來時，看不到妳在旁邊，我還擔心妳是被累病了，幸好他們說妳只是臨時離開，可是有什麼事？」

凌若搖搖頭，強笑道：「妾身能有什麼事，不過是這些天一直照顧王爺，沒時間好好刷牙洗臉，身上味道有些不好聞，怕到時候醒了衝著王爺，所以才去沐浴換了身衣裳。」

「這有什麼打緊的。」胤禛將她的手湊到鼻下深深嗅了一口道：「我的若兒不論什麼時候都是香幽如蘭，無人可及。」

胤禛素來是冷硬剛強的人，絕少有像現在這樣溫柔纏綿的時候；即使是胤禛自己也很清楚，除卻納蘭湄兒，凌若是第一個令他如此對待的女子。

凌若心中感動不已，強忍著眼眶裡的淚，嘴上卻道：「四爺從哪裡學來這些哄人的花言巧語。」

「只要妳喜歡聽就好。」胤禛摟住她，言語間透著一種難言的滿足。曾經他怨上天將守候了十餘年的湄兒從身邊生生奪走，如今卻又感謝上天將一個如此聰慧動人、情深似海的女子送到身邊。

世間事真的很奇妙，或許這就是佛家所謂的緣分吧。

既然上天將這份緣降在身邊，那他定會好生珍惜！

這一句話，險些令凌若又落下淚來，趕緊一吸鼻子，嗔道：「四爺是否非要弄得妾身哭才高興啊，剛才還說不願看到妾身落淚呢。」

胤禛笑一笑，摟著她的手又緊了幾分道：「好了，不說了，睡吧。」

他原本就是強撐了精神在說話，如今放鬆下來，很快便沉沉睡去，然凌若卻怎麼也睡不著。

伊蘭的事像根尖針一樣，始終插在她心間，她究竟該拿伊蘭怎麼辦？真要讓伊蘭入府嗎？還是當這件事不曾發生過？

凌若想了許久許久，終於下定決心。雖然很艱難，但她堅信，這是對伊蘭，也是對自己最好的決定。

夜，悄然落下，等凌若回到淨思居的時候，已是華燈初上。凌若連正屋也沒回，逕自去了伊蘭那裡。

看到她進來，伊蘭連忙迎上去握住她的手，殷殷道：「姊姊妳怎麼去了這麼久才回來，我好擔心妳。」

伊蘭的聲音很好聽，猶如黃鸝婉轉，清脆空靈。看著伊蘭關切的模樣，凌若心裡不由得一痛，為怕動搖決心，她暗吸一口氣，不著痕跡地推開伊蘭的手。「姊姊剛才去看了王爺，他已經醒了，看樣子再休養幾天就會沒事了。」

「那就好。」伊蘭欣慰地拍拍胸口，隨即又小心地覷了凌若一眼，道：「那昨夜的事，王爺……」

凌若曉得她要問什麼，既是已經決定了，那倒不如趁早說出來的好。她一吸氣，盡量語氣平靜地道：「王爺什麼都不記得，不記得自己犯過病，也不記得妳在旁邊。」

「姊姊想說什麼？」伊蘭的臉色有些怪，說不上難過也說不上傷心，令人瞧不出她在想些什麼。

凌若逼著自己冷下心腸，道：「既然無人知曉，那麼從現在起，妳就當這件事沒有發生過，哪怕再艱難也要將它忘得一乾二淨。王爺不是妳的良配，王府更不是妳的好歸宿。明日姊姊會派人送妳回家，妳好生待在家中，等入宮選秀後，姊姊自會去求皇上，讓他給妳指戶好人家，安安生生地過完下半輩子。」

「姊姊……」伊蘭瞠目結舌，原以為自己入府的事已經十拿九穩，怎知凌若剛一回來就說出這麼一番話，只覺難以置信。

凌若怕自己會心軟，不給伊蘭再說下去的機會，搶先道：「此事我心意已決，妳不必再說。很晚了，早些睡吧。」

伊蘭愣愣地看著凌若離去，好半天才回過神來，氣得她渾身發抖，銀牙緊咬。明明一切都算好了，為何臨到頭卻出了這樣的岔子？實在可恨！

她氣急敗壞地抄起一只白玉花插用力摜在地上，只聽得「砰」的一聲，價值數百兩銀子的花插瞬間化為烏有，清秀可人的臉龐因憤怒而變得猙獰可怕。

鈕祜祿凌若，妳以為這樣做我就會乖乖就範了嗎？休想！

同是鈕祜祿家的女兒，我絕不會輸給妳，絕不會！

第三百六十章　內賊

翌日一早，早已得了凌若吩咐的陳陌來到偏房，對尚穿著昨日那身衣裳、端坐在椅中的伊蘭打了個千兒，恭聲道：「奴才奉主子之命，送二小姐回家。」

伊蘭站起身來，冷冷看了他一眼，什麼也沒說，逕自往外走去，倒是讓原本以為此事會很難辦的陳陌暗自鬆了口氣。

就在陳陌送伊蘭回去的時候，凌若想起自己那日對小路子的吩咐，忙召他來一問，得知就在自己隨年氏前往鏤雲開月館後，陳陌曾鬼鬼祟祟地離開過。

「這麼說來，陳陌可能就是那個內賊？」自鐵線蛇一事後，凌若一直隱隱覺得身邊有人出賣自己。小路子與水秀他們均是一直伺候自己的，若要出賣也不會等到現在，如此一來，便只有新來的陳陌與安兒兩人。

當日，她說服年氏帶自己離開淨思居，若淨思居有內奸，必會趕去通風報信，所以她讓小路子暗中留意這兩人。

「應該就是了。」小路子想一想，在微亮的眸光中道：「主子可還記得鐵線蛇出現那晚，是何人負責守夜？」

「陳陌！」凌若冷冷從齒縫中迸出這兩個字。當晚自己問過他可曾聽到哨聲，他那時說耳朵不好，不曾聽聞，眼下再回想，卻是推脫之詞。

「奴才讓毛氏兄弟查過，陳陌在外面有處宅子，裡頭養著一個從青樓裡贖出來的清倌，當時花了兩百兩。湊巧的是，他贖那名清倌的日子，恰恰就是咱們院裡出現鐵線蛇的第三日。」憑著毛氏兄弟手上如今的人脈，查這麼點兒事自是輕而易舉。

「不用問了，肯定是這個傢伙，吃裡扒外，幫著嫡福晉害主子。否則憑他做下人的那些錢，就算不吃不喝也攢不齊兩百兩銀子。」水月一臉鄙夷地說道。

「為了利益出賣我這個做主子的不稀奇，不過這個價錢卻是低了些，只為了一處宅子和一個妓女，便搭上一條命。呵，還真是捨得。」凌若嗤笑一聲，眉眼間透著森冷的寒意。

「主子，那您想怎麼處置他？」小路子問道。陳陌做出這等事，要再留他在這裡是不可能的了。

凌若想了一會兒，沉聲道：「既然已經知道了，往後盡可能防著他，倒不必急著處置，說不定他還能幫我一個大忙。」說完，她掃了一眼諸人道：「記著，待會兒陳陌回來，不要在他面前露出任何破綻。」

在滿府的桂花香中，胤禛身子日漸好轉，偶爾可以下地走一會兒，齊太醫估計他再休養幾日應該就差不多了。

在確認那張藥方有效後，康熙當即命人按著方子大量採買藥物，煎成湯藥免費分發給患了時疫的百姓，一應費用均由朝廷負責，不須百姓支付一分一毫。康熙這一舉動，令百姓感恩戴德，紛紛稱讚他是聖德仁君。

這場令朝廷頭疼了月餘的時疫終於被消滅，為了進一步安撫人心，康熙頒下聖旨，除卻免費贈藥外，凡在時疫中失去親人的，都可以得到二十兩銀子撫卹。

這日，天空下著淅淅瀝瀝的小雨，凌若雖然打著傘從鏤雲開月館回來，但裙角依然溼了一小片。

更衣之後，安兒端來安胎藥，這藥是一日兩回，每回服過之後都會覺得有些小睏，凌若與往常一樣準備小憩片刻，不曾想剛躺下一會兒，小路子就在外面敲門說富察氏來了。

凌若雖然疑惑富察氏怎麼挑了個下雨的時候過來，但還是很高興，趕緊披衣起身，命人請她進來。

「臣婦給凌福晉請安。」富察氏進來後依禮欠身。

「額娘不必多禮。」凌若連忙扶她起來，入手處一片溼冷，再仔細一看，發現富察氏身上多有被淋溼的痕跡，忙對站在一旁的水秀道：「快去拿塊乾淨的帕子來給夫人擦拭。」

「不必麻煩了。」富察氏拉住她，神色複雜地道：「額娘今日來，有些話要與妳說，妳讓他們都出去。」

凌若感覺到富察氏今日情緒不對，當下答應一聲，揮退所有人後，方才關切道：「額娘，可是家中出了什麼事？」

似乎有些不知該如何啟齒，好一會兒她才抬頭看凌若。「是關於妳妹妹的……」

「伊蘭？她怎麼了？」自那次將伊蘭送回家後，她就沒有再見過，倒是一直在打聽朝中有哪些青年才俊尚未娶親。

富察氏聽到這話，眼圈一紅，唯恐落下淚來，趕緊拿絹子壓一壓眼角，隨後才道：「這孩子從前幾日回來後就一直悶悶不樂，問她為什麼，她也不肯說。一直到昨日，我讓她收拾東西，準備入宮參選，她竟告訴我，說自己失節，縱死亦不會入宮。我追問許久，她才告訴我，原來上次在王府過夜時，她與王爺有了肌膚之親，這件事，若兒妳是知道的對嗎？」

凌若垂眸平靜地道：「是，不過我已經讓伊蘭忘記這件事，何況嚴格來說，她並不曾失節，此事也沒有別人知道。」

富察氏含淚點頭。「對，妳說得沒錯，從咱們的角度來看，蘭兒確實沒失節，可是她自己不這麼認為。若兒，妳也知道妳妹妹的性子，她一旦認準了什麼，十頭牛都拉不回來；而且從那之後，她就未與我再說過一個字，也未吃過一口飯、喝過一口水，怎麼勸都不肯聽。」

凌若沒想到伊蘭會如此執拗，一時間也不知如何是好，隔了一會兒方才握住富察氏因慌亂而微微顫抖的雙手，安慰道：「額娘，要不您回去再勸勸蘭兒。」

「能勸的額娘都勸了，可她就是不肯聽。若兒……」富察氏為難地看著她。「額娘有句話，不知該說不該說？」

第三百六十一章　母命難違

雨漸漸下大，打在院中兩株櫻花樹上，此時已經看不到櫻花紛飛的美景了，只有一些樹葉尚掛在枝頭，被雨水沖刷成黯淡枯黃的顏色。

富察氏很猶豫，掙扎半晌後，終還是道：「額娘心想，妳能不能與王爺說說，讓伊蘭入王府？」

儘管已經有所預料，但真聽到時，凌若依然吃驚不小，眉眼間盡是重重驚意，好半晌才道：「這是額娘的意思，還是依蘭的意思？」

「蘭兒什麼也沒說，是額娘自己不忍心。」說到此處，她嘆了口氣道：「若兒，妳聽額娘說，妳與伊蘭皆是額娘的女兒，手心是肉，手背也是肉，額娘實在不忍心看她這樣下去，萬一有個好歹，難道真要讓額娘和妳阿瑪白髮人送黑髮人嗎？」

「這事阿瑪知道了嗎？」凌若本打定主意要將伊蘭嫁出去，不曾想，今日額娘會專程來找自己說起此事，一時間不知該如何是好。

「妳阿瑪只知伊蘭心結，並不曉得我今日來找妳。」富察氏等了半天不見凌若說話，且感覺到原本握著自己的手正在不住抽離，頓時急了起來，反握住凌若比秋雨更冷的手道：「若兒，額娘知道這件事令妳很為難，可是眼下能幫伊蘭的就只有妳了，權當額娘求妳好不好？何況伊蘭是妳親妹妹，她入府，於妳來說也是一件好事，可以相互扶持。」

「額娘，不是女兒不肯，而是王府……」凌若被她說得心煩意亂，好半晌才理了思緒道：「您應該知道王府是什麼樣的地方，不說吃人不吐骨頭，卻也差不多。女兒一人在這裡已經夠了，何苦再將伊蘭拉進來，這不是反害了她嗎？」

「可現在只有那麼一條路能走。」富察氏眼眸含淚。「伊蘭雖然沒有明說，可額娘看得出，她當真是心存死念。若兒，妳就幫幫妳妹妹吧，額娘實在不願看著她出事。」說到這裡，她忽地從椅中滑落，跪在凌若面前，哀聲道：「若兒，額娘求妳，求妳幫幫你妹妹！」

「額娘您快起來。」凌若手忙腳亂地想要扶起富察氏，可是富察氏說什麼也不肯，只一味求她答應。凌若又氣又急，跺腳道：「額娘啊，您這不是在幫蘭兒，而是在害她啊。」

富察氏見自己都跪下來求她了，她竟還推脫不肯，甚至反過來怪她，不由得怒上心頭，道：「妳一直說額娘不對，那妳呢？妳又對嗎？伊蘭可是妳的嫡親妹妹，妳卻見死不救？」見凌若始終不肯鬆口，她氣極反笑，撐著椅子起身，一字一句道：「好！妳不肯是吧？那我求王爺去，看看他是否也跟妳一樣鐵石心腸，見死不救！」

「額娘！」凌若連忙拉住富察氏，她知道額娘這是在逼著自己表態，無奈之下，只得閉目說出違心之話：「好，我答應額娘，讓伊蘭入王府。」

在凌若的一再保證下，富察氏終於消了怒火，只是經過這麼一鬧，原本親密無間的母女竟變得無話可說，勉強坐了一會兒後，富察氏辭別離去。

看著富察氏沒入雨中的身影，凌若心裡五味雜陳。

原以為伊蘭的事已經解決，沒想到事情反而越發複雜。此刻，她真的很後悔讓伊蘭替自己守那一夜，要不然何須如此煩惱。

這場雨一直下到傍晚時分才停下，凌若去看胤禛的時候，那拉氏也在，正替他穿衣。看到凌若進來，胤禛甚是高興地道：「來得正好，待會兒陪我一道去外頭走走，在屋中關了一天，可是悶得很！」

那拉氏聞言一笑道：「之前王爺不是一直待在屋中嗎，也沒見說悶。」

「那是病著起不得身沒辦法，如今都好得差不多了，再整日待著，沒病也要憋出病來。」胤禛一邊套上袖子一邊說道。

那拉氏笑而不語，在替胤禛扣上最後一個鈕釦後，極為自然地挽他的手往外走，不想胤禛卻意外抽手，淡淡道：「有若兒陪著就行了。」

那拉氏目光一滯，轉頭深深看了自進來後一言不語的凌若一眼，若無其事地微笑道：「那妾身去廚房瞧瞧晚膳做好了沒有，再讓他們添幾道妹妹愛吃的菜。妹妹今晚就留在這裡一道用晚膳吧，人多，吃著也更香些。」

胤禛對她這番安排頗為滿意，點點頭，攜了凌若的手出去。此時秋雨初歇，空氣尤為清新，胤禛深深吸了一口氣，頷首道：「始終是外頭的空氣聞著舒坦，若兒妳說呢，若兒？若兒？」

「啊？四爺您叫妾身？」凌若只顧著想心事，壓根沒聽到到胤禛叫自己，直至他連喚數聲後方才如夢初醒。

胤禛眉心一擰，關切地撫著凌若的臉龐。「怎麼了，從剛才開始就一副心不在焉的模樣？」

「妾身……」凌若仰頭看著他，那雙眼眸中有少見的溫柔，心驟然酸澀起來，清淚無聲落下，劃過臉龐滴落在地。

「有事儘管說就是了，不要哭。」這般說著，胤禛自邊上折下一枝秋杜鵑輕輕簪在凌若墨雲似的髮間，旋即又撫了凌若高高隆起的腹部，玩笑道：「孩兒，你將來可不能學你額娘那樣愛掉眼淚，否則阿瑪一個人可是哄不過來。」

他不知，自己這番舉動反而令凌若更加難過。胤禛待她一日比一日好，可是她卻要親手將自己的妹妹接進來分享這一切。

人，始終是自私的，即使她早已清楚胤禛不可能為她一人擁有，可依然不想有更多的女人來分薄這份恩愛。

只是，該說的始終要說。

凌若暗吸一口氣，低頭垂聲道：「妾身有事隱瞞四爺，求四爺恕罪。」

「哦？」胤禛打量她，眸光中卻沒有多少意外。從凌若剛才一進來，他便瞧出她心事重重，猜到可能是有話要與自己說，所以適才才未讓那拉氏同來。

凌若盡量以平靜的語調，將那夜的事重述一遍，當聽得自己與伊蘭有了肌膚之親時，胤禛一臉訝異。那夜的事他真是一點印象也沒，根本不知道還有這麼一回事。不過，與之相比，他更好奇凌若在這個時候說出這件事的用意，若他沒記錯的話，明日便是選秀的日子了。

第三百六十二章　誤解

「妾身……妾身……」凌若吸了吸鼻子，努力嚥下不斷湧上來的酸意，斷斷續續地道：「妾身想請四爺……」

「想請我做什麼？」胤禛眸光微沉，緊緊盯著凌若。

「想請四爺納伊蘭為福晉。」凌若掙扎半天，終於說出這句在喉嚨裡卡了許久的話。

胤禛的神色在這一刻終於徹底冷了下來。「為什麼？」

凌若不知該如何回答，良久才虛弱地道：「伊蘭她……」

「我不是問伊蘭，我是問妳，為什麼這件事是妳來提，為什麼是妳要我納伊蘭為福晉？」胤禛語氣冰冷地打斷她的話。

「因為妾身是伊蘭的姊姊。」凌若緊緊攥著袖中的雙手，唯恐一鬆開，就會忍不住想要收回剛才那番話。

「所以妳就理所當然地要我納妳妹妹？」胤禛死死盯著眼前的女子，似乎從未認識過。「雖然那夜我沒有任何印象，既有了肌膚之親，負責也是應當的，但是妳為什麼可以說得這樣平靜，彷彿在妳眼中，我納再多的妾室與福晉都只是一件微不足道的小事罷了。」

「不是。」凌若搖頭，鬢邊那朵杜鵑花簌簌而動，花瓣上的雨水順著髮絲流至頰邊，帶來刺骨的寒意。

胤禛輕笑，卻是滿臉諷刺。「凌若，我一直以為妳愛我、在意我，所以我患時疫的時候，妳才會連時疫都不在乎，日夜守在我身邊。如今看來，卻是我猜錯了呢。妳確實在意我，可不是因為情愛，而是怕我死後無人庇護妳！」

「不是，不是這樣的！四爺您聽我說——」胤禛的誤會令凌若害怕，她想告訴胤禛是伊蘭以死相逼，是額娘跪地相求，她迫不得已才答應來提此事。

可是胤禛根本不給她這個機會，逕自打斷她的話，冷冷道：「妳敢說妳沒有擔心過嗎？」

凌若啞口無言，想否認，但迎著胤禛的目光，「沒有」這兩個字怎麼也說不出口。因為……她確實擔心過這一點。

私心裡，胤禛是希望凌若否認的，可是她沒有，她默認了這件事，這個結果令胤禛格外受打擊，胸口不住隱隱作痛。他一直以為凌若與別人是不一樣的，所以病好後，他對凌若格外寵愛憐惜，視她為寶。結果呢？結果她卻像垃圾一樣將他往別人身上推，根本沒有絲毫留戀。

「鈕祜祿凌若，妳好殘忍！」他憤然說出這句話，眸中怒火灼燒，既悲又痛。除卻湄兒，她是唯一一個讓他想真心去守護的人，現實卻狠狠甩了他一個巴掌，令他明白一切皆不過是自作多情。在她心中，自己根本及不上妹妹來得重要。

好不容易敞開的心門，在這一刻，再次重重關閉。

「四爺！」看到他漸趨冷漠的眸光，凌若感到一陣陣害怕，連忙拉住拂袖想要離開的他，急切道：「您聽妾身說幾句好不好？」

「妳我還有何話好說！」他用力甩開她的手，在看到身懷六甲的凌若因自己過於用力而不慎跌出去幾步時，下意識地想去扶，然手剛抬起就已被他生生收了回來。這樣的女人不值得他憐惜。

凌若不知道事情為什麼會演變成這樣，但她清楚知道自己如果再不解釋清楚的話，只怕沒有機會了。「是，妾身承認當時確實有過這個念頭，但更多的是擔心四爺，只要能換得四爺安然，要妾身做什麼都願意。至於伊蘭……妾身不是不在乎四爺，而是——」

「而是把我與伊蘭相比，妳更在乎這個妹妹罷了，我說得沒錯吧？」胤禛滿臉諷刺地打斷她的話。「妳要仿效娥皇女英，行，我成全妳。不過伊蘭是秀女，皇阿瑪那邊妳自己去說。」

扔下這句話，他頭也不回地離開，留下凌若一人孤零零地站在那裡。

胤禛憋了一肚子氣回到屋中，彼時晚膳已經做好，那拉氏正命人將幾道適宜孕婦吃的菜放在一起，看到胤禛一人進來，不由得有些奇怪。「妹妹人呢？怎麼沒和王爺一道進來？」

胤禛本就在氣頭上，聽到這話更是沒好氣地道：「由得她去，別管她！」

那拉氏是何等精明之人，一聽這話立時猜到凌若必是哪裡得罪了胤禛，惹得他發這麼一通火。不過這種事，她樂得見，自不會去勸說分毫，反而順勢道：「既如此，那妾身服侍王爺用膳吧。」

胤禛隨意答應一聲，待他在花梨木椅中坐下後，那拉氏舀了一碗瓦罐雞湯遞到他面前。「王爺如今病體未癒，吃不得太過油膩的東西，可是總吃清淡的對身子又沒好處，所以妾身讓廚房在燉這雞湯前先將雞皮剝去，然後親自看著用文火煨煮兩個時辰，雖湯汁稠濃、味道鮮美，卻只有少量油腥，王爺您嘗嘗看。」

「難為妳這麼用心。」在說這句話的時候，胤禛心裡更多的是失落。若如此用心的人是凌若該有多好，可惜，她心裡第一個想到的，永遠是同姓鈕祜祿的家人，而不是自己。

明明心裡氣極了她，可目光還是不由自主地轉向院中，待發現那裡已經沒有了人影時，遂有些失望。

那拉氏將這一切盡收眼底，卻裝作什麼事也沒有，笑意盈盈地替胤禛夾菜盛湯，不住勸他多喝一些。

對那拉氏，胤禛一直都是淡淡的，從來說不上喜歡，更多的倒有些像親情。不過此刻她這般貼心關切，他倒也有幾分感動，夾了一個魚丸到她碗裡。「別光顧著我了，妳自己也吃。」

胤禛上一次夾菜給自己是什麼時候，半年前還是一年前？那拉氏已經不記得，不過不要緊，她還有很多時間，可以慢慢等。

八月初十，後宮選秀之日，共有一百三十九名秀女入宮參選，不過負責此次秀選的大太監富海在清點秀女時，發現少了一名。查過名冊後，得知少的秀女是從四品典儀凌柱之女——鈕祜祿伊蘭。

秀女少了一名可是大事，而且事先沒有報備登記，若不是突然染上急病來不及報備，就是有意逃選，若是後一種的話，這罪名可是嚴重了。

出了這等事，富海不敢怠慢，拿了名冊匆匆來到養心殿，不想到了那裡卻意外看到一名女子。富海悄悄看了一眼，倒是認得，是四阿哥府上的凌福晉，他記得好像也是姓鈕祜祿氏。

第三百六十三章 請旨

待富海稟報完出去後，康熙自奏摺中抬起眼，打量著凌若道：「妳說伊蘭突患急病？」

「是。」凌若知道自己此刻正犯著一項名為「欺君」的罪名，但還是硬著頭皮答應，否則無法解釋伊蘭無故缺選。

康熙合起一本剛剛批好的奏摺交給站在一旁的李德全，後者立刻將摺子整齊疊好放在案上足足堆了兩尺高的奏摺上，這都是康熙今天剛批好的。

「即使如此，也該是由旗主將此事上報戶部，再由戶部備案留待三年後再選，何以由妳親自來與朕說？」今兒個得知凌若突然在宮外求見時，他還奇怪了好一陣子，召進來一問，方知是為著其親妹不能入宮參選一事。

養心殿南窗外樹木扶疏，金色的秋陽在穿過樹枝後變得細碎而零落，猶如凌若此刻的心情。昨夜她一夜未闔眼，一直在想今日見康熙後該說的話，一旦在這裡開口，那麼就是呈君之言，再不能更改。
那日胤禛已經生了自己這麼大的氣，這幾天一直未曾來看望過她，若她再求康熙賜旨將伊蘭納入王府，只怕胤禛真的不願再理會她了。
她到底該怎麼辦？一邊是至親之人，一邊是至愛之人，她真的難以抉擇。
康熙等了半晌，始終不見凌若開口，遂放下剛在另一本奏摺中批了幾個字的朱筆，起身走下來道：「怎麼，朕的問題很難回答嗎？」
「不是。」凌若下意識地回答，目光一凝，發現不知何時自己眼前多了一雙石青色的靴，順勢抬眼，卻見康熙站在離自己數步遠的地方，那雙睿智的眸子正若有所思地落在自己身上。
「奴婢……」她睫毛輕顫，猶如一隻受驚的蝴蝶，振翅想要飛離，然越是心急就越不易飛起，掙扎在塵埃間。
康熙看出她的為難，抬手道：「不必著急，想好了再回答，先陪朕去外頭走走。從早上一直坐到現在，再不動動，身子都要鏽住了。」
凌若雖心中有事，但聽得這話卻也是一陣莞爾，正要上去扶他，康熙已道：「不必，朕又不是七老八十走不動，妳顧著自己就行，孩子該有八個多月了吧？」
「回皇上的話，正是，徐太醫說產期應該就在下個月。」凌若垂首回答。
儘管靖雪的事已經過去有一陣子了，但聽得容遠的名字，康熙心裡還是一陣不舒坦。不過這小子倒是有真才實學，要不是他那張方子，胤禛不能撿回一條命來，朝廷也不能這麼快撲滅時疫。

御花園天天有人打理，所以雖是秋天卻不見絲毫殘敗之景。月季、木芙蓉、黃蜀葵、帝皇菊等等，爭相怒放，極是好看。

然這樣的美景看在凌若眼中卻另有一番感悟。

只見花開不見花謝，豈不就像是後宮中的諸多女子一樣，從來只聞新人笑，何曾聽見舊人哭？甚至於有些人到死都不曾見過皇帝一面，只能在銅鏡中看著曾經如花嬌嫩的容顏慢慢老去，皺紋一道道地增加，最終在孤苦無依中死去。

想必那些女子會無比羨慕宮外那些普通民婦，嫁人生子，雖沒有大富大貴、錦衣玉食的人生，但至少會有一個疼愛自己的丈夫和完整的家庭。

許多人嫌棄平凡的幸福，認為那不值一顧，反而用盡一生去追求所謂的富貴錦繡後，直至年老時再回首，方才發現原來皆是虛妄，唯有平凡的幸福才是最真實的。只是那時已經太晚，回不了頭了。

她不希望伊蘭也有這樣後悔的一天，更不希望有朝一日會與伊蘭為敵，生死相向。所以哪怕伊蘭怪她，額娘怪她，她都要這麼做。

困擾她許久的事，終於在這一刻豁然開朗，不再因親情而迷茫無措。

御花園邊上有一座亭子，是為千秋亭，站在裡面，能將御花園美景盡收眼底。康熙信步走進去後，對一直跟在身後的凌若道：「如何，想好答案了嗎？」

「是。」凌若深深吸了一口氣，扶著亭柱艱難跪下道：「奴婢的妹妹伊蘭這次患病不能入選，依照大清律例，秀女但凡因身體有病不能參選，必須要等三年後再選中，方可婚嫁。伊蘭今年已經十五歲，再三年，便是十八，如此年紀若是選秀不中，只怕難以婚嫁，所以奴婢斗膽，求皇上賜伊蘭一份恩典。」

「妳想讓朕給伊蘭賜婚？」康熙似笑非笑地看著他，拂過亭子的秋風吹起他玄色金線滾邊的袍角。不等凌若回答，他又道：「姊姊這般貌美，妹妹想來也不差，妳要朕失去一位傾國佳人，朕豈不是很遺憾？」

凌若聽出他這是在與自己玩笑，不由得心頭大定，仰頭微笑道：「皇上英明仁武，豈是貪好女色之人。何況宮中佳麗三千，又哪少得了傾國傾城的佳麗。」

康熙濃眉一挑，含笑道：「照妳這麼說，朕要是不成全了伊蘭，豈非就成了好色的昏君？」

見凌若笑而不答，康熙臉上的笑意更深了幾分，轉頭對守在亭外的李德全道：「扶凌福晉起來。」

「嗻！」李德全答應一聲，小心翼翼地扶凌若起身。

恰巧這個時候，孩子在裡面用力踢了一腳，震得李德全都有感覺，笑道：「老奴猜福晉這胎應是男孩才對，所以踢起來才會這般用力。」

康熙聽到這話頗是高興，朗笑道：「男孩好，等他出生後，朕親自教他讀書寫字、騎馬射箭！」

康熙有一百多個皇孫，但得他親自教導的至今卻是一個沒有。以前康熙最親近的就是廢太胤礽的嫡長子，每個月都會過問一下他的功課，但也僅止於此。畢竟年紀大了，精力不比從前。

「多謝皇上。」凌若趕緊謝恩，滿懷欣喜。

儘管這是將來的事，但康熙言出必行，他說會親自教導就一定會親自教導。

第三百六十四章　人選

康熙隨意在亭中石凳中坐下後，拍了拍旁邊的凳子，示意凌若一道坐，隨即面露讚許地道：「那日在雍王府中看到妳不顧危險照料老四，朕很是高興。」

「這都是妾身應該做的，如何敢當皇上如此厚讚。妾身相信換了府中任何一位姊妹，都會這般做。」凌若謙虛地道。

康熙搖頭未語，神色卻是大不以為然。若那些人要做早就做了，何以會讓凌若一個孕婦去做。始終知道與做到，是兩碼子事，正因此，才令他更看中凌若。

「話說回來，妳既想讓朕賜婚，那可有中意的人選？」康熙接過宮女遞來的洞庭碧螺春，一邊撥著浮在茶湯上的葉子一邊問道。

凌若接過遞到自己面前的茶盞，不過盛在裡面的卻是一品羊奶，輕抿了一口後笑道：「奴婢一時還真想不到什麼好人選，所以此事只怕還要皇上費心了，替伊蘭擇一個如意郎君。」

「妳這丫頭，奪了朕的佳人不說，還要朕替她選如意郎君，天底下哪有這樣的理。」康熙笑罵一句後，始終還是替她斟酌了起來。今科進士之中，最出色的又未曾婚配的，莫過於狀元與探花，可惜都已經賜婚，這麼一來只能在二甲中挑一個合適的。

見康熙擰眉不語，李德全小聲道：「皇上，奴才記得上次殿試時，您曾誇過其中一位進士策論做得好，說光憑這篇策論便足以名列一甲。」

經他這麼一提，康熙頓時有了印象，脫口道：「你是說與你同宗的李耀光？」

李德全一聽這話連連擺手道：「皇上又開奴才玩笑了。李修撰是進士老爺、朝廷命官，奴才只是區區一個太監罷了，怎敢與李修撰相提並論。」

康熙聞言，抬腳虛虛踢了他一下，笑罵道：「瞧你那沒出息的樣。太監怎麼了？你可是正五品的大內總管，真要論起官職、品級來，那李耀光還沒你高呢。不過這人倒確實不錯，若非其中有一個字犯了忌諱，探花之位非他莫屬。」

能得康熙如此誇讚之人，想來差不到哪裡去。不等凌若開口請求，康熙已然道：「罷了，就他吧，待會兒朕擬一道旨讓李德全去傳。」

凌若大喜過望，連忙叩謝隆恩。去了這樁心事，她整個人一下子感覺輕鬆了許多。這條路才是對伊蘭最好的，至於額娘那邊，她會親自去解釋。

正自說話間，有一名小太監在遠處張望了下，李德全立時走過去，說了幾句後再回來時，手裡多了一個寶藍色錦盒。

「什麼東西？」康熙放下喝了幾口的碧螺春問道。

「回皇上的話，是郝大人派人送來的丹藥，說是從一則古書上看來的，服用後有助於延年益壽，郝大人製成後特拿來孝敬皇上。」李德全恭敬地回答，同時將錦盒打開，只見裡面整整齊齊擺放了十二顆朱紅色的丹藥。

康熙失笑道：「這個郝逸文，估計著他那本又是哪個煉丹道士留下的古書，朕早就與他說過這些丹藥信不得，偏他就是不信，自己吃也就算了，還每次都拿來予朕，真不知該說他什麼好。」

凌若對這位郝大人也略有耳聞，聽聞他對長壽一事頗為著迷，不知費了多少心思在這件事上，當下笑笑道：「郝大人也是一片心意，盼著皇上萬壽無疆。」

「萬壽無疆？」康熙一邊笑一邊搖頭。「活這麼久豈不是成了老妖怪了？朕說過，人命幾數，上天早就註定，靠人力又豈奪得了天？真要想長命養身，倒不若寡慮、寡嗜欲、寡言。只要雜念不起，心就能清察明審、感情和順，疾病就不會侵害，自然身健長壽。至於那些藥……收到庫房去吧，朕還想多活幾年呢。」

「嗻！」李德全陪笑答應。這些年郝大人送來的藥不少，不過皇上從來沒有服過，偏是郝大人樂此不疲，每次尋到什麼古方、偏方，都不忘孝敬皇上一份。

「皇上如此聖明仁德，實乃大清之福。」

身為君主，集天下生殺予奪大權於一身，於富貴權勢已經無所追求，那麼唯一追求的便只有長壽。觀歷朝歷代，不乏有皇帝服丹的記載，能像康熙這般清明者，實屬難得。

「聖明……」康熙重複著這兩個字，神色突然顯得有些落寞，亦沒有了繼續說下去的欲望，說一聲「乏了」之後，在李德全的陪同下離去。

望著康熙筆挺但瘦削的身影，凌若突然明白了康熙適才的落寞因何而生。是子嗣。他有二十多個兒子，但是後繼的儲君卻遲遲沒有定下，立了三十幾年的太子更被他親手廢除，圈禁一生。

這一刻，他或許是在迷茫，當自己百年之後，龐大的帝國該交給誰來繼承，而他又是否能夠延續大清的輝煌，讓它穩穩地走下去，不腐朽、不墜落？

凌若同情這位老人，卻也無可奈何。胤禛無疑是一個極好的人選，但這不是她所能決定的，想來康熙也在抉擇當中。

她搖頭離開千秋亭，在經過咸福宮時，腳步不由自主地停下來。石秋瓷自兩年前晉為靜嬪後就遷出承乾宮，入主咸福宮，掌一宮之事。

「主子又想起靜嬪了？」水秀看到凌若這個模樣，哪有不知之理。

靜嬪……每次聽到這兩個字，凌若都覺得無比諷刺。她最好的姊姊啊，親手將她推落地獄，奪走屬於她的一切，堂而皇之地站在這裡。

她知道所有真相，卻不得不隱忍，此刻的自己根本沒有能力與對方相爭，繼續隱忍下去吧，直至機會來臨的那一天。

「走吧。」凌若在深深看了一眼後，轉身意欲離去，不想德妃正好從裡面走出來，撞了個正著。

看到凌若，德妃頗為驚訝，待得知她此行的來意後，微一點頭，語氣溫和地道：「妳倒是關心妹妹，自己懷著孕，還特意來跟皇上求這個恩典。」頓一頓又道：「回去後看看妳妹妹病情怎麼樣，若是嚴重的話，就讓太醫去替她看看。」

第三百六十五章　再見憐兒

「多謝德妃娘娘關心。」凌若垂首謝恩。

德妃扶一扶鬢邊的珠花，語氣溫和地道：「有沒有興趣陪本宮走一會兒？」

「能陪娘娘是奴婢的榮幸。」凌若應了一聲，接過憐兒的手扶著德妃漫步走在去長春宮的路上。

在走了一陣子後，德妃突然問道：「當日本宮下令將妳禁足，妳心裡可曾怪過本宮？」

凌若低頭想一想後，認真道：「奴婢若說毫無怨怪，那麼就是在欺騙娘娘了。不過奴婢能理解娘娘這麼做，完全是出於對四阿哥的一片慈愛之心，設身處地，若換了奴婢站在娘娘這個位置，只怕也會做出與娘娘一樣的選擇。」

「妳倒是實誠。」德妃點點頭，不僅未有任何不悅之色，反而流露出幾絲讚許之意。入宮幾十年又爬到如今這個位置，孰為真話，孰為假言，她自是分得一清二楚，鈕祜祿氏能在自己面前說出這番話，實屬難得。

「這一次，老四病癒，妳與腹中孩子也證明了並非不祥之人，本宮這顆心啊，總算可以放下了。」德妃如此感慨一句後，又問了幾句凌若腹中孩子的情況，待得知一切皆好後，欣慰道：「老四膝下子嗣不多，妳這一胎若是男孩便更好了。對了，本宮上次讓憐兒送過去的那些補品、藥材還有嗎？不夠的話，本宮叫內務府再置辦一些讓人送去。」

凌若忙推辭道：「娘娘上次送去的東西還剩下許多，怕是到臨盆都吃不完，實不必再浪費。」

德妃也不勉強她，只道往後若有什麼缺的、少的，盡可派人來告訴她。不知不覺間已是走到長春宮，凌若進去又陪著德妃說了一陣子話，方才辭別離去。

「主子您還要去哪裡？」水秀扶了凌若出來後，發現她走的方向並不是宮門，心下不由得奇怪。

凌若笑一笑道：「突然想起一位故人來，若無意外，她此刻應在鐘粹宮。難得入宮一趟，自是要去見見。」見水秀還是一副茫然的樣子，她又道：「妳忘了我與妳說過在杭州的事了？」

經她這麼一提，水秀頓時想了起來，恍然道：「主子您是說方姑娘？」

凌若抬頭看一眼明暖耀眼的秋陽，道：「是啊，一別兩年，也不知她怎麼樣了，既是來了宮裡，便順道去瞧瞧。」

水秀歪一歪頭，露出幾分為難之色。「奴婢記得主子說過方姑娘的閨名叫憐兒，德妃娘娘身邊的宮女也叫憐兒，那將來方姑娘若是入了宮，又與憐兒姑姑在一起時，豈非要叫混了？」

「傻丫頭。」凌若失笑，抬手將水秀垂在頰邊的淡青色流蘇捋齊後，道：「方姑娘若是入了宮，那就是皇上的人，有封號、有名位，除了皇上，哪個又會叫她的閨名。就像德妃娘娘一樣，我聽聞德妃娘娘閨名叫端容，但是妳會去叫嗎？」

「奴婢可不敢。」水秀吐一吐舌頭。德妃娘娘那可是四妃之一，她若敢這樣叫，下一刻便該被人拖下去論罪了。

到了鐘粹宮，凌若發現這裡的管事姑姑依然是七年前選秀時的紅菱姑姑，時隔多年，她竟然還認得凌若。一番見禮後，得知凌若要見其中一名秀女，她當即便答應下來，翻過冊子，裡頭記載方憐兒今早入宮後，被安排在東院其中一間廂房中，當即命宮女帶凌若過去。

彼時方憐兒正在屋中收拾隨身所帶衣物、小件，聽得有人尋自己，覺得好生奇怪，自己在這紫禁城中可沒什麼相識之人。

這樣的疑惑在看到凌若時，化為了重重喜悅。其實在杭州時，她與凌若算不得親近，可此刻相見，卻覺得格外親切。她快步上前一福道：「見過凌福晉。」

「不必多禮。」凌若伸手扶起她，微笑道：「我今日入宮，想起妳應該在鐘粹宮，所以過來瞧瞧。如何，一切可都還好嗎？」

方憐兒側頭，露出一抹慧黠的笑容。「好與不好，都要努力把這條路走下去，不要讓家人擔心對嗎？那日凌福晉說的話，我可一直都有記在心上。」

凌若含笑點頭。如今的方憐兒已經沒有了兩年前的鋒芒畢露，變得內斂沉靜，也明白了自己肩負的責任，這是一個好的轉變。

「我原想著到了京城後，去雍王府拜會一下您和王爺。回想起來，上次若不是您和王爺，只怕我還會繼續錯下去，害了家人都不知道。」說到這裡，方憐兒擺一擺手，無奈地道：「哪知中途馬車壞了，耽擱了好些天，昨日傍晚才趕到京城，之後就趕著入宮了，根本抽不出時間。」

「無妨。」凌若搖搖頭，安慰她道：「何況咱們不也一樣見著了嗎？」

「嗯，真的很意外。」說到這裡，她目光往下一移，落在凌若隆起的腹部上，輕笑道：「而且見到的還不只一人呢。福晉，我可以碰碰他嗎？」

「自然可以。」在她的期待中，凌若抓起她的手放在堅實的腹部上，那裡有一個小小的孩子已經成形，正在努力吸取母體的營養長大。

明明隔著肚皮，但方憐兒好像感覺到裡面那個小小人兒的心跳聲，一跳一跳，有種莫名的感動。她記起，自己也是這樣從母親腹中長大，然後出生。

從那麼小的一個，一直長到會跑會跳，會說話、會思考，爹娘在她身上不知付出多少心血；可她以前竟這樣不懂事，以為爹娘不疼她，甚至以她換取榮華富貴，實在該死。

等她收回手時，眸中已是淚光隱現。「以前的我實在太過自私，凡事只顧自己，令父母操碎了心。」

「知錯能改，善莫大焉，一切都還來得及。倒是妳自己的將來，想過嗎？如果皇上選了妳入宮為妃，該當如何？」凌若輕拍著她的肩膀問道。雖然方憐兒今日已經站在這裡，但選秀與入選是兩回事，她怕方憐兒依然心有介懷。

方憐兒迎著秋陽，淡然一笑道：「既來之則安之，若這是我的命，那麼我會坦然去接受。」

「妳能這樣想就好。」聽到她這麼說，凌若的一顆心總算是放了下來，今日的方憐兒已經不需要任何人替她擔心。

第三百六十六章　凌府

「對了，福晉，您是見過皇上的，不如與我說說皇上是一個什麼樣的人，好不好相處，也好讓我有些心理準備。」方憐兒突然這樣說道，神色間微有期待。

「好。」凌若答應一聲，同時也有意提醒她一二，當下拉了她的手在晒得微暖的石凳中坐下，道：「皇上是一個很隨和、寬厚的長者，斷不會太過為難於妳，所以這一點妳並不用擔心，只要守著自己該有的規矩就行。」

「那就好。」方憐兒拍拍胸口。適才她雖說得坦然，但畢竟只是一個十七歲的姑娘，驟然要面對一個陌生人成為相伴自己一生的夫君，且這個人還是擁有天下的皇帝，始終還是有所擔心。

凌若斂一斂繡有寓意多子多福的石榴圖案的袖子，徐徐道：「不過有一點我要提醒妳，一旦入宮，妳面對其他妃嬪娘娘的時間會遠比面對皇上時要多許多，而她們不是人人都那麼好相與，背後插刀的事並不在少數。若想在這後宮中生存下去，就必須小心謹慎，一步也不能踏錯。」

方憐兒是一個不錯的姑娘，重情重義，在某方面與她有些相像，所以她不願看方憐兒將來因一時大意做錯或說錯了什麼，糊裡糊塗丟了性命。

「我知道。」方憐兒知道凌若是特意提醒自己，這番話遠比金銀珠寶更為貴重，當下起身行禮，正色道：「多謝福晉憐惜，憐兒一定時刻謹記於心。」

凌若起身扶起她，道：「好了，時辰不早了，我也該回去了。往後若有機會，我們再見吧。」說到此處，她忽地玩笑道：「說不定下次再見時，就該我向妳行禮了。」一旦方憐兒入選，即使只是封一個最低等的更衣，那也是主子。

方憐兒低頭一笑，道：「不論身分怎麼變，在我心中，您永遠是姊姊。」

一直送到宮門口，她才與凌若依依揮手惜別。好不容易遇到一個相識之人，可惜轉眼又要分別，只盼下次還能再見吧。

水秀扶了凌若上轎，凌若則吩咐了一句：「先不回王府，去凌府。」

周庸在聽完小廝的稟報後，輕手輕腳地進了書房。胤禛正在裡面批閱公文，他病的這些天，刑部積下了許多事情，都要趕著批閱出來。

周庸進來後也不說話，垂手站在一旁，直至胤禛從堆積如山的公文中抬起頭，方才上前打了個千兒道：「四爺，宮裡的消息來了。」

胤禛握筆的手一緊，湖州進貢來的上好狼毫筆被他捏得咯咯作響，隨時會斷成兩截。他冷聲道：「怎麼說？」

周庸聽出他隱藏在冷漠背後的在意，低頭恭敬地道：「凌福晉已向皇上請旨，替二小姐賜婚，嫁予二甲進士，現在翰林院任修撰的李耀光。」

聽到凌若沒有請旨將伊蘭納入王府，胤禛心情驟然一鬆，擱下筆，似漫不經意地道：「總算這女人還有點腦子，沒有蠢到不可救藥的地步。」

周庸微微一笑，輕言道：「其實凌福晉一直都很在意王爺的。」

「哼，她若真在意，那日就不會說出讓伊蘭入府的話了。」話雖如此，他脣角還是不自覺地向上揚起，顯然心情不錯。

他身為皇子、王爺，生命中註定會有許多女人，但真正在意的，除卻湄兒之外，卻只有一個凌若。那份在意，即使是年氏也不能相提並論。

正因為在意，所以他才不希望是由凌若來將別的女人塞到他身邊，那樣會讓他覺得受傷，彷彿在凌若心中，他只是可有可無之人，遠不及親人來得重要。

「恕奴才多嘴說一句，在這件事上，最為難的就是凌福晉，一來二小姐是她的親妹妹；二來，奴才聽聞為著這事，凌夫人也曾找過凌福晉。」

胤禛睨了他一眼，冷冷道：「你這是在替她說話嗎？」

「奴才不敢。」周庸在胤禛身邊伺候十餘年，自然聽得出他並非真生氣，不過還是適時收住聲音。

果然，胤禛移開目光，揮手道：「行了，你先退下。」就在周庸快退到門口時，他又補充道：「若凌福晉回到府中，記得告訴我。」

待屋中只剩下自己一人後，胤禛嘴角的笑意漸漸擴大，積了數天的鬱悶在這一刻一掃而空，心情出奇地暢快。他已決定等凌若回來後便去看她，冷落了這些天，也該夠了，而且……他也有些想她了。

且說凌若那邊，雖然已經離家七年，但回家的路是不會忘的，指了轎夫一路前行，終於在大半個時辰後看到她住了十五年的院子。小小一個院落，承載了她無數歡聲笑語，這樣的日子，已是一去不復返。

院門是關著的，凌若示意水秀上前敲門。出來應門的是一個圓臉的布衣女子，頭上插著一支木簪，二十餘歲的樣子，她看了一眼凌若等人後，警惕地問：「你們找誰？」

乍看這個面生的女子，凌若只道是自己尋錯地方，過了一會兒才想起上次阿瑪曾說起過家中請了兩個粗使僕婦，想來這便是其中一個。

如今家中情況比以前好了許多，特別是在石重德倒臺後，除卻俸祿外，凌柱又拿到了冰炭敬，且凌若也常接濟家中。

「我找凌老爺，他在嗎？」凌若沒有提及自己的身分，和顏相問。

「回這位貴人的話，我家老爺出去拜訪同年了，尚未回家。夫人倒是在家中。」僕婦雖不認識凌若，但看她衣著華貴、氣度雍容，身後又有轎夫、丫頭相隨，心知身分必是不凡，是以言語間猶為客氣，之後又小心翼翼地問：「不知這位貴人姓甚名誰，奴婦也好進去向夫人通稟。」

水秀上前道：「我家主子乃是雍王府福晉，凌老爺的嫡長女。」

僕婦早就知道東家長女嫁入雍王府，還頗得喜愛，卻不想眼前這位女子便是，慌得她連連欠身道：「奴婦不知是福晉駕到，未曾遠迎，請福晉恕罪。」

第三百六十七章　心痛

「不知者不怪。」凌若一邊說著一邊抬步往裡走。僕婦趕緊讓到一邊，之後又亦步亦趨跟了上去。到了正屋，發現富察氏並不在裡面，召過僕婦一問，得知是在伊蘭房中。

凌若剛到門口便聽見裡面有說話聲，挑簾進去，果見富察氏正坐在床邊與臥床不起的伊蘭說著話，旁邊還放著半碗紅棗小米粥。

看到凌若進來，富察氏又驚又喜，忙起身問道：「若兒，妳怎麼突然回來了，是王爺陪妳一道來的嗎？」

看到她進來，伊蘭眼底掠過一絲喜色，面上則是若無其事地喚了聲「姊姊」。

「不是，女兒剛從宮裡回來，想起阿瑪、額娘便過來看看。」凌若一邊與富察氏說話，一邊打量著伊蘭。氣色尚好，應是沒什麼事。

「妳見過皇上了？他怎麼說，可有怪罪伊蘭的意思？」富察氏趕緊問道。為著這事，她一上午都心神不寧，唯恐皇上因此怪罪凌家。

凌若握一握她的手道：「額娘放心，皇上人很好，他知道伊蘭是因為急病而不能參選，並未曾有絲毫怪罪。」

「那就好。」富察氏撫一撫胸口，旋即又有些遲疑地道：「那伊蘭的事……」

凌若微微一笑，輕聲道：「額娘，這事我想自己與伊蘭說，您讓我們單獨待一會兒好嗎？」

富察氏看她這個樣子，伊蘭的事應是沒什麼問題了，便道：「那好，妳難得回來一趟，額娘去做妳最喜歡吃的千絲銀雪糕來。」

「嗯。」凌若點點頭，在富察氏原先坐過的地方坐下，那裡尚有餘溫。

「姊姊有什麼話要與蘭兒說？」伊蘭一撐身子，讓自己坐得更舒服些。

凌若定定地看著她，許久，她嘆了一口氣，開口說出一句令伊蘭大吃一驚的話：「蘭兒，妳如實告訴姊姊，那晚在鏤雲開月館，王爺究竟有沒有犯過病。」

伊蘭眼皮一跳，下意識地想要迴避凌若探究的目光，生生忍住道：「姊姊這話是什麼意思，難道妳疑心我騙妳？」

凌若搖頭，然接下來的話卻令伊蘭更加驚心。「不是懷疑，而是幾乎可以肯定。蘭兒，妳一直都是有心騙我的，只是在今日之前，我從來不願去想也不敢去想，我的妹妹竟然變成了一個為達目的不擇手段的人。」

伊蘭縱然心機再深，聽到這話也不禁臉色微變，別過頭不自在地道：「我不知道妳在說什麼。」

「妳什麼都知道。」胸口是不斷加深的痛楚，許多事情，她一直不願去碰觸，唯恐壞了那份姊妹親情，可是始終，她不可能一輩子都活在自欺欺人的世界中。「王爺那夜根本沒有犯過病，一切皆是妳的謊言。」

「妳別胡亂冤枉我！」伊蘭激動地攥著彈花被大叫：「這件事我根本沒有想與妳說，是妳自己非逼著我說不可，如今卻又在這裡冤枉說我騙妳！」

「那夜是妳主動說要留下來照顧王爺，而那時王爺的病已經快好了，不像是會犯病的樣子。妳說他突然犯病，然後抱住妳，而妳又因為過於慌亂忘了叫人進來……妳不覺得太過巧合了嗎？」凌若深吸一口氣繼續道：「不錯，妳是沒有直說這一切，但是妳離開時的樣子、特意替王爺撫平的衣裳、留在王爺衣上的長髮，以及在淨思居上吊，這一切的一切，不都是為了讓我起疑心嗎？」

伊蘭被噎得半天說不出話來，好半晌才掩飾了心裡的慌亂，冷笑道：「好啊！既然好姊姊認為我從始至終都在騙妳，那妳現在還來這裡做什麼？指責我嗎？」

「蘭兒。」凌若重重嘆了口氣後，握住伊蘭冰涼的手道：「妳怎麼到現在還不明白，不管妳做過什麼，妳始終都是我妹妹，我盼著妳好都來不及，又怎會指責妳？我只是很痛心，為何妳要這樣騙我？是因為王爺嗎？」

伊蘭目光閃爍，強行抽回手，扭頭道：「我不知道妳在說什麼。」

凌若何等聰慧，看到伊蘭這般，終於連最後一絲疑惑也沒有了，沉沉問出她最不願說的一句話：「妳喜歡王爺，所做的一切皆是為了入王府，對不對？」

伊蘭知道再隱瞞也無用，乾脆迎上她的目光，一字一句道：「是，我是喜歡王爺，那又怎麼樣？難道我連喜歡一個人的權力也沒有嗎？」

「喜歡一個人沒有錯，但妳不該為了喜歡而不擇手段，甚至連額娘也拿來利用。」凌若痛心疾首地斥道：「還有今日，居然當真膽大到不入宮參選，若我不走這一趟，萬一皇上怪罪下來──」

「夠了！」伊蘭冷笑著打斷她的話。「別把自己說得那麼偉大，論自私，誰又比得了妳。若我一早告訴妳我喜歡王爺，妳會答應讓我入府嗎？不會，妳只會想方設法地將我嫁出去，以免我礙著妳的眼。」

凌若又氣又急。「我從來沒有說過妳礙眼，讓妳出嫁那也是為妳好。魏源是今科探花，年少有為、前途無量，妳還有什麼不滿意？」

「他就算再好，能好過王爺嗎？」伊蘭厲聲說道，清秀的面容在這一刻變得猙獰可怕。「姊姊，王爺是人中之龍，而魏源是什麼，他配與王爺比嗎？妳可以成為福晉，享盡恩寵與榮華富貴，同樣是姓鈕祜祿的，為什麼我就不可以？」

「這就是妳一直以來的想法？」凌若望著眼前那張既熟悉又陌生的臉，那一瞬間，她真的懷疑，眼前這個人真是自己的親妹妹嗎？

「是！」這一刻，伊蘭已經沒必要再否認了，她掀開被子，赤腳走在冷硬的青磚地上，每一步都帶起曾經的回憶。「我喜歡王爺，從十歲那一年起就很喜歡，我發過誓一定要做他的妻，可是妳……」倏然回首，壓抑許久的怨氣在這一刻徹底爆發出來，眸光狠厲地道：「妳一直說什麼要讓我嫁給他人做正妻，妳口口聲聲說為我好，可是妳有問過我願意嗎？」

「這些事我並不知道。」確實，凌若從不知原來伊蘭心裡藏了這麼多事，而且整整藏了五年。

第三百六十八章　心寒

「妳當然不懂！」伊蘭眼中戾氣不僅未消，反而漸長。「以前在淨思居時，李衛那些下人，表面上喚我一聲二小姐，實則心裡沒一個看得起我，都在暗地裡說我不過是沾了姊姊的光，才能出入王府。他們這樣對我，可姊姊妳呢？」她笑，眸底一片冰冷。「妳卻為了區區一個下人打我！」

凌若起身緩步走到她面前。「我那時打妳，是因為妳明明犯了錯卻無絲毫悔改之意，根本與他人無關。」

伊蘭冷哼一聲道：「妳想怎麼說都可以，總之在妳心中，我這個嫡親妹妹根本就沒有幾個下人來得重要；同樣的，妳也怕我入府後會搶去王爺的寵愛，所以妳千方百計要將我嫁出去。」

凌若滿臉失望地道：「蘭兒，為什麼直到現在妳都不明白，我不讓妳入王府完全是為了妳好。不錯，王府裡確實是有著尋常人家沒有的錦衣玉食，但那又怎樣，我在王府七年，這七年間每一日都過得艱辛無比，被人陷害設計，失去了自己的親骨肉，甚至被趕出王府，差點連命都沒有，這樣的日子妳當真想過嗎？」

「是！」伊蘭連一絲猶豫也沒有，肯定地回答：「這本就是一個害人與被害的世界，妳過得痛苦，只能說明妳自己不夠小心、不夠有本事。我不會，姊姊，與妳相比，我才是適合生存在王府裡的那個人。」

聽到這裡，凌若已經明白，不論自己再說什麼，伊蘭都不可能聽得進去。半晌後，她點點頭，似自言自語地道：「也許妳說得沒錯，妳確實是最適合王府的那個人，因為在妳心中只有自己，根本沒有別人。我也好，額娘也好，都可以被妳拿來利用，成為妳的踏腳石。」

見伊蘭不語，她苦笑道：「如何，無話可說了？」

到如今，什麼事都清楚了，不論是淨思居中的上吊，還是家中的絕食，都不過是手段罷了。這樣的伊蘭真的很可怕，可怕到令她心寒顫慄。甚至懷疑若有一天，同處王府之中，為了恩寵、地位，伊蘭會毫不猶豫地對付她這個姊姊。

「妳怎麼想是妳的事，我無權干涉，總之我沒有叫額娘做過任何事。」

到了此刻，伊蘭還在詭辯。

凌若黯然無言。伊蘭……真的已經不是她認識的那個伊蘭，一切皆已物是人非。

這一刻，她無比後悔當初讓年幼的伊蘭出入王府之中，若沒有見識到王府的繁華，也許伊蘭不會變，依然是那個純真善良的女孩。

只是，一切已成事實，再後悔也無用……

凌若深吸一口氣，平復了一下起伏的心緒後道：「過去的事我不想再提，一切到此為止。」

伊蘭冷笑，心裡並不以為然。她就快要入王府了，到時候與姊姊抬頭不見低頭見，怎可能到此為止？應該說，剛剛開始才對！她會向所有人證明，她才是最值得阿瑪、額娘驕傲的女兒，至於姊姊……什麼都不是！

「我已經向皇上請旨，為你與二甲進士，現任翰林院的修撰李耀光賜婚，不出意外的話，這兩日聖旨就會下來。」

這句話令伊蘭臉上的冷笑驟然僵住，不敢置信地盯著凌若，半晌方從森白的牙齒中擠出幾個字來：「妳說什麼？」

「為妳與李修撰賜婚。」凌若強迫自己冷下心腸，冷聲重複適才說過的話。

伊蘭雙目通紅地瞪著凌若，近乎歇斯底里地大叫：「為什麼？妳不是答應過額娘會讓我入王府的嗎？為什麼現在又變成了這個莫名其妙的李耀光？我要嫁的人根本不是他！」

凌若默默看著她，良久才道：「李修撰會好好待妳的……」

「我不要聽！我只問妳一句，為什麼不是王爺，為什麼？」伊蘭尖聲質問著。

原本以為十拿九穩的事卻在最後關頭出現變故，莫名其妙被賜婚給一個完全陌生的人，讓她如何不氣恨。

凌若靜靜地看著她。「王爺不是妳的良人，王府也不是妳的良宿，忘記之前的一切，好好與李修撰過日子。」

「我不嫁！我死也不會嫁！」伊蘭猛然捂住雙耳，神色癲狂地搖頭尖叫。

凌若上前拉下她的手，神色複雜地道：「蘭兒，聽姊姊一次好不好，姊姊所做的一切皆是為妳好！」

伊蘭赤目瞪著她，接話道：「妳若真為我好，就去讓皇上改旨意，讓我入府，我要嫁給王爺，我要成為他的福晉！」

「君無戲言。」見伊蘭到現在都執迷不語，凌若言語間難掩失望之意。「皇上金口已開，豈有再更改之理。何況我只是一個小小的庶福晉，只因得皇上眼緣才能在他面前說幾句話——」

「妳不必再在這裡惺惺作態！」伊蘭厲聲打斷她的話。「說到底，妳始終怕我擋妳的路，阻妳的榮華。鈕祜祿凌若，妳是我見過最虛偽、最無恥的人！從來只顧自己，根本不曾為我這個妹妹設身處地想過……」

「啪！」清脆的巴掌聲在屋中響起，隨即整個空間一下子變得寂靜無聲，聽不到說話聲，甚至連呼吸聲都沒有！

「啊！」許久，一聲淒厲的尖叫響起，伊蘭捂著半邊通紅的臉頰，怨恨地瞪著凌若，厲聲道：「妳打我！」

活到現在十五年，她只挨過兩次打，而兩次都是凌若打的，那種伴隨著強烈羞辱的痛楚令她恨極了這個同胞姊姊。

凌若緩緩收回有些發麻的手掌，澀聲道：「如果這一巴掌可以令妳清醒一些的話，我不介意再多打幾下。」

「妳有什麼資格打我！」伊蘭氣得幾乎要發狂，不假思索揚手就要打回去，然未曾落下就已經被凌若牢牢抓住。

「憑我是妳長姊，這個理由夠了嗎？」

「不夠！」伊蘭大叫，臉色猙獰到極點，似要吃人一般。「妳身為長姊，卻置妹妹終身幸福於不顧，算什麼姊姊！」

伊蘭的執拗與蠻不講理，令凌若心寒不已，緩緩放開手，肅然道：「不管妳怎麼想都好，總之聖旨如山，無可更改，好好準備不久之後的婚事吧。」

「我都說了不嫁！」伊蘭尖叫不止。凌若透露出來的決心令她心慌，害怕對方真的會逼她嫁給一個根本不喜歡的人，那她之前所做的一切都白費了工夫。

第三百六十九章

我必殺了妳

不！不可以！她絕對不會讓姊姊趁了心！伊蘭突然用力抓起一個茶盞摜在地上，從中撿起一塊有著鋒利邊緣的碎瓷片，抵上雪白無瑕的脖子，神色癲狂地道：「想我嫁給姓李的？我告訴妳，除非我死，否則說什麼都不會嫁！」

凌若的神色從頭到尾都很平靜，彷彿站在眼前的不是嫡親妹妹而是一個陌生人，這樣的她令伊蘭恐懼，握著瓷片的手開始顫抖，不小心在脖子上割出一道細細的血痕來，痛得她直皺眉。

「妳不會死的。」

許久，她終於等到凌若開口，可是凌若嘴裡迸出來的每一個字都令她渾身冰涼，如墜冰窖。

「從頭到尾，妳根本沒有動過死念，上吊也好，絕食也罷，一切的一切都不過是為了逼我就範所使的手段罷了。十餘年姊妹，妳以為我真的看不透妳嗎？」

血色自伊蘭臉上抽離，蒼白若死人。一直以來，她都覺得論心計、論智謀，姊姊都遠不及她，可現在看來，似乎不盡如此。

就像凌若說的那樣，尋死只是她的一種手段，而非本心。人只有活著才能實現心中所想，死了就一無所有，她又豈會笨到去尋死。

「妳不是說想死嗎？為何不割下去？只要稍微用些力，就可以如妳所願，再不會難過，也不會看到令妳痛恨的我。」凌若一步一步上前，花盆底鞋踏過一地碎瓷片，極慢卻沉穩無比。

她每走一步，伊蘭都會下意識後退一步，恐懼無法控制地傳遍全身。她害怕，從未有過的害怕。

當後背抵到冰涼的牆壁，無路可退時，漫天席捲而來的恐懼終於令她崩潰，扔掉手裡的瓷片大叫道：「魔鬼！妳是從地獄來的魔鬼！」

凌若冷冷盯著她扔到自己腳邊的瓷片，雪白而鋒利，眸光平靜若秋陽下的池水，泛不起一絲漣漪。「只是這樣就受不了了嗎？」彎脣，勾起一絲輕淺的笑意。「妳始終是太稚嫩了一些，若妳真能狠心割下去，也許我會改變主意。」

她越過驚駭欲死的伊蘭，走到緊閉的長窗前，輕輕一推，窗子應聲而開。

「這樣的妳若是進王府相爭，只會害人害己。」她言，冷漠無情，感覺不到一絲人間的煙火氣息，如仙似鬼。

至此，伊蘭才終於見識到凌若真正狠厲的一面。從格格到福晉，從別院到王府，七年磨礪，早已雙手染血、狠心絕情，只是她心中依然保有一份善良與情義，從未在家人面前展露過而已。

後悔……

伊蘭從未想過有朝一日自己會後悔與姊姊作對，在她心中，姊姊一直都是溫柔可欺的，可是這一刻，她是真的後悔了；然而走到這一步，她已經無路可退了。就在這個近乎絕望的時候，一件都快忘記的事猛然從腦海中跳出來。

是了，只要她說出那件事，姊姊一定會妥協。想到這裡，她臉上又出現一絲笑容。凌若柳眉微微一皺，隱隱有種不好的預感。

「姊姊，王爺知道妳與容遠哥哥的關係嗎？」伊蘭一撫臉，讓自己重新冷靜下來。她有信心，只要抓著這件事不放，姊姊一定會害怕。

「妳想說什麼？」凌若心裡一緊。

看到凌若露出緊張之色，伊蘭便知自己這招奏效了，一彈塗有丹蔻的長甲，輕笑道：「我將此事告訴嫡福晉，妳說怎麼樣？嫡福晉可是一直尋機會想抓姊姊的痛處呢，知道此事還不大作文章？到時候姊姊的境況可就堪虞了。妳說王爺會不會一怒之下廢了姊姊，又或者懷疑妳與容遠哥哥有染，連這個孩子——」

後面的話她沒機會再說下去，因為凌若已狠狠扼住她的脖子，逐字逐句道：「伊蘭，不要再試圖挑戰我的耐心。如果妳敢說出去，我必殺了妳！」

伊蘭從未感覺死亡離自己如此之近，用力想要掰開那隻手，可是凌若不知從何處來的力氣，她兩隻手一起竟然還掰不開那隻手。直至她感覺到自己快暈厥過去，那隻手才離開自己的脖子。

手一鬆開，伊蘭立刻軟軟坐倒在地，雙手捂著被掐紅的脖子大口大口呼吸，唯有這樣她才能感覺自己尚活著。

富察氏走了進來，手中端著一盤尚在冒著熱氣的點心，正是凌若愛吃的千絲銀雪糕。她看到滿地狼藉還有伊蘭戰慄顫抖的模樣，慌得趕緊放下點心，走到伊蘭身邊，蹲下身關切地問道：「怎麼了，不是好端端在說話嗎？何以坐在地上？」

看到富察氏，伊蘭立時抱住她大哭，一邊哭一邊指著脖子上的指印道：「額娘，姊姊不願我入府，她要殺我！」

「胡說什麼，妳姊姊最疼妳，怎麼可能殺妳！」富察氏下意識地否認了她的話。

「那這個指印呢？難道是我自己掐出來的？」伊蘭滿面淚痕地哭訴：「額娘您不知道，姊姊出爾反爾，她明明答應您說讓我入王府，可是去向皇上請旨時，卻將我賜婚給一名連面都不曾見過的進士，更不知人品好壞與否。我不肯，她就打我，還說若再不聽話便殺了我。額娘啊，差一點您就再也看不到女兒了。」

富察氏對她的話並不盡信，但伊蘭脖子上那怵目驚心的指痕斷然不會是假的。這兩姊妹之間究竟發生了什麼事？

在扶伊蘭起來到床上坐好後，她轉向一言不發的凌若，皺眉道：「蘭兒說的是真的嗎？妳果真向皇上請旨將她嫁給旁人？」

凌若冷冷掃過縮在床上的伊蘭，後者低下頭不敢與之對視。顯然在鬼門關走過一遭的伊蘭是真心害怕了，從不知凌若狠厲起來可以如此可怕。

富察氏亦感覺到伊蘭對凌若的恐懼，心裡對她剛才的話不由得信了幾分，神色越發不悅地盯著凌若。「究竟是不是？」

「是。」凌若沒有否認，儘管所有的事情從伊蘭嘴裡說出來時都變了味。

第三百七十章 傷

富察氏望著這個素來孝順聽話的女兒，簡直不敢相信自己的耳朵，指著她道：「妳……妳不是答應過額娘會讓妳妹妹入府嗎，為何又出爾反爾，甚至還要殺妳妹妹，妳瘋了不成！」

「額娘，不論您信與不信，女兒這麼做都是為了伊蘭好，為了這個家好。您若再由著伊蘭胡鬧下去，這個家遲早會被她敗壞！」

「妳這是在教訓額娘嗎？」富察氏強按捺了怒氣問道。

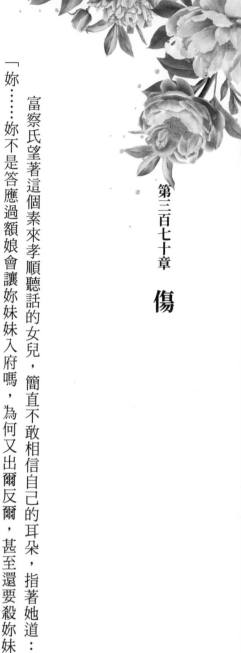

「不是教訓，是事實。」凌若暗嘆一口氣道：「一直以來，我們對伊蘭都太過縱容了，使得她分不出輕重好壞，該是讓她收收脾氣的時候了。聖旨不日就會下達，李修撰是個不錯的人，伊蘭嫁過去斷然不會吃虧，這一點額娘盡可放心。」

伊蘭掩面哭訴：「額娘，您聽到了，她親口承認說讓女兒嫁給別人。明明就是雍王爺壞了女兒的清白，而她也答應了額娘，可現在卻翻臉不認人，她眼中根本沒有額娘的存在，嗚……」

「蘭兒乖，莫哭了。」富察氏被她說得心亂如麻，哄伊蘭止住了淚後，她看向一臉平靜的凌若，怒斥：「李修撰好與不好我不管，我只問妳一句，為何言而無信？額娘以往都是怎麼教妳的！」

「我說過，我是為了蘭兒與這個家好。」凌若眼裡閃過一抹痛苦之色。「額娘，我是您所生所養，女兒是個什麼樣的人，難道您還不清楚嗎？蘭兒變了，她早已不是從前的蘭兒……」

「變的人是妳！」伊蘭一臉憤慨地指了凌若道：「連親妹妹都想殺，妳根本就是一個沒有人性的惡魔！」現在想起剛才那一幕，她還心有餘悸，當時她真以為自己會死。

富察氏痛心疾首地看著凌若。「額娘知道妳在王府裡這幾年不容易，為了活命，為了求生，性子變了許多，但伊蘭是妳親妹妹，妳怎能不念親情？不讓她入府也就算了，還想置她於死地，妳於心何忍？」

凌若沒想到富察氏竟真偏聽了伊蘭的一面之詞，又痛又怒，脫口道：「我若真想她死，額娘以為她還能活到今日嗎？」

「既是這樣，妳何以連額娘的話也不肯聽，妳就如此容不下妳妹妹嗎？」富察氏頓一頓，又語帶指責地道：「原本都說好了，妳只需要向皇上請個旨便可，現在卻弄得這般複雜，妳倒是說說，該如何收場？」

凌若搖頭道：「沒有什麼不好收場的，額娘只須替伊蘭準備出嫁的事，讓她風風光光出嫁做李夫人即可，我也會添一份豐厚的嫁妝給伊蘭。」

「我不嫁！額娘，我說什麼也不會嫁！我聽說那些進士當中有不少人自命風流，整日尋花問柳，誰曉得那個李修撰是不是也這般！」縱使到了這個地步，伊蘭還不死心，想要利用富察氏逼凌若改主意。五年，她足足準備了五年之久，實不甘心一朝失敗，更不甘心輸給她一直看不起的姊姊！

「這……」聽到這裡，富察氏也不禁猶豫了。雖然她對凌若陽奉陰違的做法頗有不滿，但也不曾想過要更改，畢竟君無戲言，可是伊蘭的話令她進退兩難。當娘的，哪個不希望兒女幸福美滿，雖然凌若口口聲聲說李修撰很好，可畢竟不曾見過，萬一真要是個風流成性的，豈非害了伊蘭。「若兒……」

富察氏剛開口，凌若已經搖頭道：「額娘不必再說，這件事沒有任何轉圜的餘地，至於李修撰為人，女兒相信皇上不會看錯，他說好便必然是真好。」

「額娘，我不嫁啊！」見富察氏被凌若說動了心，伊蘭趕緊道：「您若一定要逼女兒出嫁，那女兒就死給您看！」

凌若摸透了伊蘭的心思，狠得下心，不代表富察氏同樣可以。她一聽到這話，立時慌了神，趕緊勸了伊蘭幾句，一臉為難地對凌若道：「若兒，額娘知道這事讓妳很為難，可她始終是妳妹妹，妳就再替她擔一回事好不好？」

「不可能。」凌若想也不想便拒絕了。「額娘到現在還不明白嗎？伊蘭根本不會尋死，她不過是在利用您達成目的罷了。她要入王府、要與我作對……難道您想看我們姊妹相殘嗎？」

聽得凌若如此「詆毀」伊蘭，富察氏不禁怒從中來，根本沒有將她後面那句話聽在耳中，語氣冷硬地道：「休要胡說，我再問妳一遍，妳究竟肯不肯？」

見富察氏如此是非不分，一味袒護伊蘭，凌若失望不已，澀聲道：「女兒不能奉額娘之命，請額娘恕罪。」

「妳這是想將妳妹妹往絕路上逼！」怒上心頭的富察氏口不擇言，等後悔時話已出口，難以收回。

凌若沒想到自己做這麼多，換來的卻是這樣一句傷人之話，心中刺痛難過，冷聲道：「那等伊蘭真的踏上絕路後，額娘再來與女兒說吧，現在女兒什麼也不願聽。」

凌若一而再、再而三的頂嘴拒絕，終於令富察氏克制不住怒氣，狠狠一巴掌甩在凌若臉上。「住嘴！」

看到凌若因突然挨了一巴掌而愣在那裡的模樣，伊蘭覺得無比痛快。真是一報還一報，心裡舒服，臉上亦不覺得痛了。

凌若緩緩抬起手，撫著多了五個指印的臉頰，努力想要牽起脣角，終是徒勞。她笑不出啊，不管怎麼讓自己不要在意，都笑不出。

記憶中的額娘一直都是溫婉慈愛的，小時候哪怕她做錯事，也只是訓斥幾句，而今卻為了一個自私至極的伊蘭打她……

笑不出，但她也不允許自己哭，死命忍住在眼眶中打轉的淚水，緩緩欠下身去，朝暗自後悔的富察氏一字一句道：「女兒還有事，先回王府，伊蘭的婚事就勞煩額娘多費心。添的嫁妝，女兒備好後會著人送來；若有什麼缺的，額娘也盡可派人告訴我，女兒一定盡力為之。女兒告退。」

她轉身，努力挺直了腰桿，不讓自己露出一絲軟弱之態。就在她快要邁出屋子的時候，身後突然傳來一聲大叫——

「鈕祜祿凌若！」

凌若下意識地停住腳步，背後突然傳來一股大力，毫無防備的她驟然往前跌去。當整個人重重摔倒在地的時候，她聽到了伊蘭絕望發狂的聲音——

「鈕祜祿凌若，妳不讓我好過，我也不會讓妳好過！」

第三百七十一章　舊事重演

儘管在摔倒的一剎那，凌若已經用手緊緊護住腹部，但還是不可避免地受到撞擊，下一刻，令人窒息的劇痛以腹部為中心向全身蔓延。凌若感覺自己就像是一葉小舟，被席捲而來的滔天巨浪淹沒。

「主子！」看到凌若倒地，候在院中的水秀一下子慌了神，顧不得指責伊蘭，趕緊奔過來扶住摔倒在地的凌若，驚叫道：「主子您怎麼樣了！」

「好痛！水秀，肚子好痛啊！」凌若勉強自喉嚨中擠出幾個字，額間盡是細密的冷汗，順著臉頰不住滑落。

水秀低頭去看凌若肚子，隨後看到了刺目的紅色。凌若今日穿的是一襲淺紫繡折枝玉蘭花的旗裝，猩紅的鮮血從下腹流出浸染衣裳，極為明顯。

「主子，您在流血……」水秀快哭出來了。這一幕令她想到了五年前主子生霽月格格時的場景，也是因為外來的原因而被迫早產。那次孩子一生出來就沒了呼吸，難道這次也要這般？

鮮血流出時的熱意，凌若並非沒有感覺，但她一直抱著一絲僥倖，希望是自己的錯覺，然水秀的話就像是一支利箭，刺破了那絲僥倖。

孩子……

想到腹中孩兒，凌若自鋪天蓋地的劇痛中尋回一絲理智。

上次她沒有保護好霽月，已經遺憾終身，這一次她絕不讓悲劇再次重演，她要保護她的孩兒，哪怕拚卻性命。

想到這裡，她咬牙忍住一波接一波襲來的劇痛，對早已亂了方寸的水秀道：「快，去將那幾名轎夫喚進來，抬我上轎，然後立刻回府！」

胤禛如今雖病體漸癒，但為了謹慎起見，府中還是時刻留有太醫，只有趕回雍王府，她才能保住這個孩子。

「哦！」水秀慌張地跑出去，中途不小心被門檻絆了一跤，手掌磕破了一大塊皮，水秀連看都沒看一眼，緊趕去叫那幾名轎夫。

凌若痛苦地蜷曲著身子躺在地上，富察氏直到這時才回過神來。至於伊蘭早已被嚇壞了，她適才那番舉動根本沒有經過大腦，更沒有細思過會引發的後果，只是氣不過凌若這樣對自己，一時衝動罷了。

「若兒，若兒妳要不要緊！不要嚇額娘。」富察氏蹲在她身邊，臉上盡是緊張憂心之色。

凌若虛弱地搖頭，眸中有難言的痛楚。這個孩子從在她腹中成長開始，九個月來都安安穩穩，沒受過一絲傷害，如今卻傷在至親之人手裡，讓她情何以堪！

很快的，水秀領了四名轎夫匆匆趕來。等他們將凌若抬到轎子中後，水秀催促道：「快，尋最近的路，趕緊回府。」

富察氏在猶豫片刻後，拉了伊蘭跟上去。此事因她們而起，若凌若母子平安還好，否則只怕她們沒有一個人能擔得了胤禛的怒火。

一路緊趕慢趕，終於在半個時辰後看到雍王府的影子，眾人精神一振。一直小步快跑緊隨在轎側的水秀掀了轎簾，對半躺在裡面呻吟不止的凌若道：「主子，就快到了，您再忍忍。」

「水秀……」凌若勉強睜開眼，對跑得滿頭是汗的水秀喚了一聲。

「主子有什麼吩咐。」水秀抹了把流到眼裡的汗問道。

凌若努力凝起聲音：「待會兒……回到府裡，若有人問起，就說……就說我是自己不小心摔倒，所以引致早產……記住了嗎？」短短一句話，她卻說得斷斷續續，中途停頓了三次才說完。

「主子……」雖然水秀一直沒說什麼，但並不代表她不生氣。以前的事便不提了，主子為二小姐做了多少，換來的是什麼？是恩將仇報，以怨報恩！就這樣子，主子竟然還要袒護二小姐。

「聽話。」剛開口，凌若就感覺一波巨痛襲來，幾乎要昏厥過去，但她還是努力說完這兩個字。

想到要替二小姐掩飾過錯，水秀就反感，可是主子的話令她無法拒絕，只能被迫點頭。

就在這個時候，轎子已經抬到王府門口，水秀跑上去讓他們打開大門讓轎子抬進去，還叫他們趕緊派人去請穩婆。

得知凌若早產，守衛不敢怠慢，除了去請京中有名的穩婆之外，還派人去書房通知胤禛。

胤禛這一日都在書房中度過，連用膳也是小廝端來飯菜，隨意用上幾口應付了事。

好不容易才在天色漸晚時將積壓的公文批閱一大半，他正要放下筆活動一下發麻的手腕，就聽得周庸在外頭求見的聲音。

「什麼！」得知凌若意外早產的消息，胤禛大驚，猛地自椅中站起來，道：「那她現在人呢？」

「凌福晉已經被送回淨思居，齊太醫正趕過去，穩婆也派人去請了。」周庸話音剛落，就感到眼前一花，緊接著一道勁風掃過，等他再看時，屋中已經沒了胤禛的身影。

等胤禛一路不停趕到淨思居時，天色已經完全暗了下來。他在門口與同樣趕來的齊太醫撞了個正著，至於淨思居裡面已是亂成一團。

「若兒！」當胤禛看到臉色慘白、閉著雙眼的凌若，心中一痛，快步走到床邊緊緊握住她泛白的雙手。可是不論他怎麼叫，凌若都不曾睜開眼，只是不斷發出痛苦的呻吟。

第三百七十二章　難產

「齊太醫，情況如何，還有若兒為何一直不醒？」看到齊太醫收回隔著生絲帕搭在凌若腕間的手，胤禛忙問道。

齊太醫拱一拱手，如實道：「凌福晉胎氣已動，且有流血之兆，早產已是必然之事。所幸此刻胎兒已經有九個月，而且胎脈一直以來都比較穩固，應該可以平安產下，現在只等穩婆來了。至於凌福晉現在應是陣痛過於劇烈，所以才陷入半昏迷之中，這並不打緊。」

「妳不是陪著福晉入宮了嗎？好端端的為何會突然早產？」聽到齊太醫的話，胤禛微微鬆一口氣，旋即又盯著水秀問道，眼中冷意森森然。

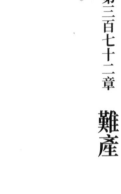

水秀連忙跪下道：「王爺恕罪，主子從宮裡出來後又去了一趟凌府，哪知在臨出門的時候，不小心摔了一跤。」

胤禛點點頭。凌若請旨將伊蘭賜婚予李耀光的事他已經知道了，可以猜到凌若此去應是要告訴伊蘭此事，不曾想禍從天降。

「四爺……」正在這個時候，凌若吃力地睜開雙目，看到坐在床沿的胤禛。

胤禛聽到她的聲音，連忙低頭撫著凌若滿是冷汗的額頭，道：「沒事的，若兒，我在這裡，妳不會有事的。」

凌若抓緊他握著自己的手，努力不讓自己再陷入昏迷中。「四爺，您是不是……不怪妾身了。」

「不怪了！」胤禛看她痛苦的樣子，心裡亦是難受得很，又怎忍心讓她心裡再添難過。「那日我不過是氣極了才說妳幾句，又怎會真的見怪。妳瞧，一聽得妳出事，我不是立刻就過來了嗎？」

陣痛如潮水一樣湧來，一波接一接，凌若下意識地收緊手，指關節因過於用力而泛白。好不容易熬過這陣痛楚後，她臉上露出一絲欣慰的笑容。「那就好，妾身真怕四爺再也不理會妾身。」

胤禛見她在這個時候還擔心自己生氣與否，感動不已，最後一絲芥蒂亦徹底消去。他輕吻著她冰涼的手，輕聲道：「終這一輩子，胤禛都不會不理凌若。答應我，好好把孩子生下來，然後做我的側福晉。」

那拉氏進來時，恰好聽到這句話，眼皮微微一跳，臉上依舊憂心忡忡。她疾步來到凌若床前，關切地問道：「王爺，妹妹她怎麼樣了，情況可還好？」

待聽說凌若尚好之後，那拉氏拍一拍胸口，長出了一口氣。正待說話，她忽然看到站在角落中的富察氏與伊蘭，愣了一下道：「妳們怎麼也在這裡？」

直到這個時候，胤禛才發現屋中還有這兩人。

富察氏忙拉了伊蘭欠身，順著水秀適才的話道：「回嫡福晉的話，適才……凌福晉在臣婦家中不慎摔倒，臣婦擔心她安危，所以與小女一道跟來看看。」她低頭，避過水秀鄙夷的眼光。如此言語，她也是滿心無奈。

「王爺，穩婆來了。」周庸快步跑進來，在他身後跟著一個跑得上氣不接下氣的中年婦人。

「民……民婦周二娘給……給王爺請……請安。」周二娘喘了口氣跪下請安，雖然這一路跑得她去了半條命，卻不敢有絲毫不敬。

胤禛精神一振，忙對她道：「不必多禮，趕緊起來替凌福晉接生。」

「民婦領命。」周二娘磕了個頭站起來，見胤禛還杵在那裡，忙陪了笑臉道：「產房乃是血腥汙穢之地，還請王爺與各位貴人暫且迴避。」

那拉氏亦道：「是啊，王爺，先出去吧，否則穩婆也不好替妹妹接生。」

胤禛一點頭，在放開凌若的手時，附在她耳邊道：「我等著見咱們的孩子。」

夜一點點過去，明月由西向東偏移，胤禛在外頭等了許久，始終不見穩婆出來，心急如焚，幾次想要進去都被那拉氏等人攔了下來。年氏等人亦來了淨思居，一個個嘴裡都說是擔心凌若，至於心裡究竟是怎麼想的就不得而知了。

「齊太醫，你不是說一切皆好嗎？為何穩婆進去了這麼久都沒生？」胤禛耐著性子又等了一會兒，待聽得三更梆子響，忍不住問起同樣等在這裡的齊太醫。

「這個……」齊太醫苦笑著不知該怎麼回答。他從脈象上推斷凌福晉情況尚好，但臨盆時的情況卻不是他可以控制的。

那拉氏安慰道：「女子臨盆時都是這樣的，急不得。妾身生弘暉時也是生了整整一夜呢。王爺不如先回去歇會兒，養養精神，這裡有妾身等人在就足夠了。待妹妹生了之後，妾身派人通知您。」

胤禛想也不想就擺手拒絕。「凌若這個樣子，我怎麼能放心。」

見他都這樣說了，那拉氏也不好再說什麼，只好繼續等著。

又過了半個時辰，半天沒動的簾子終於被人掀開，周二娘走了出來，手上卻是空空如也，且裡面也沒有聽到嬰兒啼哭的聲音。

一直等在外頭的溫如言心中一緊，搶在胤禛前頭問道：「如何，生了沒有？」她旁邊的瓜爾佳氏亦是一臉焦急。除去胤禛之外，她們也許是所有人之中真正關心凌若的人。

周二娘搖頭道：「民婦一直沒有看到孩子露頭，而且凌福晉的力氣越來越小，恐怕是胎位不正……會難產！」

難產？聽到這兩個字，胤禛臉色驟變，三步併作兩步衝到周二娘面前，一把扯住她的胳膊，低吼道：「知道會難產妳還不趕緊去想辦法，出來做什麼！」

周二娘被他凶神惡煞的模樣嚇得一陣哆嗦，戰戰兢兢地道：「王爺……王爺恕罪，民婦試過替福晉正胎位，可是不起作用。民婦聽說這裡有太醫在，所以出來問問看太醫是否有辦法。」

那廂，齊太醫早已皺起了八字眉，不等胤禛發問已然道：「若真是胎位不正，除卻手法之外，藥石是無效的。妳在替凌福晉正胎位的時候，是什麼情況，趕緊細細說來。」

第三百七十三章　用藥

待聽完周二娘所言後，齊太醫又仔細回想一下適才把脈的情況，對焦灼不安的胤禛道：「王爺，依微臣所見，凌福晉只怕不是胎位不正，而是因某些原因，胎頭遲遲不肯下降，所以穩婆才一直沒見到胎兒露頭。」

「那現在該怎麼辦？」胤禛從未有過像現在這樣慌亂無措的時候，恨不能守在凌若身邊。

「是啊，齊太醫，你倒是趕緊給個章程啊。」年氏亦在一旁催促著。

齊太醫微一沉吟。「眼下唯一的辦法是催產，逼胎頭下降。只是這與普通催產不一樣，其中有一定風險，還是再請幾位太醫來斟酌一道用藥為好……」

不等齊太醫說完，年氏已反對道：「王府離宮中頗有些距離，這一來一回要耽擱許多時間，萬一妹妹再出狀況該如何是好？何況齊太醫是太醫院院正，如果連你都用不了藥，其他太醫縱使來了又能有什麼辦法？」她自然不會是真心替凌若著想，心裡更巴不得凌若這胎生不下來，母子難產俱亡才好。

既然這催產藥齊太醫用著沒把握，那就最好。若是讓其他太醫來一道斟酌用藥，萬一當真將鈕祜祿氏救回來，豈非給自己添堵。

與年氏一個想法的人不在少數，那拉氏就是其中之一，她附和：「王爺，年妹妹此言不無道理，救人如救火，耽擱不得啊！」

不待胤禛出聲，齊太醫已然苦笑道：「只怕還真得入宮一趟才行。」

「這是為何？」那拉氏蹙眉問道。同樣疑惑的還有胤禛等人。

「微臣所擬的催產藥中有一味藥，因平常甚少有人使用，所以尋常藥鋪是不進的，只得御藥房才有。」

「既然如此，齊太醫速將所需的藥材寫在紙上，我這就讓周庸入宮。」胤禛阻止那拉氏等人再說什麼，當機立斷地讓齊太醫將所有藥材寫出，然後著周庸持他令牌入宮，再將凡今日當值的太醫都請過來，一道斟酌用藥。

太醫院中，楊太醫與因救治時疫有功而被升為從五品左院判的容遠都在，聽周庸說完後，兩人不敢怠慢，立刻背上藥箱隨取了藥的周庸一道出宮。

出了宮門，楊太醫看到外頭只停了一匹馬時不禁犯難。而今周庸只騎了一匹馬來，此處卻有三人，要如何過去？難道走著去？

見楊太醫停在那裡不動，周庸一下子回過神來，拍著腦袋道：「奴才剛才盡顧著過來，倒是忘了備轎。二位太醫稍等，奴才這就去僱轎子。」

「不必了！我與楊太醫先行過去，你慢慢來。」容遠突然說道，緊接著一手拿過周庸拎在手裡的藥包，拉了楊太醫往馬兒走過去。

「你要做什麼，我可不會騎馬。」楊太醫被他一路拉到馬兒面前，看他似想上馬，趕緊說道。

「無妨，我會騎。」不等楊太醫再說，容遠已經攥著他胳膊跨上馬。雙腳懸空的那一刻嚇得楊太醫險些驚叫出聲，臉色刷白地道：「徐院判你趕緊放我下來，這玩笑開不得！」

「放心，我不會讓你摔下去的。」說完這句，容遠一拉轠繩，策馬往雍王府飛奔而去。伴隨馬蹄聲一道遠去的，還有楊太醫再也無法忍耐的驚叫。

天剛矇矇亮，到了淨思居，容遠匆匆向胤禛行了個禮後便轉向齊太醫問起凌若的情況，得知胎頭至今還是沒有下降，臉色立時變得難看。隔了一會兒，他方將拿在手裡的藥包遞過去。「我看過院正的方子，有幾味藥似乎下得重了些。」

齊太醫沉聲道：「凌福晉已經生了一夜，雖有人參補充元氣，但氣力還是消耗許多，我怕再拖下去，她會無力生產。如果決定用催產藥，那麼一定要一次成功，否則凶多吉少。」

此時楊太醫才走進來，他兩腿內側被磨破一大片，每走一步都感覺疼痛不已，是以較容遠晚了許多。

「可是這樣做始終太冒險了，萬一藥性太烈，恐怕凌福晉身子會受不了。」容遠強忍了心裡的焦灼道。

「這一點我也知道，所以才讓人叫你們來一道商量。」事關兩人性命，齊太醫也不敢大意。「凌福晉的胎脈一直是你在負責，你應該是最清楚其中情況的。」

楊太醫也看了齊太醫那張方子，他倒不覺得藥性太重，畢竟用催產藥本就是不得已而為之的事；既用了，就必然要一次成功。退一步講，即使產婦真出了什麼事，孩子至少可以平安生下。始終，對皇家而言孩子才是最重要的。

容遠則恰恰相反，孩子哪怕再重要，在他心中都不能與凌若相提並論，是以對齊太醫方子上那幾味可能會傷到凌若的藥堅決反對。「凌福晉之前曾早產過一次，經過這些年的調養，身子雖然好了許多，但始終還有暗患留下，若再強行催產，即使這個孩子生下來，凌福晉身子也會大傷，甚至以後都不能再生育。」

齊太醫聽完，斟酌著將其中幾味藥減輕了一些，但對一味至關重要的藥卻不肯減。按他的話說，此藥一減，這催產藥用與不用皆成了一個樣。

一時間，兩者僵持不下。

第三百七十四章　保哪個

「徐院判，我們都知道你是想兩者皆全，但若不用藥，再拖延下去，只怕反而對兩者皆不利。」楊太醫雖然對容遠曾得敦恪公主青睞一事耿耿於懷，卻也知道他是有真才實學。

容遠態度堅決地道：「這藥太過傷身，我說什麼都不會同意。」

胤禛一直在聽他們說話，聽得這句，連忙正色道：「小孩要保，大人也要保，兩個都不能出事。既然徐太醫認為此藥過烈，那有沒有其他藥可以代替？」

齊太醫與楊太醫互望一眼，不約而同地搖頭。容遠也一聲不吭。齊太醫的藥雖然凶險，但不可否認，院正齊太醫所開的藥無可替代，只能從藥量上著手。

此時一直在裡間替凌若接生的周二娘跑出來，急匆匆地道：「幾位太醫可有了法子，凌福晉的情況不太妙，快要堅持不住了。」

「沒用的東西！」胤禛急憂不已，若非年氏等人一味攔著，說產房乃血腥之地，男子入內不只幫不上忙還會惹來不祥，他早已衝進去。

「徐院判，再不用藥可就來不及了。」齊太醫肅容對擋在身前的容遠說道。

容遠一咬舌尖，劇痛之下勉強恢復幾分冷靜，迅速思量一番後道：「減三分之一，相信三分之二的餘量已經足夠催產，而且對凌福晉身子也沒有大傷。齊太醫適才說過，我對凌福晉的這一胎最是清楚，那麼就應該相信我的話。」

齊太醫見他始終堅持己見，心中甚是不悅，冷下臉道：「既然你堅持，那麼就減三分之一，不過若最後出了什麼意外，這責任可是得由你來擔起。」

「是。」在回答這個字時，容遠沒有一絲猶豫，迅速改了方子交由下人去煎藥，同時命人再多切些參片來，等催產藥灌下去後，就讓凌若一道含在舌下，務求盡最大的可能將孩子生下來。

等下人將藥煎好端過來的時候，已經又過了半個時辰。在周二娘將藥端進去後，不論那拉氏等人怎麼好言安慰，胤禛都坐不下來，不斷在屋中來回踱步，藉以減輕心中的焦灼。

並非第一次有女人替他生孩子，他卻是第一次如此坐立不安，唯恐催產藥無效，唯恐凌若會有什麼意外，唯恐像上次一樣生出一個死胎來，唯恐……

他憂心不已，恨不能陪在凌若身邊，但那扇根本禁不起他用力的門卻生生將他與凌若隔於兩個世界，他只能被動地聽著裡面不時傳來凌若痛苦難耐的呻吟聲。

不知道過了多久，周二娘又慌慌張張地跑出來，沒等她站穩，胤禛已經衝上前急聲道：「怎麼樣？生下來了嗎？」

周二娘哭喪著臉搖頭，不等胤禛發火，她已經跪下惶恐地道：「催產藥灌下去後，凌福晉陣痛雖然加劇，但胎頭還是未露，現在凌福晉已經快力竭了，民婦擔心再拖延下去，孩子會……」

見她言語吞吐，那拉氏忙催促道：「會怎麼樣，快說。」

周二娘小心地看了她一眼，輕聲道：「會胎死腹中。」

齊太醫一聽到這話，立時轉過頭瞪了臉色發青的容遠一眼，怒道：「現在你高興了！」

容遠一言不發，側臉在清晨的天光下青如霜灰。他很清楚藥量是絕對夠了，胎頭遲遲不肯下降才是最主要的原因。

周二娘眼巴巴地看著胤禛道：「王爺，福晉情況越來越差，再拖下去，只怕母子兩人都會有危險，還請王爺示下，是保大人還是孩子。」

「混帳，沒聽到我剛才的話嗎？大人、小孩都要平安，否則妳就提頭來見！」胤禛臉色鐵青地盯著她，目光狠厲如要噬人一般，嚇得周二娘趕緊低下頭。

那拉氏見狀嘆了口氣，上前勸道：「王爺莫要怪她，此事連太醫都沒辦法，何況她一個小小的穩婆。唉，妹妹當真是一個命苦的人，之前霽月是這樣，現在又……難道這當真是命嗎？」

她拭了拭不慎流出眼角的淚，小聲道：「王爺，事已至此，再難過也無用，還是趕緊做個決斷吧，是妹妹還是孩子。」

胤禛死死攥著雙手，突起的指節上慘白一片，看不到一絲血色。一邊是他喜歡的女人，一邊是他的親骨肉，這樣的選擇要他如何去做？

那拉氏握住他冰冷的雙手，一字一頓道：「妾身知道王爺心裡有多捨不得妹妹，可那是王爺的親骨肉，好不容易長到這麼大，難道您要眼睜睜看他屈死在娘胎中嗎？妾身相信，如果讓妹妹來選，她一定會讓孩子活下去。」

聽到這話，溫如言與瓜爾佳氏皆是大驚失色。那拉氏這分明是在勸胤禛棄凌若，保孩子……好生惡毒！

為怕胤禛被她說動，兩人連忙跪下道：「王爺，孩子固然重要，可是凌福晉陪了您七年，難道您真忍心眼睜睜看她去死？」

年氏睨了兩人一眼，道：「現在不是王爺想讓凌福晉死，而是迫不得已要二擇其一，難道妳們想讓王爺親手殺了自己的孩子嗎？」她與那拉氏皆視凌若為眼中釘，如今有這麼好的機會擺在眼前，自不願錯失。

「可是孩子將來還可以再有，凌福晉的命卻只有一條，若是就這麼沒了，王爺於心何忍？」溫如言含淚說道，心裡卻並沒有太多把握。一直以來，後宮深宅，都是以子嗣為重，至於女人，不過是延續香火的工具罷了。往往當產婦難產，需要在大人與孩子當中擇一存活時，大多數都選了孩子。這是身為女子的悲哀，卻……無可奈何，除非命好地遇到一個重視她勝過子嗣的男人。

年氏冷冷睇視她一眼道：「這麼說來，如果涵煙即使死在溫福晉面前，溫福晉也可以當作什麼事都沒發生過？」

「這不一樣……」

「有何不一樣，都是孩子。」年氏根本不給溫如言把話說完的機會，逕自道：「上天將福宜帶走的時候，我恨不能替他死，可惜上天不給我這個機會。我雖然活著，可是日日都受椎心之痛，生不如死。」

那拉氏亦跟著道：「不錯，不論是王爺還是咱們，沒有人願意眼睜睜看妹妹去死，實在是被逼無奈，始終是皇嗣更重要一些。」

她的話，殘酷卻現實。子嗣永遠被排在第一位，何況還是皇嗣，更何況胤禛膝下單薄，至今不過兩個兒子。

這個時候，胤禛突然艱難地問：「如果……我選了孩子，結果會怎麼樣？」

第三百七十五章 生與死

容遠面容一搐，澀聲道：「微臣等人會剖開凌福晉的肚子將孩子取出來，不過如此一來，凌福晉必死無疑。」

胤禛點點頭，什麼也沒說。

正從東方升起的太陽被不知從何處來的烏雲遮蔽，緊接著天色以肉眼可見的速度暗下來，同時遠處隱隱有雷聲傳來。

「王爺，溫福晉適才所言不錯，孩子可以再有，凌福晉的命卻只有一條，還請王爺三思而後行。」容遠知道以自己的身分實不該說這些，但要他眼睜睜看凌若喪命，卻是萬萬做不到。哪怕會惹人懷疑，他也必須要勸胤禛保下大人。

天邊銀蛇飛舞，不時劃破陰暗的天際，驚雷滾過重重烏雲，在眾人耳邊炸響，驚得一眾福晉、格格花容失色，緊緊捂了耳朵縮在一邊。

胤禛卻像是沒聽到一般，開門走出去。就在天暗下來的那一刻，外頭開始起風，嗚嗚作響，捲起來不及掃去的落葉盤旋在半空中；在又一聲雷響之後，有雨滴落下，繼而變成滂沱大雨，傾盆而下。

雷聲、閃電、風雨，這一切都來得如此突然，以至於周庸根本來不及拿傘，只能脫下衣裳舉在胤禛頭頂。只一會兒工夫，他那件薄薄的衣裳就被雨澆了個通透，滴在胤禛額間，破膚而入的冰涼令胤禛寒毛直豎的同時也下定決心。

他回身，對還跪在地上的周二娘一字一句道：「保住凌福晉的命，不惜一切代價。」

「民婦遵命。」跪了老半天的周二娘答應一聲，趕緊爬起來。

水秀從裡面跑出來，一邊哭一邊對胤禛道：「主子讓奴婢來告訴王爺，說如果要在她與孩子之間保一個的話，請王爺一定要保住孩子的命！」

周二娘停下腳步，下意識地看向胤禛。

胤禛只是搖搖頭道：「按我剛才說的話去做，不管妳用什麼辦法，總之一定要保證凌福晉安然無恙，至於孩子……」他痛苦地閉一閉目。「隨緣吧。」

這個決定，令年氏微微變色。原本這是一個極好的機會，可以除去鈕祜祿氏這個心腹大患，至於活下來的那個孩子，沒有額娘庇護根本不足為慮。不曾想在最後關頭，胤禛竟然心軟，為了這個女人居然連子嗣都放棄。究竟她是使了什麼狐媚手段，竟將胤禛迷惑到這個地步，實在可恨至極！

那拉氏同樣不甘心，而除了不甘之外還有更深一層的憂心。從胤禛眼下的態度可以看出，鈕祜祿氏在他心中占據了很重要的位置，想要除她，怕是不易。

周二娘進去約莫一盞茶工夫，屋中突然傳出一聲嬰兒啼哭聲，顯然孩子降生了。這本是一件喜事，胤禛卻臉色驟變。孩子出生了，那麼凌若……她難道……

想到這裡，胤禛心神劇痛，不顧旁人的阻攔，也不顧產房是血腥汙穢的勸諫，一把推開門衝進去。

他看到周二娘拿著銀剪子正在替身上還沾著血的小小嬰兒剪斷臍帶，他看到凌若閉目靜靜地躺在床上，錦被下的身子看不到起伏的痕跡。

眼前這一幕，令胤禛的腦袋像是被誰狠狠打了一下，耳朵嗡嗡作響，什麼也聽不到，只能怔怔望著躺在床上的女子。

若兒……妳當真離我遠去了嗎？

為什麼？我已經捨棄孩子救妳，為何妳還要離我而去？是怪我剛才猶豫了，所以要懲罰我嗎？

七年間，他與她相處的一幕幕在腦海中自動閃現，她的一顰一笑、一言一語，清晰如昨日。連胤禛自己都不知道，原來與她的每一次接觸、每一次相見，都深深印刻在腦海中，從不曾遺忘。

他拖著近乎失去知覺的雙腿，一步步來到瀰漫著濃重血腥氣息的床邊，手顫抖著伸出，卻遲遲不敢落在凌若鼻下，唯恐真的感覺不到她的呼吸。

好怕，真的好怕。這一刻，胤禛彷彿回到了康熙二十八年，孝懿仁皇后過世的時候。當時也是這樣，因為失去了一直庇護愛惜自己的人而害怕得徹夜失眠，直至去了長春宮很長一段時間後才慢慢恢復過來。

「若兒……」隨著他哽咽的聲音，一滴眼淚毫無預兆地落在凌若臉上。

在這樣的傷心中，他突然看到凌若的睫毛顫了顫，隨即睜開眼。看到近在咫尺的胤禛時，凌若愣了一下，虛弱地道：「四爺您怎麼進來了？」

「若兒妳沒死！妳真的沒死！」胤禛悲喜交集，一把抱起疲軟無力的凌若緊緊摟在懷中，心中盡是失而復得的喜悅。

有什麼東西從她臉頰滑落，正好落到唇間，是鹹澀的味道，彷彿是眼淚。而她從剛才到現在並沒流過淚，聯想到適才昏睡中感受到的那滴灼熱還有胤禛的話，她似乎明白了什麼。她抬手，努力環住胤禛，動情地道：「妾身說過，要一輩子陪著王爺，怎麼捨得死，縱使被閻王拉去了鬼門關，妾身也會努力找路回來。」

「答應我，不要死，若兒，不要死！」悶悶的聲音自凌若頸間傳來。

「好，若兒答應四爺，只要四爺不讓若兒死，若兒就努力地活下去。」她笑，眸中有著深深的感動。

這個時候，周二娘已經替孩子洗過澡、包裹在挑著不斷頭福字的大紅襁褓中。她抱著孩子站在一旁，凌若招手道：「把孩子抱過來讓我瞧瞧。」

聽到她這話，胤禛才想起孩子，連忙將凌若平放在床上，自己則小心地接過孩子。因是九月早產，孩子身量略有些小，皮膚紅紅的有些發皺，頭上並不像一般剛出生的孩子那樣沒什麼毛髮，而是長了一頭濃密黑髮，溼溼地貼在額上。

「若兒妳瞧，他正在看妳呢。」

剛才抱過來的時候，胤禛就發現這個孩子竟然沒有在睡覺，而是睜著眼睛在看他們，小小的舌頭還不住舔著裹身的襁褓。

第三百七十六章 小阿哥

那可愛的模樣當真是惹人憐愛，然對於淩若來說，最重要的是這孩子活著，好端端地活著，沒有像霽月那般生而即死。

她的孩子……她親生的孩子……

淩若伸出發顫的雙手抱過這個柔軟的身子，臉頰輕輕地貼在他額上，心裡盈滿了為人母的無盡歡喜。

「不許哭。」胤禛輕斥著拭去她剛剛滾落眼角的淚水。「徐太醫說過，昔日妳生霽月後哭得太多，已是傷了眼睛，這一胎若是再哭，這雙眼睛可是保不住了。」

淩若哽咽地道：「妾身是歡喜呢，適才妾身真以為見不到這孩子出生。」

「不會的，妳那麼心善，一定會有好報。何況沒得到我的允許，就連上天也不敢收妳。」胤禛如是說道，玩笑卻也認真。

「對了，是男孩還是女孩？」歡喜過後，淩若這才想起至今尚不知孩子性別。

胤禛適才只顧著擔心凌若，根本不曾問過孩子，兩人不約而同地將目光轉向周二娘。後者歡歡喜喜地作了個揖道：「回王爺和福晉的話，是位小阿哥呢！」

胤禛原本就頗為高興的心情因她這句話又添幾分歡喜，反倒是凌若心中隱隱有些不安。與小格格相較，小阿哥更易惹來無窮禍患。只是……她心底冷笑不止，她原本就已經是一身禍患，再多一些又有何妨。

「王爺，妹妹與孩子可都還安好？」那拉氏在外頭喚了聲，想是遲遲不見胤禛出來，心中擔憂。

胤禛這才想起那拉氏等人還等在外面，自凌若有些力不從心的手中接過孩子交由周二娘抱著後，才揚聲道：「都進來吧。」

腳步聲響起，第一個進來的是那拉氏，當目光觸及儘管虛弱不堪、但明顯沒有大礙的凌若與孩子時，神色微微一僵，旋即笑逐顏開地拍著胸口道：「真是上天庇佑，這樣凶險的難關都被妹妹闖過了，將來必然後福無窮。」

年氏是第二個進來的，銀牙微咬，臉上卻是同樣的笑靨如花，撫了刺金飛花的袖子接話道：「可不是嘛，適才整整等了一夜，就是不見生下來，咱們可都急得團團轉，尤其是王爺，臉色都變了。」

凌若勉力撐起身子，在床上一欠身道：「令王爺與諸位姊姊這般擔心，都是妾身的不是。」

「妳剛生完孩子，身子虛弱得緊，趕緊躺下。」胤禛扶她躺下後又道：「擔不擔心都已是過去的事，總之現在母子平安就好。」

聽聞「母子」二字，那拉氏手頓時一緊，下一刻她已經笑意深深地朝胤禛欠了個身。「恭喜王爺，咱們府裡又添了一位小阿哥。」

若非一早知道那拉氏真面目，凌若也會被她這番舉動騙過，以為她是真心為之歡喜。那拉氏，真是一個天生的戲子，每一時、每一刻皆在演戲。

富察氏與伊蘭站在門外沒有進去，不過從裡面傳出的聲音已足以令她們知道凌若母子平安。富察氏長長地出了一口氣，同時嗔怪地看了伊蘭一眼，小聲斥道：「幸好妳姊姊福大命大，安然無恙，否則我看妳怎麼收場！」

伊蘭委屈地噘了嘴道：「女兒也是一時犯渾，當時根本不知道自己在做什麼，而且事情起因皆在姊姊身上，如果她不自作主張將女兒許配給別人，根本不會惹出事端來。」

「妳還說！」富察氏狠狠瞪了她一眼道：「她終歸是妳姊姊，就算再不對，妳也不能動手推她，何況她腹中還懷著王爺的骨肉。那是皇嗣，謀害皇嗣是殺頭大罪，若非妳姊姊顧念著親情，替妳隱瞞，妳以為咱們此刻還能站在這裡？」

「都說了是無心之過嘛。」伊蘭絞著手指嘟囔一句。

那副不知悔改的模樣，看得富察氏一陣搖頭，開始認真思索起凌若之前所說的那番話。也許，真的是她以前太過縱容伊蘭，令得伊蘭做事不分輕重，犯下這般險些牽連家人的大錯，還無絲毫悔意，只以「無心之過」來搪塞。

見富察氏不說話，伊蘭扯了扯她的衣袖小聲道：「額娘，待會兒我去向姊姊認錯，您再幫我求求姊姊好不好，我真的不想嫁給那個什麼李修撰。」

「妳還想嫁給王爺？」富察氏被她這話嚇了一跳，沒想到直到現在，伊蘭還不曾死心。

她畢竟不是普通民婦，雖疼愛小女兒卻也知道輕重，何況伊蘭還惹出這麼一樁大禍，實在不適合再入王府。凌若之前態度已然如此堅決，如今又被伊蘭害得早產，險些生不下這個孩子，不怪罪已是萬般開恩，又怎肯鬆口。

在沉吟片刻後，她對一臉期待的伊蘭道：「蘭兒，額娘仔細想過了，這件事妳還是聽妳姊姊的安排，好生嫁給李修撰，入王府的事，從今往後都不要再提，權當那夜什麼都沒有發生過。」

伊蘭不敢置信地瞪大眼。額娘向來是最疼她的，何以這次竟幫著姊姊說話？她哪裡肯依，撒嬌道：「額娘——」

「沒有可是，妳若再不聽話，我便將這件事告訴妳阿瑪。」這一次富察氏態度出奇堅決，甚至將凌柱都搬了出來。

「額娘！」伊蘭又氣又急，但終是不敢再多言，對凌柱這個阿瑪，她還是有著深深的敬畏。阿瑪可不像額娘那麼好說話，且阿瑪更多的還是偏向姊姊，若讓他知道此事，自己免不了要受罰。

第三百七十七章 異象

胤禛看那拉氏等人一臉疲憊，便讓她們回去歇息，轉臉對水秀道：「外頭正下著大雨，妳去取幾把傘來給諸位福晉。」

不等水秀有所動作，周庸已湊上來道：「四爺，外頭風雨皆已經停了，天也開始放亮了呢！」

「哦？什麼時候的事？」胤禛訝然不已。適才風雨來得這般急，又電閃雷鳴，怎的這麼快就停了？不過仔細回想，他進來後，彷彿真的沒有再聽到雷聲。

周庸如實回道：「回四爺的話，剛剛小阿哥出生的時候，風雨驟停，驚雷閃電也一下子消失得無影無蹤，此刻外頭連一滴雨都沒有。」說到此處，他忽地陪笑道：「看來小阿哥能夠平安出生，連老天爺都歡喜，要不然這風雨雷電怎麼說止就止了呢！」

「你倒是會說話。」胤禛笑罵了一句，不過心中確實受用，在賞了他二十兩銀子之餘，又命他傳令下去，所有下人一律多發一個月的月錢，淨思居的下人則加賞綢緞兩匹、珠花一對。

胤禛他們並不曉得，就在剛才天色驟暗、風雨交加的時候，整個欽天監都被驚動了，紛紛外出觀天相。時任欽天監監正的東方閔更是望著正北方那一道道劃破陰暗天空的閃電，喃喃道：「雷鳴電閃，風雨交加，又是在這個時辰，難道有真龍天子問世不成？」

話剛一出口他就意識到不好，立時緊緊閉住嘴巴。真龍天子代表皇上，如今皇上還好端端的在養心殿，他此刻這樣說，豈非是指有人要奪皇上的大位？

風雷只持續了很短時間就相繼散去，天亮如初。就在這個時候，突然有人指了正北方道：「你們看，紫微星！」

東方閔心頭一震，抬頭看去，發現原本白天理應看不到的紫微星此刻大亮，閃爍著耀眼的光芒，在紫微星的周圍隱隱可見北斗七星正圍繞著它旋轉。這分明是真龍天子問世的徵兆，難道這天下真要大亂？

想到這裡，東方閔心頭像是被壓了一塊大石，透不過氣來。

待紫微星異相消失後，他立刻回到房中細細推算，發現命盤中赫然顯示除卻紫禁城中盤桓著一條真龍之外，紫禁之外還有一條真龍。

東方閔不死心，再三推演，但每一次結果都相同。抹了把額上的冷汗後，他拿著命盤匆匆往養心殿行去。此事關係重大，必須要立即稟告皇上才行。

待看到東方閔當著自己的面推演一遍命盤後，康熙亦是一臉陰沉，負手在殿中徐徐踱著步。

一山尚且容不下二虎，何況是二龍，他絕對不容許有人禍亂好不容易才安穩沒幾年的江山。即便是要錯殺一千，也不能放過一個。

「你還能推演到什麼？」

康熙停下腳步問跪在殿中的東方閔，想要得到更明確的資訊，將危險扼殺在萌芽中。

東方閔汗顏道：「天機混沌，非微臣所能洞悉。不過很奇怪，根據這一次命盤的顯示，那位……似乎並不會禍亂大清江山。」

康熙頗感意外，因為最後這句話東方閔適才並沒有提及，不等他發問，東方閔已經磕了個頭道：「微臣之前在欽天監推演數次，命盤並沒有演化這一點，直至這一次在皇上面前推演，方才顯示了出來。」

就在這個時候，外頭響起叩門聲，卻是李德全。他滿面喜色地朝康熙打個千兒道：「奴才給皇上請安，雍王府派人入宮報喜，說凌福晉於今晨產下一子，母子平安。」

康熙心中一動，目光不自覺地落在命盤上。欽天監剛推演出有真龍問世，鈕祜祿氏就生下一子，而且東方閔剛才也說了，這條真龍不會禍害大清江山，是巧合還是……

康熙略一思索，心下已有了主意，對李德全道：「去將上次交趾國（註2）進貢來的那柄翡翠三鑲如意還有金鏤空嵌珍珠如意拿來，另外叫上德妃，隨朕一道去老四那裡。」

在李德全退下後，康熙睨了東方閔一眼，淡淡道：「今日之事，不許說與任何人知，若讓朕從別人嘴裡聽到隻言片語，你這個欽天監監正就去西北養馬吧。」

東方閔心中一凜，忙道：「微臣遵命！」說罷他收起命盤，躬身退出養心殿。

德妃得知此事後也是好一陣歡喜，同時心下又覺得有些奇怪。昨日鈕祜祿氏才入過宮，當時根本沒有要生產的跡象，而且她自己也說九月才是臨盆之期，怎麼今日突然就生了？

帶著這個疑問，她隨康熙一道去了雍王府。

胤禛彼時還在淨思居陪著凌若與孩子，聽得康熙與德妃駕到甚是吃驚。喜訊是他派人去報的，卻沒想到康熙與德妃會親自過來，連忙迎出去。

剛出門，就看到康熙與德妃連袂朝自己走來，他連忙跪下道：「兒子給皇阿瑪請安，給額娘請安。」

「起來吧。」康熙隨意擺一擺手道：「走，帶朕去瞧瞧剛出生的小皇孫。」

註2　今越南北部。

「嗻！」胤禛起身，恭敬地迎了兩人進去。

此時凌若已在水秀和水月的攙扶下起身，不等她行禮，德妃已心疼地道：「妳這孩子，剛生完孩子起來做什麼，快些躺下。這兩個月妳可都得好好將養呢，如此身子才會恢復得好些。」

康熙亦是一個意思，他轉向被奶娘抱在懷裡的孩子。這孩子也是奇怪，從出生到現在一直都睜著眼東瞧瞧、西看看，就是不見他睡覺。

「來，給朕抱抱。」當康熙從奶娘手中接過那個柔軟脆弱的身子時，驚奇地發現他竟然咧了沒牙的小嘴在朝自己笑，忙喚道：「德妃，妳快過來看看，這孩子正朝朕笑呢。」

德妃正在與凌若說話，聽到這話忙走過來一看，發現果如康熙所說，當下亦是一陣驚奇。「臣妾也見了不少孩子，但生而即笑的，他卻是頭一個，看來這孩子與皇上很是投緣呢。」

第三百七十八章 弘曆

德妃無意的一句話卻令康熙再次想起東方閔所說的話，真龍天子……難道當真應在這個孩子身上？

想到這裡，他又低頭仔細打量這孩子一眼，天庭飽滿、地閣方圓，倒是生了一副好面相。

「這孩子取名了嗎？」康熙摸著孩子濃密的頭髮問道。

胤禛心中一動，忙道：「尚不曾取名，兒子斗膽，請皇阿瑪替孩子賜名。」

康熙沒有拒絕，在問過孩子的生辰八字後，發現以五行而論，這孩子是少見的五行俱全之命，即金木水火土，皆在命中，無須以名相補，遂在斟酌一番後道：「他是弘字輩的，就叫弘曆吧。」

在胤禛與凌若相繼替孩子謝恩後，康熙又道：「好生撫養著，等這孩子大一些後，朕親自教他讀書習字。」

面對這旁人求也求不來的恩典，胤禛大喜過望，激動地垂首道：「能得皇阿瑪親自教授，是弘曆幾世修來的福分，兒子先替弘曆謝過皇阿瑪恩典。」抬頭見康熙尚抱著弘曆，又道：「皇阿瑪抱這麼久也累了，不如交由兒子來抱吧。」

康熙憐愛地看了弘曆一眼，不以為然地道：「抱這麼會兒工夫能累到哪裡去，再說朕又不是七老八十。」

德妃掩嘴微微一笑，對胤禛道：「適才來的時候，皇上可是一路唸叨著呢，現在哪裡會肯放。」

康熙笑一笑，逗弄著懷裡的弘曆道：「朕原以為要等下個月才能見到他，哪曉得這小子調皮得很，這麼快就跑了出來。」

被康熙這麼一提，德妃猛然想起弘曆早產一事，忙問道：「昨日入宮時，本宮見妳還好端端的，也沒聽說哪裡不舒服，怎麼突然就早產了？」

聽到德妃的話，凌若心裡一痛，面上卻不得不裝作若無其事，輕聲道：「回德妃娘娘的話，都怪妾身自己不好，昨日出宮後因想著要將皇上賜婚一事告知妹妹，所以回了一趟凌府，哪知臨出門時不小心絆了一跤，動了胎氣導致早產。」

「有身子的人萬事都要當心，幸好這一次沒什麼事，否則可不是要後悔了。」如此說了一句後，德妃取過憐兒一直拿在手裡的錦盒，笑道：「妳生得匆忙，本宮來得也匆忙，沒來得及準備什麼，唯獨這個長命鎖是早早備下的。其餘的，等本宮回宮之後再讓人慢慢置辦。」

隨著錦盒的打開，凌若看到擺放在裡面的長命鎖。令人驚奇的是，這個長命鎖竟不是以常見的金銀所製，而是由一塊塊白玉雕琢為圈，節節相扣而成；底下則是一個做成蓮花形狀的鎖，通體由羊脂白玉雕成，觸手生溫；鎖下垂翡翠九鎏，鎏各九珠，以玳瑁為墜腳，長可至嬰孩臍部。

「謝娘娘厚賜。」凌若在接過德妃的禮物後，李德全亦在康熙示意下奉上兩把同樣是珍品的如意。

小弘曆在瞅了一陣子後，似乎覺得有些累了，張開小嘴打了個哈欠後閉上眼睛。即便在睡夢中，這小傢伙都不時咧開小嘴露出甜甜的笑容，把康熙看得捨不得放手，直至抱得雙手委實有些發痠，方才交給奶娘抱下去。

康熙拍一拍手，起身道：「行了，出來這麼會兒工夫，朕也該回宮了。往後得空，多抱弘曆入宮來陪陪朕。」

胤禛答應一聲後忽地道：「皇阿瑪，額娘，鈕祜祿氏為生這個孩子受了不少苦，兒子有意立她為側福晉，不知可否？」

側福晉不同於庶福晉，是正經八百記名入宗冊的，需宮中下旨方可。胤禛原是想過幾日入宮去請旨的，如今見康熙心情頗為不錯，故提前相求。

凌若沒想到胤禛會在這個時候提及，嚇了一跳；不等她拒絕，康熙已欣然開口：「既是你喜歡，自然可以。過幾天，朕就下旨晉鈕祜祿氏為你的側福晉。」

「多謝皇阿瑪！」胤禛欣然叩首，凌若亦在床榻間磕頭謝恩。

在送康熙他們離去後，守了整整一夜的胤禛亦回去休息。

凌若正躺在床上閉目養神，小路子走進來小聲道：「主子，凌夫人與二小姐一直在外頭等著，想見您一面。」

凌若睜開眼，看了一眼懸在帳上的鏤空花球，輕聲道：「讓她們進來吧。」

在小路子退下後不久，富察氏領了伊蘭進來，在離床榻一丈遠的地方跪下。「臣婦與小女給凌福晉請安，凌福晉吉祥。」

凌若側頭看了朝自己行跪拜禮的富察氏還有伊蘭一眼，心裡說不出的難過，險些她與孩子就死在至親之人手上。雖然她替伊蘭隱瞞罪行，但並不代表不怪。

見凌若不語，富察氏心中更加惶恐，磕頭道：「都怪臣婦教導不善，令伊蘭做出如此胡作妄為之舉，求福晉看在臣婦的薄面上，再饒伊蘭一次。」

「我若要怪，之前就不會替她隱瞞了。」凌若輕輕嘆了口氣道：「額娘您先起來，水秀，給凌夫人看座。」

「多謝福晉。」富察氏暗鬆一口氣。

她起來後，伊蘭也想跟著起來，卻被凌若冷聲喝斥：「我沒有讓妳起來。」

伊蘭心中一顫，腿彎子一軟，站起一半的雙腿又跪了下去，不知是否心虛的緣故，她竟有些不敢與凌若對視。

「福晉……」

富察氏神色一緊，想要替伊蘭求情，然凌若已是搖頭道：「額娘，我答應了您會放伊蘭一馬就必然會做到，只是我現在還有幾句話要問她。」

聽到這話，富察氏稍稍放了心，就著水秀端來的繡墩坐下。

凌若目光冰冷地掃過伊蘭，心裡對這個妹妹是無盡的失望。「伊蘭，我最後再給妳一次機會，妳可願嫁予李修撰？」

伊蘭沒有立即回答，低著頭，目光不住閃爍，顯然心裡正在進行著激烈的鬥爭。良久，她澀聲道：「如果我不願，姊姊會如何？」

「不會如何，妳願意怎樣便怎樣，只是從此以後妳再不是我妹妹，我亦不會再對妳容情。」凌若雖然不願意姊妹相殘，但若真被逼到走那一步，剛剛死過一次的她絕不會再手軟。

第三百七十九章 定

伊蘭很想拒絕，但是她不敢，凌若言語間透出的決絕冷意令她恐懼。直到這一刻，伊蘭才清楚地認識到，自己與姊姊之間存在著怎樣的差距，不在心計、不在手段，而在那份不動聲色的狠厲。

先前她之所以可以為所欲為，是因為姊姊念在手足之情的分上，不予追究；而今，自己卻是徹底將她惹怒了。伊蘭甚至懷疑，自己若現在說個「不」字，姊姊會在不動聲色間將她撕成一片片，而這一次，連額娘都不會幫她。

良久，伊蘭頹然低頭道：「多謝姊姊垂憐，伊蘭願意嫁予李修撰為妻。」

「好！」凌若長長吐出一口氣，面色稍緩。能避免手足相殘自是最好不過，總算伊蘭還沒有蠢到無可救藥的地步。

不過也僅止於此了，之前的事已經耗盡她與伊蘭最後一點兒姊妹情分，現在還肯與伊蘭說幾句話，不過是看在凌柱與富察氏的分上。

「既決定出嫁，許多事都要趁早準備，此事是皇上賜婚，馬虎不得。」不等伊蘭接話，她又道：「至於我這裡，弘曆剛出生，正是需要照顧，恐無暇再顧其他。大婚之前，妳不必再入王府請安。至於添妝的嫁妝，我自會派人送去。」

凌若雖然沒有明說，但言下之意分明是不想見她。伊蘭何曾受過這等羞辱，一張粉面漲得通紅，猶如鴿子血一般。只是現在勢不如人，再不甘也只能咬牙暗忍，然在她心中已是將凌若恨到了極致。

說完這句，凌若逕自對富察氏道：「額娘陪了這麼久也乏了，早些回去歇息吧。」

「好，那妳好生歇著，額娘過幾天再來看妳。」雖然凌若沒有說什麼，但因為伊蘭鬧出來的那攤子事，在面對凌若時，富察氏總覺得渾身不自在，此刻聽得凌若這般說，連忙起身離開。

望著富察氏離去的身影，凌若微微嘆了口氣。額娘的心情她豈會感覺不到，母女之間，始終有了隔閡……

在她們走後，凌若也陷入沉睡中。她真的很累了，持續了整整一夜的生產，早已榨乾她最後一絲力氣。

這一覺，凌若直睡了很久才醒，一覺醒來的時候看到屋裡掌著燈，一絲朦朧的天光從窗紙外透進來，不知是晚間還是清晨。耳邊傳來輕微的呼吸聲，轉頭看去，只見水秀正趴在床邊打盹。她撐起恢復了幾絲力氣的身子，取過擱在紫檀木架上的衣裳披在水秀身上，儘管動作很輕，但還是將水秀驚醒了。

水秀揉了揉惺忪的睡眼問道：「主子您醒了，好些了嗎？」

凌若搖搖頭道：「我沒事了，倒是妳，既然睏了怎麼不回房裡睡，這樣趴著睡覺難受。」

「奴婢不打緊，太醫說這幾天是主子身子最虛弱的時候，片刻也離不得人照顧。」水秀掩嘴打了個哈欠，將衣裳披在凌若身上。此刻已是深秋，雖關了門窗，依然能感覺到寒涼之意，順勢又在凌若身後放了一個彈花軟枕。

「現在什麼時辰？」凌若往後靠了靠問道。

她初次懷孕時，康熙賞了一臺自鳴鐘，就放在外屋。水秀已經習慣了自鳴鐘那兩格代表一個時辰的概念，去看了一眼後道：「主子，才剛卯時呢，您要不要再歇會兒？」

「不了。」凌若撫一撫臉，笑道：「去看看弘曆醒著沒有，若是醒著就抱過來讓我瞧瞧。」

「哎。」水秀答應一聲，沒多久，抱了弘曆進來。「主子，小阿哥剛吃過奶，正醒著呢。」

凌若忙不迭接過弘曆，待將那個小小身子抱在懷裡，無法言語的喜悅與滿足瀰漫上心間。一日不見，感覺這孩子彷彿又大了一些，模樣也更可愛，怎麼瞧都瞧不夠。

水秀湊過來道：「小阿哥眉眼長得與主子很像呢，特別是那雙眼睛，好看得緊。適才奴婢去抱的時候，乳母說小阿哥從抱過去到現在，一聲都沒有哭過呢，就算餓了或是尿了，不舒服也只會哼哼幾聲，可是好帶得很。那麼小就像懂事了一般，她還說這樣的孩子長大了必然不凡。」

凌若輕拍著弘曆道：「那不過是乳母奉迎的話，指不定每一個帶過的孩子，她都這般說過呢！」話說如此，脣角卻不自覺溢上一縷笑意。

待弘曆熟睡後，凌若小心翼翼地將他交給水秀抱下去交給乳母。水秀進來時端了一盆熱水進來，絞好面巾後遞給凌若拭臉。做月子的這兩個月，既不能下地也不能碰涼水，尤其是像她這樣曾經傷過一次的人，更要趁機會將身子養回來。

這日不斷有人過來請安，許多皆是平常不太走動的人，除卻推不過的幾個外，其餘凌若皆以身子困乏不支為由推卻了。

不少人碰了一鼻子灰，在回去的路上低聲抱怨。瓜爾佳氏一路過來，聽了不少在耳中。

小路子在門口站了大半日，陪笑得臉都快抽搐了，趁著沒人過來，趕緊低頭揉一揉發僵的臉頰。

腳步聲由遠及近，一雙鑲著珍珠的朱紅緞緙絲繡鞋出現在小路子視線裡，他沒等看清眼前站的是何人，便已經陪了笑臉重複著同樣的話：「我家主子身子困乏暫時不能見客，還請改日再來。」

「連我也不見嗎？」

聽到這個聲音，小路子趕緊抬起頭來，一張似笑非笑的臉龐映入眼裡，卻是瓜爾佳氏。他趕緊拍袖打了個千兒道：「奴才給雲福晉請安。」

瓜爾佳氏一扶鬢邊的蝴蝶長簪，挑眉道：「這是不是代表我可以進去了？」

小路子不好意思地搔搔頭道：「奴才不知道是雲福晉，還道是哪位格格呢。主子一早吩咐了，您與溫福晉隨時可以進去。」

「你啊，倒是不結巴了，不過這眼神又不太好使，往後可得看清了人再說話。」

瓜爾佳氏扶了從祥的手進去。到了裡屋，發現溫如言已經在了，正與凌若說著話。

看到她，溫如言笑著招手道：「剛說曹操曹操就到了，可真是禁不起唸叨。」

第三百八十章　福禍

瓜爾佳氏解下披風，就著水月端來的繡墩坐下，笑吟吟道：「適才去攏翠居，下人說姊姊出去了，我就猜到是來這裡，怎麼不見涵煙？」

「她跑去看弘曆了，嚷嚷著要跟弘曆玩。這丫頭好動得很，我也管不了，隨她去吧，左右有素雲看著，出不了事。」說起這個三歲的女兒，溫如言滿是無奈。

瓜爾佳氏接過透著暖意的描金茶盞道：「孩子還是活潑一些的好，像弘時那樣整日裡死氣沉沉的，哪還有孩子的樣。」

說到弘時，凌若與溫如言皆是搖頭不已。那拉氏對弘時一言一行皆有著極嚴的要求，才五歲的人兒就已經規規矩矩、老氣橫秋，完全看不到這個年紀應有的童真。

「聽聞嫡福晉現在已經讓弘時在背《孝經》了，每日都窩在書房中不見出來，想當初弘暉八歲時也不過堪堪背這個罷了。」溫如言心有不忍地說道。

「終不是自己親生的，又豈能一樣。」凌若撫著身上的暗紅錦被，徐徐道：「只是嫡福晉這樣揠苗助長，結果未必能如她預期的那般。」

瓜爾佳氏笑一笑道：「妳這話她可是聽不進耳，世子之位至今懸而未決，妳又生下弘曆，令得弘時被立為世子的可能性又減弱了一分，可不得使勁讓他有所表現才行。」

溫如言接過話道：「她怎樣待弘時是她的事，咱們插不上手也不會去插這個手。我現在反倒更擔心若兒，妳如今有子嗣在膝下，這是福也是禍，嫡福晉為了世子之位，只怕會對弘曆下手，妳可千萬要當心才是。」

「她早已下過手，只是未能如願罷了。」在溫如言與瓜爾佳氏詫異的目光中，凌若道：「姊姊可還記得鐵線蛇一事，便是她指使人所為，之後更在德妃面前搬弄是非，令德妃認為我不祥，禁足於淨思居中。若非後來王爺得了時疫，我又趁機說動年福晉，只怕至今尚在禁足中。」

「她恨妳也不是一、兩日的事了，怨恨日積月累自是越來越深。」之前瓜爾佳氏就曾猜測鐵線蛇一事是有人在背後主使，如今終於得到證實。

溫如言憂心忡忡地道：「以她的狠毒，只要一日不除了妳就一日不肯甘休，留著這樣一個人始終是心腹大患。可惜她行事小心，咱們始終抓不到真憑實據。」

「慢慢來吧，只要她一日不肯放手，咱們就有一日的機會抓她，這也是我留著陳陌的原因。」

「罷了，不說她了，再說下去，可是什麼好心情都沒有了。」瓜爾佳氏這般說了一句，轉過話題道：「適才我過來的時候，聽得不少人因為吃了閉門羹回去而在背後使勁抱怨妳呢！」

凌若眨眼，淺笑道：「姊姊莫不是以為我讓她們進來就不會有抱怨了吧？」

溫如言為之一笑，撫一撫裙間的繡花又道：「對了，我聽聞王爺有意晉妳為側福晉，可是真的？」

在她們面前，凌若自不會有什麼隱瞞，點一點頭道：「昨日皇上來的時候，王爺已經請旨，應是不會再改了。」

溫如言聞言好一陣感嘆，拉著凌若的手道：「那就好。雖說位越高，人越險，但凡事皆有利弊兩面，身居其位，至少那些人不敢再輕易動妳。」

「眼下也只能走一步看一步了。」

她們正說話間，忽見涵煙邁著小腿「登登」跑進來，手裡還舉著一塊化得滿手都是的栗子糖，撲到溫如言懷裡好一陣撒嬌後方才道：「額娘，我剛才把這個給弟弟吃，可是弟弟不吃呢！」

「傻ㄚ頭，弟弟還小，不會吃這些，涵煙自己吃吧。」溫如言笑撫著她的頭，待涵煙將那塊糖吃完後又讓素雲領了她下去洗手。

瞥見瓜爾佳氏眼中流露出來的羨慕與失落，心知她這些年都傷懷自己一直無所出的事，而且隨著年歲的增長，這個希望也變得越來越渺茫。溫如言拉過她的手，鄭重其事地道：「妹妹，這些年我真的很感謝有妳，所以涵煙才可以長到這麼大。涵煙不只是我的女兒，同樣是妳的女兒。」

「不只涵煙，還有弘曆。」凌若伸過手與她們交疊在一起。「他們兩人都是姊姊妳的孩子。」

瓜爾佳氏沒想到自己偶然的感傷，會被她們看在眼中，更想不到她們會說出這樣一番話來安慰自己，當下眼圈微紅地道：「上天很公平，祂雖然沒給我子嗣，卻將妳們兩個好姊妹帶到我身邊，如今更有了涵煙與弘曆，此生，真的沒有什麼好遺憾了。至於涵煙和弘曆，我會視他們如己出。」

王府中的日子，勾心鬥角、爭權奪勢，每一日都過得不易，但幸好，幸好她們不是孤身一人，所以才有勇氣一直走下去，不畏一切。

「妹妹，我問妳一句話，妳必須得如實回答我。」又說了一陣子話後，瓜爾佳氏突然一臉嚴肅地看著凌若。

「姊姊儘管問就是。」凌若一邊喝著剛煮好的紅糖薑茶一邊說著。

「弘曆早產，究竟當真是妳自己不小心摔倒，還是與伊蘭有關？」不等凌若說話，她又補充道：「我要聽實話。」

見凌若沉默不語，溫如言焉有不明白之理，悚然道：「當真與伊蘭有關？」

凌若不理會她，看著瓜爾佳氏道：「姊姊何以會知曉？」她這樣問就等於承認了此事與伊蘭有關係。

「果然如此。」瓜爾佳氏嘆了一口氣道：「之前妳生下弘曆，母子平安的時候，我無意中聽到伊蘭與凌夫人的對話，雖然她們很小聲，但還是被我聽到了幾句。」

「妹妹，究竟是怎麼一回事，妳倒是快說啊！」見她遲遲不語，滿心急切的溫如言忍不住出言催促。

凌若重重嘆了口氣道：「伊蘭……一直想要入王府，不惜使計騙我說與王爺有了肌膚之親，被我識破後，她不甘心嫁給李修撰，一時激憤就推了我一把。」

「這丫頭，當真是瘋魔了，竟連親姊姊也害，她還有沒有人性！」溫如言聽得一陣來氣。

反倒是瓜爾佳氏神色要平靜許多，將不再溫熱的茶盞遞給水秀重新去續了一杯後，道：「在許多人心中，權勢、金錢、自己，都遠遠凌駕於親情之上，這並不奇怪。倒是若兒妳準備怎麼處置伊蘭？」

第三百八十一章　月子

凌若看了瓜爾佳氏一眼，不答反問：「若換了姊姊，會怎麼做？」

「既然她不將妳當姊姊，妳又何必將她當成妹妹看待。若依我心思，斬草除根、永絕後患才是最好。」瓜爾佳氏也許是三人中最心狠果斷的那一個，要不然昔日那拉氏也不會看中她，拉攏來替自己辦事。

溫如言雖覺得這話有些過於不留情面，但想到伊蘭所為，又覺得沒錯。

凌若也知道瓜爾佳氏的做法是最正確的，但到底狠不下這個心。「伊蘭已同意嫁人，過去的事我就當沒發生過，我也告訴她，大婚前不要再入王府。」

瓜爾佳氏知道凌若重情意，早在說出適才那番話前就已經猜到她不會做到那個地步，帶著幾許憂心道：「妹妹，妳是一個很善良的人，縱然這七年磨難重重，也沒有磨去妳心裡的善良，但願這份善良將來不會害了妳。」

「姊姊放心吧，伊蘭的事已經過去了。至於王府之中，我曉得該怎麼做，何況現在除卻我自己之外，還有一個弘曆需要我去保護。」

「那就好。」有了凌若的保證，瓜爾佳氏略鬆了一口氣，話題又回到凌若昨日臨盆的事上，抿了嘴道：「昨日妳難產，可是把王爺急得臉都青了，尤其是穩婆來問王爺究竟是保大人還是保孩子的時候，妳猜王爺最後選了哪個？」

「自是孩子。」儘管她當時也是做了同樣的選擇，但在回答這句話時，還是有些悶悶不樂。沒有一個女人不希望自己在夫君心中占據的是最重要、最不可取代的位置，只是在許多男人眼中，女人有時候僅僅是生育工具，如何及得上子嗣來得重要。

瓜爾佳氏與溫如言相互看了一眼，笑道：「這一次妳可是猜錯了，王爺保的是大人，即使妳讓水秀出來傳話的時候，他也沒有改變初衷。要不是當時弘曆那麼乖巧地把頭降了下來，只怕此刻已經沒有他了。」

「當真如此？姊姊莫不是哄我吧？」凌若先是一陣喜悅，旋即又有些不自信。她知道胤禛是在意自己的，卻不知胤禛會在意她到捨棄孩子的地步，何況這些事胤禛從來沒有提過。

「難道我們兩個一起哄妳嗎？」溫如言拍著她的手感嘆道：「是真的，妳不知道聽到王爺說保大人的時候，嫡福晉她們一個個臉色都變了。總算妳這幾年的苦沒有白受，王爺是真心待妳好。」

一直到她們離開，凌若心裡都不曾平靜，哽咽一直在喉間徘徊，她從不知道自己在胤禛心中竟有如此重要的位置。

夜間，胤禛來看凌若，看到她眼眶紅紅的，忙道：「怎麼了，又哭過了？」

「沒有。」凌若搖頭，在胤禛還沒反應過來前用力抱緊他，哽咽道：「妾身只是很感動，四爺從沒有說過，當時在妾身與孩子之間選擇了妾身。」

「就為了這事？」胤禛心情一鬆，撫著凌若披散在身後的長髮，溫言道：「妳是我的女人，我自然應該保護妳。至於孩子，雖然捨不得，但只要妳在，總還是會有的。幸好最終盡如人意，妳與弘曆皆平安。」

「四爺待妾身這樣好，妾身不知該如何報答。」凌若一吸鼻子，動情地道。

燭光搖曳，令胤禛的眸光染上一層朦朧。「陪在我身邊，一世不背叛、不離棄，這就是最好的報答。」

凌若輕輕吻上胤禛的薄唇，這便是最好的回答。終她一世都不會離胤禛而去，除非胤禛不要她。

月子中的兩個月，便在平靜中度過，宮中冊凌若為側福晉的旨意在幾日後就下來了，不過要等到行過冊封嘉禮才算名正言順。

九月二十九，伊蘭奉聖旨嫁予修撰李耀光為妻，凌若那份添妝令她送嫁的隊伍足有一里長，大至用上等花梨木製成的桌、椅、文房諸器，小至珍珠、金銀頭面，無一不全。

凌若雖是王府福晉，但要置辦這樣一份近乎等同於王府格格出嫁的添妝亦不易，可說是傾其所有，當中還有一部分銀子是六合齋這幾個月來的盈利。毛氏兄弟得知凌若要用，二話不說全拿了出來。

有了專門請的製香師還原水月家中傳下來的那方子，六合齋的生意比從前好許多，經常有客人慕名而來，也算是稍有些名氣。毛氏兄弟正打算將店開到京城去，只是京城地價貴，一時還有些棘手盤不下來，準備等明年開春再說。

給伊蘭這份豐厚的添妝，是凌若身為姊姊的最後一點心意，往後她與伊蘭想必不會再有什麼交集。

除了伊蘭的婚事之外，宮裡的選秀亦已經結束，方憐兒入選，被封為貴人，賜號熙。

兜兜轉轉，她還是走上了這條最殘酷不過的後宮之路……

另外，一道參選的還有凌若遠房一個族妹，同姓鈕祜祿氏，她比方憐兒要幸運許多，被賜給十七阿哥胤禮為嫡福晉，婚期訂在十月十九。

胤禮大婚，雍王府自要備禮。這幾天，身為管家的高福忙得團團轉，好不容易將禮單盤得差不多，只等拿銀子採買。他拿著禮單來到朝雲閣，王府中大小事務一直是年氏打理，禮單當然第一個要給她過目，銀子也得從她手裡撥下來。

年氏接過朱紅燙金的禮單打開，剛看了一眼便皺眉不悅地道：「怎麼只得這幾樣？若照著這單子拿出去，豈不是讓人笑話。」

年氏說是幾樣，但實際上列在禮單上的足足有二十八樣。除卻胤禛之前說好的一處莊子與五百畝良田外，還有上等雲錦、勾彩縷金沉水香篝（註3）、荷花蓮子鏤金手串、玉浮雕荷花鱖魚珮、羊脂白玉觀音送子雕像，文房四寶等等。

這些東西都是高福精挑細選之後寫在上面的，不只東西要合適，寓意也要好，不過這樣的禮在年氏看來還是有些輕了。

聽得年氏的話，高福連忙陪笑道：「福晉瞧著還缺了什麼，奴才這就去加上，也好一道置辦。」

註3　熏籠。

第三百八十二章　側福晉

年氏將禮單放在桌上，戴著錯銀纏絲嵌紅寶石護甲的手指在禮單上輕輕敲了幾下後，道：「這樣吧，再加一套北海孔雀綠珍珠步搖、銀白點珠流霞花盞與九柄齊套的三色玉如意。」

高福躊躇了一下，面有難色。年氏添的雖只有三樣東西，但每一樣均價值千金，尤其是最後一樣三色玉如意，每一柄少說也值百餘兩銀子，九柄加在一起就是近兩千兩；再加上前面那兩件，就是四、五千兩銀子。之前禮單中，除卻莊子、田地外，所有東西列在一起也不過七千餘兩，驟然加上這麼大的數目……

年氏一瞥，將高福的為難瞧在眼裡，一撫臉淡淡道：「怎麼著，嫌這禮太重了？得，你若願意給王爺丟臉，就當我什麼話都沒說，還按著原來的禮單送去。」

「福晉這話可是冤殺奴才了。」高福聽出年氏言語間的不悅，哭喪著臉道：「奴才對王爺和福晉忠心耿耿，哪有不盼著王爺長臉的理，實在是這銀子……」

「銀子怎麼了？」年氏冷笑一聲道：「別以為我不知道，各處莊子的收成都陸續上來了，還有王爺的俸銀，加在一起少說也有兩、三萬兩。除去府中正常開支外，至少還有一萬五千餘兩的結餘，用來置辦這些東西綽綽有餘。」她打理王府這麼久，對各項收支心中有數，否則也不會指名加這三樣禮。

高福苦笑道：「原本確實是有這麼多，但是福晉您忘了，凌福晉生下曆阿哥，母子平安，王爺心下高興，說所有下人一律多發一個月的月錢，王府上下加各莊各院及圓明園，統共是五百餘人，即使每個人五兩銀子也是將近三千兩。另外過幾日，曆阿哥雙滿月，府中要擺宴設席，還有凌福晉的冊封嘉禮，也需要——」

「行了！」年氏驟然打斷高福的話，隨即深吸了幾口氣，抑下怒意道：「究竟還缺多少銀子？」這幾日天氣轉涼，福沛染了風寒，咳嗽不止，她忙著照顧他，無暇看帳冊與這幾日的支用。

高福斟酌了一下，小心翼翼地道：「能動用的大約只有一萬兩左右，其實……若不算那套三色玉如意倒也差不多了。」

滴答滴答的銅漏聲在高福耳邊滑過，帶走時間的痕跡，許久，他終於等到年氏強抑憤怒的聲音——「去掉那套三色玉如意，置辦好後，你親自送到十七阿哥府，莫要出什麼岔子！」

高福暗鬆一口氣，趕緊打了個千兒道：「福晉放心，奴才一定盡心盡力辦好此事。」

待高福拿了禮單下去後，年氏狠狠將一口未動過的茶盞摜在地上，濺了一地的茶水與碎瓷片，恨聲道：「無非就是生了一個兒子而已，有何了不起，偏生要矯情，弄出如此多事來。王爺也是，開口就是所有下人加賞一個月的月錢，幾千兩銀子就這麼沒了。」她越說越氣，尤其是想到福沛出生時，胤禛也不過是加賞了王府上下而已，哪有說連莊園裡的下人也賞的理。

「主子息怒。」綠意命人將地上的狼藉收拾後，小聲勸道：「王爺也不過是一時高興抬舉她幾分罷了，真要說起來，曆阿哥如何能與福阿哥相提並論，放在一起簡直就是抬舉了曆阿哥。」

「現在不能，但是很快就行了。側福晉——只要冊封嘉禮一過，鈕祜祿氏就是名正言順的側福晉了，與我平起平坐。」在說到最後幾個字時，年氏已是咬牙切齒，冷意湧動。

好不容易去了一個佟佳氏，如今又來一個鈕祜祿氏，還真是不消停。

綠意走到年氏身後，輕輕替她揉著發僵的肩膀，寬慰道：「主子無須這般動氣，就算她真冊了側福晉，也說不得與您平起平坐。論資歷、家世，她皆輸您不只一籌，何況您手裡還握著府中大權，就是含元居那位見了也得讓您三分。」

說到那拉氏，年氏眉心倏然一動。「含元居最近有什麼動靜沒？」

在這王府中，每個人都有自己的眼線，用以查探別處的一舉一動。知己知彼方能立於不敗之地，否則哪一天死了都不知道原因。

「暫時還沒有。」

年氏黛眉微皺。這些年她與那拉氏暗鬥，早已曉得這女人是一個什麼人，不聲不響，卻暗下狠手，最是陰險不過。如今鈕祜祿氏生下孩子又即將冊為側福晉，她竟無動於衷，這顯然不合常理。

她想起一事來。當日她帶鈕祜祿氏出淨思居的時候，鈕祜祿氏曾告訴自己，所有不祥的流言皆出自那拉氏布置。

既然早在鈕祜祿氏還懷孕的時候，那拉氏就處心積慮要除去她，如今又怎可能聽任她一步步爬上高位，興許，早有了動作，只是旁人不知罷了。

至於鈕祜祿氏……她當日吃了那麼大一個暗虧，想來也不肯輕易甘休，早晚要與那拉氏鬥個你死我活。

如此想著，年氏的心情一下子好了起來，與其自己去費心費力，倒不如坐山觀虎鬥，不論她們哪個敗了，對自己都是有利無害。

私心裡，她更希望敗的那個人是那拉氏，因為只有那拉氏被廢了，自己才有機會擺脫這束縛了七年的側福晉之位，登上更高一層。

凌若冊封嘉禮的日子定在弘曆雙滿月的那一天，因同時有兩件喜事，是以雍王府少有的大擺筵席，皇室宗親皆來相賀。凌若更在宗人府左宗正的見證下，正式冊立為雍王府側福晉，記名入宗冊玉牒。

這一日的凌若是風光的，從最初卑微恥辱的格格到庶福晉，再到今日的側福晉，苦熬七年，終是一朝揚眉吐氣。

然凌若清楚，這一切並不是結束，恰恰相反，是開始。往後她要走的路，要經歷的事情，還有很多很多……

只是，今日的她，不會再懼怕任何人，為了胤禛，為了弘曆，她會努力走好每一步，直至這世間無人敢再欺。

第三百八十三章　七年別離

宮裡不斷有禮送來，從康熙到德妃，再到靜嬪以及新入宮的熙貴人，皆派人來恭喜凌若晉側福晉及弘曆雙滿月之喜，這也令賓客對這位新側福晉揣測紛紜，究竟為何許人，竟與宮中有著如此密切的關係，蒙一位位貴人看重。

凌柱一家人除卻伊蘭之外都來了，在宴席未開之時，凌若終於見到了分別七年之久的榮祿。為官七年，又是在地方上磨練，榮祿比以前少了一分書卷氣，多了一分精明，目光亦更加堅毅。

「恭喜大哥。」凌若望著朝自己穩步走來的榮祿，露出璀璨耀眼的的笑容。她已經從胤禛口中得知，榮祿這次回京述職將會升任吏部文選司的員外郎，這雖然是一個從六品的職位，比按察司經歷只高了一品，但文選司主掌官員的政績考核、升遷，是個極大的肥差，多少人削尖了腦袋要往裡鑽，能任此職，實是對榮祿這些年最好的肯定。

榮祿望著一身緋紅盤錦寶相花紋旗裝的凌若。七年別離，再見時，他那個溫柔清雅的妹妹已經成了雍王府側福晉，端莊高貴，縱然是笑意嫣然，也自有一種凜然不可侵犯的貴氣。

「按察司經歷也好，文選司員外郎也好，都是為朝廷辦事，有何可恭喜。」榮祿淡淡一笑，不論眼前這個女子怎麼變，都是他妹妹。

「旁人可不這樣認為。」凌若柳眉輕揚，以芙蓉晶打造而成的步搖在鬢邊輕晃不止，為她清麗絕美的容顏更添一分嫵媚。

「於我來說，最高興的便是可以一家團聚。」說到這裡，榮祿看著凌若欲言又止，最終什麼都沒有說，只化為一聲輕嘆。

凌若猜到他是想說伊蘭的事，只是事已至此，多說無益。破裂的東西即使重新黏起也會有裂痕伴其一世，抹之不去。

「對了，大哥你自己的事又怎麼樣了？」溫和的目光拂過榮祿面上，她輕聲問道。

「妳適才也恭喜我了，自然是好的。」榮祿與她一道慢步走著，避過喧囂的賓客。

見榮祿故作不知，凌若笑著搖頭。「大哥在外幾年，旁的我不知道，這顧左右而言他的本事倒是見著了。你明知道我說的是江氏。」適才大哥雖然是隨阿瑪他們一道來，但神色間頗有些不自然，可想而知，這事還沒鬧完。

「還能如何，阿瑪、額娘始終是不喜歡她。」說到江氏，榮祿臉上的笑意變得無奈，眸光落在盛開於秋末冬初的夾竹桃上。

凌若側一側頭，任冰涼的芙蓉晶貼在臉頰上。「江氏當真有如此之好嗎？值得大哥你這般傾心以待？」

「我在江西這幾年，一直是她在照顧我的起居住行，我答應過以後會好好待她，大丈夫豈可言而無信。」榮祿言語間透著少有的堅決。

凌若點點頭。「大哥的話雖不錯，但阿瑪、額娘也是為你好，畢竟江氏的出身實在容易遭人詬病。」話雖如此，她終歸不忍大哥難過，想一想道：「這樣可好，我替她在京中尋一戶清白人家，讓她認為親人，以那戶人家女兒的身分嫁予你為妻，以前的事再也不要提及。只要她不是以前那個被以不守婦德為由休棄的江氏，我想阿瑪他們是不會反對的。」

凌若的話令榮祿眸光一亮，繼而爆發出陣陣喜色，擊掌自言道：「對啊，這是個好辦法，我怎麼就沒想到呢，還是妹妹心思活絡。」

「你啊，是關心則亂。」凌若沒好氣地睨了他一眼。「得了，好人做到底，送佛送到西，阿瑪那邊我替你去說。」這父子倆一個脾氣，要是鬧起來可不好收場。

榮祿訕笑一聲，沒有接話，隔了一會兒問：「對了，弘曆在哪裡，我來了這麼久，還沒見過這個小姪子。」

「適才還在，想是奶娘抱下去餵奶了。」

說話間，來福走過來說是賓客已經到得差不多了，只等他們過去就可以開席。

凌若答應一聲，與榮祿一道回到廳中，正要落座，外頭有人唱喏：「廉郡王到！九阿哥到！」

胤禛微微一怔，旋即若無其事地起身，迎向一前一後走進的胤禩與胤禟。

胤禩臉上掛著溫和的笑容，朝胤禛拱手道：「恭喜四哥喜得貴子。」

隨他一道進來的胤禟神情略有些不自在，隨便拱拱手含糊了一句就作罷。

「這本不是什麼大事，難得八弟和九弟肯賞臉，快請入席。」胤禛拉了兩人在同席中坐下，早有知機的官員換了另一桌。「對了，怎麼不見十弟一道來？」

胤禩落座後道：「他前些日子不知吃壞了什麼東西，上吐下瀉的，剛才我和九弟去看他的時候，還下不了床呢，否則定要拉著他一道來給四哥道喜。」說到這裡，他又將目光轉向凌若，笑意不減地道：「也要恭喜凌福晉。」

「多謝八阿哥。」凌若在席間欠一欠身，以示感謝，之後各自舉杯開宴，一時間倒也熱鬧。

宴過一半，坐在胤禛身邊的那拉氏感嘆道：「府裡除卻年節之外，已是許久不曾像現在這麼熱鬧過了。對了，王爺，妾身明日想去萬壽寺一趟，不知可否？」

「好端端的去寺裡做什麼？」胤禛抿了一口酒問道。

「之前王爺身染時疫，妹妹腹中胎兒又被指為不祥，妾身當時就向佛祖乞求，保佑王爺平安、妹妹與孩子無恙，如今這願望都實現了，若是不去還願，佛祖可是要怪妾身心不誠了。」

胤禛稍一想也就同意了。「既是這樣，那就去一趟，多帶幾個侍衛同去。」

「是。」那拉氏長睫微垂，含笑答應。

凌若不知道是否自己多心，總覺得她的笑容有些怪異，具體卻又說不出來。

第三百八十四章　再見鐵線蛇

「對了，四哥，怎麼一直沒見弘曆姪兒，莫不是怕咱們嚇著他，所以藏了起來吧？」胤禟的話語惹來眾人一陣輕笑，不過那些來得稍晚的人確實自進來後一直沒見到弘曆。

「瞧老九說的，哪有這回事。」胤禛笑答了一句，卻也意識到弘曆被抱下去餵奶的時間似乎有些長了，正要派人去看看，凌若已是起身。

「王爺，妾身去將弘曆抱來見見幾位叔叔。」

「也好。」

凌若朝眾人淺施一禮後離開廳堂，去了旁邊的耳房，奶娘便是抱了弘曆在這裡餵奶，可是推門進去後並沒有看到奶娘身影，反倒是看到陳陌在裡面，手中正抱著閉目不動的弘曆，凌若心頭頓時一緊。

不等她問話，陳陌已低頭道：「奴才給主子請安。」

「不是讓你留在淨思居嗎，怎麼來這裡了？奶娘呢？」凌若看似平靜的聲音裡有一絲不易察覺的顫意，接過弘曆，感覺到他依舊溫軟的身子與平緩的呼吸後，方才緩緩定下心來。

「奴才在淨思居中閒著無事，記著主子在這裡，便過來看看主子是否有要差遣的事，哪想恰好碰到奶娘內急，便讓奴才幫著抱一會兒曆阿哥。」

凌若深深看了陳陌一眼後道：「行了，這裡沒你的事，下去吧。」

「嗻！」陳陌目光一閃，躬身退下，在他出門口的時候，奶娘恰好回來，兩人擦身而過。

奶娘看到凌若，嚇了一跳，快步進來小心地請了個安，伸手想要接過弘曆，凌若卻不鬆手，而是舉目示意水月關門。

她折身在紅木長椅中坐下後，睨了一眼忐忑不安的乳母，徐聲道：「林娘，我記得請妳來王府照料曆阿哥的時候，已將話說得清清楚楚，不可以隨意將曆阿哥交給別人。怎麼，才兩個月妳就不記得了？還是根本不將我的話當一回事？」

「奴婢不敢！」林娘連連擺手，慌張地道：「奴婢剛才餵完奶後，突然腹痛如絞，實在難以忍耐，又見陳哥兒過來，就讓他帶那麼一會兒。」

「這麼說，妳還認為自己沒錯了？」不等林娘再說，凌若已經點頭道：「很好，水月，帶她去帳房支銀子，從明日開始，不用再來王府了。」

林娘一聽這話立時傻眼了，待回過神來後趕緊跪地乞求：「福晉開恩，奴婢下次再也不敢了。」王府裡奶娘的月錢是外面的三倍，她好不容易才進來，如何肯輕易離開。

「知道自己錯在哪裡嗎？」凌若冷冷看著她。

林娘感覺到頭頂那兩道冰冷的目光，打了個寒顫道：「奴婢不該將曆阿哥交給陳哥兒帶，奴婢知錯了，求福晉再給奴婢一個機會。」

「記著，曆阿哥是我的命，我既將他交給妳，便是對妳最大的信任。只要是交到妳懷裡了，那麼一時一刻都不能讓他離開妳的視線，他若有什麼閃失，妳和妳的家人都擔待不起。」凌若也不是真想打發她走，不過是藉機敲打她一下，以免下次再有相同的事情發生。

林娘連連叩首，表示絕不會再犯。待命其下去後，凌若並沒有急著去廳堂，而是若有所思地撫著弘曆有些長開了的小臉，良久方吐了口氣道：「看來……她準備動手了。」

水月神色一震，道：「這樣一來，曆阿哥豈不是很危險。」

「該來的始終要來，躲是沒有用的，何況咱們等的不就是這個機會嗎？」

凌若語音一頓，又道：「從此刻起，一天十二個時辰，給我好好盯著陳陌，我倒要看看他玩什麼花樣。還有，傳話給毛氏兄弟，讓他們盯牢陳陌外頭的那處宅子和女人，別讓她跑了。」

這日凌若正在屋中看書，小路子匆匆忙忙跑進來在她耳邊悄悄說了句，儘管心中早有準備，凌若還是忍不住露出駭然之色，扔掉那卷根本沒看進幾個字的書，起身道：「那弘曆有沒有事？」

「主子放心，陳陌那小子前腳放了蛇，奴才後腳就叫人藉故將他支走，然後趁機打死了那幾條鐵線蛇，曆阿哥連醒都沒醒。至於奶娘那邊，奴才已經警告過她，料想不會胡說。」小路子一邊說著一邊從袖中掏出一個小小的圓筒，裡面正是那幾條鐵線蛇的屍體。

水月湊過頭看了一眼，氣憤道：「陳陌這個小人，真應該讓他自己嘗嘗被蛇咬的滋味。」

「主子，奴才不明白，他們已經用過一次鐵線蛇，何以這次還要再用？」問話的是小路子。在王府中，一般同樣的招數是不會用第二次的，因為重複越多就越容易露出馬腳，以那拉氏的精明，不可能漏掉這一點。

「她用，是因為此招若是成功，便可以一石二鳥！」知道弘曆沒事後，凌若靜下心來，撣一撣衣上不存在的灰塵，輕聲道：「鐵線蛇的出現必然令他人再次想起曾經盛傳許久的不祥謠言。」

「可是王爺身染時疫痊癒時，這個謠言早已不攻自破。」水月插嘴道。

凌若輕輕搖頭，帶了一抹苦笑道：「話雖如此，但所有人心中都會記著曾經有過這麼一件事，一旦出現星星之火，就會被再次點燃，且會燒得比以前更旺。而弘曆被曾經出現過的鐵線蛇咬死，便是最好的燎原之火。」

「她是想將曆阿哥的死推到主子頭上，以坐實主子不祥之名？」

「十之八九便是這樣，我若沒了子嗣，又成不祥之人，縱然頂著一個側福晉的名頭也無用，她要對付我會容易許多。」

凌若的話聽得水月與小路子心驚肉跳，若非他們對陳陌早有防備，那麼這個猜測很可能就會變成事實。

凌若重新坐回椅中，取過一個柑橘淡淡道：「去將陳陌帶來吧。」

第三百八十五章 陳陌

陳陌今天一整天都在不安中度過，尤其是在將鐵線蛇暗自放到曆阿哥房中後，就更坐立不安了。

適才他剛將鐵線蛇放進去，就被水秀叫來修剪花草，也不知這鐵線蛇咬了曆阿哥沒有，更不曉得那幾條鐵線蛇有沒有被人發現。

正當他心神不寧的時候，有人在他身後拍了一下，猝然回頭，卻是小路子，只聽小路子道：「主子喚你進去呢！」

陳陌心裡一跳，暗道莫不是曆阿哥死了吧？

想到這裡，他試探地道：「你可知主子喚我什麼事？」

小路子心裡冷笑，面上卻不以為然地道：「我哪曉得，你進去不就知道了。」

陳陌到的時候，凌若正好將柑橘剝好。她剝得極是乾淨，將橘肉上每一條白色的絲都剔去，青蔥似的指甲因此染了一層淡黃色的痕跡。

「主子。」陳陌小心地喚了一聲，等著凌若吩咐。

凌若打量陳陌一眼後，將手裡的柑橘肉遞給他。「喏，這是福建剛送上來的蜜橘，嘗嘗看味道如何？」

「謝主子賞賜。」陳陌受寵若驚地接過柑橘，掰了一瓣放到嘴裡。蜜橘汁多甘甜，且裡面沒有一般柑橘所有的核，甚是好吃。放在外面，蜜橘本身的價格再加上千里迢迢而來的運費，一個就能賣到好幾十文錢，尋常人家根本吃不起。

陳陌此刻心裡有事，又一直揣測著凌若將自己叫來的目的，哪有心思細品，囫圇吞棗地嚥下去後，抬頭露出討好的笑容。「主子賞的蜜橘，味道再好不過。」他頓了頓，見凌若不說話，又道：「小路子說主子有事吩咐奴才，不知是何事？」

「不急。」凌若取過水秀遞來的溼巾細細將手上的橘子汁拭淨，漫然道：「自李衛他們走後，你就來了淨思居，也有些時日了。這些日子我待你們如何？」

她問得輕描淡寫，令得陳陌一時揣測不到用意，只得道：「主子待奴才恩重如山，奴才縱使粉身碎骨亦難報萬一。」

笑意在凌若脣邊蔓延，但也僅止於此，在陳陌看不到的眼底，只有冷意。「好聽的話誰都會說，不過我卻不太喜歡聽。」她睨了一眼額間微見汗意的陳陌，又道：「恩重如山不至於，但我自問不曾虧待過你們。沒有人願意生而為奴才，都是被生活所迫，所以我自入王府以來，一直不曾苛待過身邊人，甚至盡量待你們好一點兒，而我要求的並不多，僅僅只是忠心罷了。陳陌，你忠於過我嗎？」

陳陌眼皮劇跳，隱約聽出了些許不對來，趕緊跪在地上信誓旦旦地道：「奴才對主子一片忠心日月可鑑！」

凌若笑笑未語，倒是水秀語帶諷意地道：「你這話可是要讓日月也蒙羞了。」

「妳這是何意！難道是說我對主子不忠嗎？」陳陌漲紅著臉道。不知情的人見了，還真以為他受了多大的委屈呢！

「忠與不忠我心裡有數，陳陌。」凌若目光一轉，落在陳陌身上。

未曾直視，陳陌卻感覺到那兩道目光正在一點點冷下來，連帶著他的身子也好似被什麼凍住了一般，動彈不得。

「你若真忠心耿耿，就不會三番兩次背叛於我。」

她聲音不帶一絲火氣，卻令陳陌驚惶欲死。難道，自己放的鐵線蛇被發現了？

「奴才……奴才冤枉！」他強作鎮定地磕頭叫屈。「奴才發誓——」

凌若眸中掠過一絲厭棄，從紫檀抽屜中取出一只圓筒扔在陳陌面前，打斷了他未完的話。「你先看看這個再說。」

陳陌是真的害怕了，顫抖著雙手撿起圓筒打開，裡面黑漆漆的看不清，遂將圓筒翻轉過來，倒出裡面的東西。就在看清的那一刻，他臉色劇變。鐵線蛇！怎麼會在這裡！

「你做過什麼，相信不用我再重複一遍。陳陌，你真有膽量啊，為了一處宅子和一個妓女就將我這個主子賣了！」這一刻，自陳陌進來後就一直掛在凌若臉上的笑意終於徹底退去，剩下的只是刺骨冷意。

「奴才……」陳陌想要辯解，但看著地上的鐵線蛇屍體，他無言以對，只能癱軟在地上。

「說吧，是誰讓你這麼做的。」凌若問道。

陳陌整個人都透著一股慘澹，他猶豫許久，咬牙道：「沒人指使奴才，是奴才自己不滿主子凡事只信小路子和水秀他們，重要的事更是從不曾交給奴才去辦，一時鬼迷心竅所以做出此等事來，求主子開恩，留奴才一條賤命。」他倒也乾脆，既然賴不掉，便直接承認，不求別的，只求活命。

他沒想到自己的話引來凌若好一陣嗤笑。「陳陌，你將我當成三歲孩童來哄嗎？憑你一人能驅動那麼多鐵線蛇？能有膽子謀害曆阿哥？又或許憑你那點兒月錢可以養得起宅子與女人？」

陳陌知道凌若想問什麼，但是他不敢說，當真不敢。就算凌若饒過他，那位也不會放過，自己定然會死得很慘。

凌若等了半晌，始終不見陳陌說話，點一點頭，拍手道：「很好，還真是有點骨氣，看樣子，你連那位映紅姑娘的死活也不管了。」在陳陌驚恐的目光中，她對水秀道：「告訴咱們的人，先將映紅姑娘的耳朵割下來，再是鼻子、舌頭，一樣樣地割。若是她問起為什麼，就說是贖她出青樓的那位恩客的意思。」

陳陌被她殘忍的話嚇得魂不附體，爬到凌若腳下，涕淚橫流地哀求：「不要！

主子，求您不要這樣對映紅，她是無辜的……」

「無辜？」聽到這兩個字，凌若再也忍不住笑出聲，彎下腰看著陳陌，一字一句道：「那弘曆呢？他又犯了什麼錯，你們連他都不放過？」

對於敢傷害她孩子的人，她不會存有絲毫悲憫之心。

她直起身，眼中有難掩的厭惡。「陳陌，我再給你最後一次機會，指證背後指使你的那個人，或者眼睜睜看著映紅姑娘死無全屍，二擇其一，沒有第三條路可走。」不等陳陌開口，她又補充道：「你也不必求我，你在這裡做事這麼些日子，該當知道我是一個說一不二的人。在這盞茶涼之前，想清楚。」

她的目標從來不在陳陌，而在那拉氏！

說完這句，凌若就不再開口，只徐徐飲著茶，待得茶涼不能入口時，方才移目至從剛才起就一直怔跪在地上、不知如何是好的陳陌身上，閒閒道：「如何，想清楚了嗎？我的耐心可是快到頭了。」

陳陌既怕凌若真將映紅殺了，又怕自己小命不保，左右為難。他是真的很在乎映紅，當初若不是迷上她，也不會為了替她贖身而投靠那拉氏。

第三百八十六章　上香

「水秀。」凌若將手裡的盞蓋往茶盞上一扔，隨著「叮」的一聲脆響，就要吩咐水秀下去傳話。

「不要！求主子不要，奴才……奴才……」陳陌面無血色，在死命揪了一下自己大腿後，終是艱難地有了決定，顫聲道：「是否奴才指出要害曆阿哥的那人，主子就饒過奴才與映紅？」

「我可以饒過映紅，但是你……」凌若眸中看不到一絲感情。「也許會活，也許會死，我不保證。」

陳陌慘然一笑，在問出那句話前，他就知道想保住自己的小命很難。這事若捅出去，生死已不是凌福晉一人所能決定的；但若不說，他與映紅都不會有好下場，凌福晉可以有一千、一萬種辦法讓自己與映紅消失在這個世間。

在這樣的無奈下，陳陌將事情從頭到尾說了一遍。凌若懷孕時那群突然出現的鐵線蛇，主使者正是那拉氏。

但還是有令凌若詫異的地方，直至現在她才知道，原來那拉氏一開始打的並不是誣陷她與弘曆不祥的主意，而是真真切切要除她的命，為此不惜血本請來驅蛇師。只是沒想到那夜胤禛會那麼湊巧歇在淨思居，那拉氏投鼠忌器，怕傷了胤禛，才臨時改變主意。

陳陌的話還在繼續：「嫡福晉昨日派人告訴奴才，說她今日會去萬壽寺上香還願，不在府中，讓奴才趁此機會用鐵線蛇咬曆阿哥，如此一來，曆阿哥必死無疑；而鐵線蛇的再度出現，也可以令旁人再想起主子從前不祥的傳言，將曆阿哥的死栽到主子頭上，到時候即便王爺再袒護主子，也難免會受影響。只要主子恩寵一失，子嗣又夭折，自然不足為慮，她盡可設法對付。」

凌若可以清晰感覺到手中黏膩的冷汗，原來自己早已在鬼門關繞過數次，只是不知罷了。

那拉氏！不除此人，她如何安心坐這個側福晉之位！

「主子，既然陳陌已經招了，不若等王爺回來，讓他如實再說一遍，人證、物證皆全，縱是嫡福晉有三頭六臂，也難逃罪責。」

凌若點點頭同意了水秀的話。胤禛上完早朝後會去刑部處理公務，偶爾會在那裡用過午膳再回來，算算時辰，差不多就是那拉氏從寺裡上完香回來的時候。

就在淩若命水秀將陳陌帶下去看管的時候，遠在萬壽寺的那拉氏也已經上完香，又添了五百兩的香油錢。

「阿彌陀佛，雍福晉向佛之心多年如一日，實在是難得！」

那拉氏每年都會來萬壽寺上香祈願，住持方丈早已認得她，是以今日她一來，便特意從禪房裡過來陪同。

那拉氏還禮，含了一縷得體的笑容道：「方丈過譽了，佛佑世人，世人自當敬佛。」

「雍福晉心誠，佛祖定會保佑雍福晉諸事如願，無災無難。」住持方丈雙手合十道。

「若真這樣就好了。」在說這話的時候，那拉氏目光始終落在高高在上的佛像上。佛容慈悲，憐世間一切悲苦，但是不論怎麼燒香拜佛，世間依舊有無數苦難。無人能救，掙扎苦海，渡不得彼岸。

而她，亦根本不曾想渡，只要能報弘暉的仇，縱然要她永墜十八層地獄，她也心甘情願。

那拉氏斂一斂衣袖，忽地抬起頭笑道：「若佛祖能佑我願成真，我便替佛祖重塑金身。」

「阿彌陀佛。」住持方丈唸了一聲佛號後道：「寺裡已經備下素齋，雍福晉若是不急的話，不若用過再走？」

那拉氏本就是出來避疑的，自然是晚一些回去更好，當下笑道：「早就聽聞萬壽寺素齋足以以假亂真，多少人一擲千金卻求而不得，連皇上亦讚不絕口，之前我一直尋不到機會，這一次可是萬不能再錯過了。」

住持方丈頗有些自得地一笑，引了那拉氏至後院用齋飯。萬壽寺的素齋確實名不虛傳，魚有魚味，肉有肉味，若不說，誰又能想到這實際上全是素菜？縱是嘗慣府裡珍饈美味的那拉氏也是讚嘆不止，連連稱奇。

「主子。」三福走過來，附耳在那拉氏耳邊說了句什麼。

那拉氏臉上的笑意頓時為之一斂，皺眉問道：「確定嗎？」

聽到肯定的回答後，那拉氏眸光一閃，起身朝方丈歉意地笑道：「突然有事趕著要回去，剩下的素菜只能留待下次品嘗了，掃了方丈一片美意，萬望見諒。」

快步出了萬壽寺山門後，那拉氏已徹底冷靜下來。坐在微晃的轎中，她緩緩閉起雙目。

棋子，早在被擇用之時，就已經想好了拋棄的方法。

第三百八十七章 指證

胤禛剛回到王府，正在問周庸事情，就聽得凌若求見，忙命其進來。

還沒等他問什麼事，凌若已經屈膝跪在地上，於九曲金環嵌寶步搖叮鈴觸地的聲響中，垂淚道：「四爺，妾身求您給妾身與弘曆做主！」

「怎麼了？」胤禛從未見過她這個模樣，忙走過來扶起她道：「出什麼事了？」

凌若一邊抹淚，一邊將陳陌意圖用鐵線蛇謀害弘曆的事一五一十說了，待得她說完，胤禛臉色已不是一般的差，在屋中踱了一圈後方才將信將疑地問：「妳說這一切都是蓮意主使陳陌所為？」

「妾身也不知。」凌若滿面驚惶地道：「不過陳陌一再言其所言句句為實，未有半句謊言。」

蓮意她當真如此狠毒？胤禛實有些不敢相信。一直以來，蓮意都是端莊大度、溫良賢恭的，從未在他面前編派過任何人的不是，即便他明知有人對其不敬，可每每說起，她也是笑意盈盈，從未有絲毫妒意。

他雖不愛她、不寵她，卻敬她，每個月總有那麼一、兩日去含元居過夜。

至於凌若生產時，那拉氏勸他保孩子，這並不能說她嫉妒，畢竟那種情況下，若當時躺在裡面的不是凌若，她也會做出相同的選擇。皇嗣的重要性非女人可及，尤其他這樣膝下單薄的阿哥。

所以，當聽到凌若的話時，他實在有些發懵，不過卻也曉得凌若的性子，絕不會無的放矢，更不會拿弘曆來開玩笑。在定了定神後，他道：「陳陌呢？將他帶來，我要親自聽他說。」

凌若來的時候已將陳陌一併帶來，等在外頭，看到縮手縮腳走進來的人影，胤禛拂袖回到書案後坐下，冷聲道：「將事情從頭到尾仔細說一遍，若讓我發現有半句虛言，必重懲不貸！」

陳陌戰戰兢兢地答應一聲，心裡是一千、一萬個不願，但是事已至此，焉有回頭之路，只得將事情原原本本講述一遍，包括之前鐵線蛇鬧出的不祥一事。

胤禛發現與凌若之前說的話全部能吻合，但這並不表示此事就是真的。

「周庸，去看看嫡福晉上香回來沒有。」

隨著周庸的離去，書房中陷入了令人窒息的沉默。陳陌能感覺到冷汗從自己額頭滑過臉頰，一直落到衣領中，嘴裡又乾又澀。

凌若站在一旁安靜地低頭盯著自己綴在緋紅鞋面上的南明玉，等了這麼久終於等到這一天，此刻心情竟然出奇的平靜，連一絲漣漪也不曾泛起。

因為她相信，此次，那拉氏一定逃不出這張網。糾纏了這麼久，終於可以了結了，了結這個因為弘暉的死而變得極度瘋狂的女人。

不知過了多久，外頭傳來叩門聲，周庸進來恭敬地道：「四爺，嫡福晉剛剛回來，是否要奴才去請她過來？」

胤禛仰頭看著繪有彩畫的梁壁想了片刻，起身道：「不必了，咱們過去。」

在重重腳步聲中，他們出現在含元居。那拉氏聽得下人通稟，趕忙迎了出來，極為自然地替胤禛解下披風。「王爺怎麼與妹妹一道過來了？」

自她出現後，胤禛就一直在留意她的表情，發現她在看到凌若與陳陌時並沒有任何慌亂，哪怕是一絲不自然也沒有。究竟是她隱藏的功夫好到連自己也看不穿，還是此事另有隱情？

在凌若朝那拉氏行過禮後，胤禛搓了搓因這一路過來而有些發涼的手，道：「記得妳今日說去還願，便過來看看妳是否回來了。最近這段日子京裡出了幾股流賊，不甚太平。如何，沒遇到什麼事吧？」

那拉氏感動地道：「勞王爺掛心了，妾身沒事。」

「沒事就好。」胤禛目光一閃，似不經意地道：「適才凌若來請安，隨她一道來的小廝陳陌說起一件事來，我聽著甚是有趣，福晉有沒有興趣聽著樂一樂？」

「能讓王爺覺著有趣的事，妾身可一定得聽聽。」那拉氏說著，將透著幾分好奇的目光轉向一直縮在後面的陳陌身上。

那拉氏……凌若心驚，不著痕跡地打量那拉氏一眼，發現她臉上除卻少許驚訝之外便只有淡淡笑意，全然看不出一絲驚意。這似乎不太合常理，以那拉氏的精明，看到胤禛特意將陳陌點出來，沒可能不起疑心，何以竟像沒事人一般。

在那拉氏的催促下，陳陌再一次重複著已經說過的事實。這一次，因為是當著那拉氏的面指證她，陳陌害怕得連聲音都變了，低著頭停頓了好幾次才勉強將事情說清楚。

「福晉，這個奴才說妳指使他害凌若與弘曆，妳以為呢？」胤禛問道，眸光幽深如潭，看不出起伏。

那拉氏斂了袖子，端端正正地跪下去，委屈而懇切地道：「妾身與王爺成婚十餘年，妾身為人如何，王爺當最清楚，妾身如何會做這等惡毒之事。」

如果，那拉氏露出哪怕一絲慌亂，胤禛對她的疑心都會大增，可是沒有，什麼都沒有。

那拉氏仰頭，看向胤禛的眸中流露出深深的眷戀。「妾身知道王爺愛重妹妹，憐惜弘曆，若他們當中任何一人出了事，王爺都會痛不欲生。王爺是妾身夫君，妾身又怎忍心讓王爺傷心難過。」她垂淚，又道：「妾身不知道陳陌是受了何人指使，又懷了怎樣不可告人的目的來陷害妾身，但妾身確實沒有。」

胤禛猶豫了，而陳陌惶恐了。如果這一次那拉氏不死，那他也好，映紅也好，都會遭到她瘋狂的報復。這個女人，比淩福晉狠毒許多，什麼事都做得出來。

「王爺！」想到這裡，他忙不迭道：「奴才對天發誓，所有的話句句屬實，所有的事都是嫡福晉主使，鐵線蛇也是她交給奴才的。當初她為了對付淩福晉，甚至還請來一個養蛇人。」

「對天發誓？」那拉氏輕輕一笑道：「這話誰都會說，畢竟天可不會指證你說的是謊言，妹妹妳說是嗎？」

淩若冷冷看著她，沒有隨意接話。那拉氏成竹在胸的樣子，令她心裡頗有些沒底，事情正在慢慢脫出她的掌控。

第三百八十八章　各施計策

「那麼這個呢，妳可認識？」胤禛舉目示意周庸，後者立刻會意，取出之前陳陌交上來的圓筒，將幾條僵硬的鐵線蛇屍倒在那拉氏面前。

那拉氏認真辨認一下後道：「妾身認得，這是鐵線蛇，想必就是襲擊曆阿哥那幾條。不過陳陌從哪裡尋來這些東西，妾身就不得而知了。」

「王爺！」陳陌叩了個頭，迭聲道：「這些東西全部是嫡福晉交給奴才的，奴才還記得上次淨思居鬧蛇的時候，就是三福帶著那個養蛇人來的，他管那人叫羅老。」

陳陌將他知道的都說了出來，然對於羅老住在哪裡卻一無所知，甚至連對方現在是否還在京城都不知道，這樣的說詞實難令胤禛盡信。

凌若的心在胤禛的將信將疑中漸漸下沉。她之所以敢將陳陌推出來，就是料準以胤禛多疑的性子，只要那拉氏哪怕露出一絲慌張，都會令胤禛起疑，可是那拉氏沒有，當中究竟出了什麼問題？

她想不明白，而那拉氏已經將矛頭轉向她，氣憤地道：「妹妹，妳入府七年，我一直待妳不薄，即便是別院一事，我也是因為不知內情才會將妳貶斥過去，事後王爺告訴我別院損毀不成樣子後，我也曾派人去修繕過，究竟妳還有何不滿，要這樣主使人冤枉我？」

那拉氏還真是不簡單，三言兩語就將髒水引到她身上來，不過也真虧那拉氏能面不改色地說出這番言不由衷的話來。

凌若心念電轉，片刻間已經有了主意，跪下道：「嫡福晉既說妾身入府七年，便當知道妾身的性子從不去搬弄是非，更不會拿弘曆的性命開玩笑。今日若不是小路子意外發現，弘曆已然丟了性命。若設身處地，換作是嫡福晉，弘曆換作是弘暉，嫡福晉可會拿親兒的命來害人？」

那拉氏目光驟然一冷，卻是什麼也沒說，反倒是胤禛對凌若伸出手。「起來，我並沒有懷疑妳。」

簡簡單單的一句話，卻令凌若心裡一暖。胤禛是什麼樣的人？平常沒事都會捕風捉影、疑心重重，可眼下卻當著那拉氏的面說出這句話來，可見其心中對自己當真是萬般的信任。

一世不疑，也許，這不再是一個遙不可及的夢……

相較於凌若的喜悅，那拉氏卻是渾身一陣發寒，驟然意識到一件她原先不曾想到的事。今日鈕祜祿氏或許奈何她不得，但她同樣也奈何鈕祜祿氏不得，甚至在以後很長的一段時間裡都會是這樣。

胤禛對鈕祜祿氏的信任，遠非她或者府中任何一個女人可以比擬。她厭惡，卻不得不接受這個事實。

在拉起凌若後，胤禛陷入了沉思。這件事似乎變得越來越奇怪了，若不是蓮意所為，那又會是誰呢？

他相信凌若不會拿弘曆的性命來開玩笑，也相信不可能是陳陌一人所為，若是背後無人，陳陌何來的錢置宅子、養女人？既然那個叫什麼映紅的青樓女子是陳陌的枕邊人，那麼或許可以從她那邊入手，來印證陳陌話語的真實性。

想到這裡，他命周庸即刻去將映紅帶來。周庸領命而去，不多時就將因為初次乘馬而顛得臉色發白的映紅帶來。

這個頗有幾分姿色的女子偷偷打量著胤禛幾人，縮站在門口不敢進前，直至看到陳陌，方才大了幾分膽子，往他站的地方挪了幾步。

「妳就是映紅？」

前面那個俊美冷漠的男子突然開口，嚇了映紅一大跳。她不曉得胤禛身分，不敢隨意稱呼，只絞著手指低頭道：「是。」

「妳是陳陌從青樓裡贖回來的，可知陳陌是什麼身分？」胤禛面無表情地問。

映紅身子微微一縮，低聲道：「我……我知道一點兒，他是雍王府的下人，負責伺候凌福晉。」她並不曉得自己口中的凌福晉就站在跟前。

「那他可有與妳說過為何會有這麼多銀子替妳贖身，還置了宅子讓妳住？」

映紅沒有即刻回答，凌若發現她在一個不經意的抬頭間看了那拉氏一眼，旋即才聽她害怕地道：「我不知道，你們……你們是不是要收回宅子？」見沒人說話，她越加認定是這個可能，連連擺手道：「求求你們不要，除了那裡，我不知道還能去哪裡棲身。若是……若是你們要銀子的話，我可以給你們，只求你們放過我與陳陌！」

她一邊說一邊慌慌張張地從繡有芙蓉花的荷包中取出幾張疊得整整齊齊的紙，打開來，正是每張面額一百兩的銀票。周庸正暗笑這個女人可笑的舉動，卻在無意中看到銀票上的銀號名稱後再也移不開目光。

六通銀號——廣西分號，說明這個銀票是從六通銀號設在廣西的分號發出來的。一般哪地發出的銀票就會在哪地流通，若是異地，銀票雖然一樣可以兌換，但銀號要收取一定費用，所以除非必要，否則很少會有人拿到異地去使用。

周庸越想越覺得奇怪，遂從映紅手中接過這幾張銀票遞到胤禛面前。他能想到的事情，胤禛自然可以想到，而且他還想到另外一件事。

胤禛輕輕撚了其中一張銀票的一角，看著忐忑不安的映紅道：「這銀票妳是哪裡來的？」

「回這位爺的話，是……是陳陌給的。」映紅小聲回答：「他說王府裡有位貴人要他做事，所以給了這些銀票……我只兌了一張，剩下的全在這裡了。」

「全部都是六通銀號廣西分號的銀票?」

陳陌大吃一驚，他確實給過映紅銀票，但絕對都是京城本地的銀票，何來廣西分號的銀票?但更令他吃驚的事情還在後面。

只見映紅小心翼翼地看胤禛一眼後，點頭道:「是，當時我還問過他為何是廣西分號的銀票，但他說那位貴人出身廣西，這銀票是從其家中而來。」

廣西?凌若微微一皺眉，像是想到了什麼，但又抓不住。

「不對，奴才沒有說過這話，映紅，妳是不是記岔了?」陳陌滿臉奇怪地看著映紅。

映紅很肯定地道:「你明明就是這樣說的，我絕對不會記錯。」

第三百八十九章　宋氏

沉吟片刻後，胤禛揚眉對站在一旁的周庸道：「去將宋氏帶來。」

一直苦思的答案終於躍然而出，凌若想起來了，宋氏便出身廣西。可還是不對，她相信陳陌沒有撒謊，而且那拉氏仍是最可疑的那一個，但為何銀票還有映紅的話，句句都指向宋氏呢？

凌若很清楚宋氏為人，她嫉妒自己得寵又生下弘曆不假，但生性膽小，心計算不得深，這些年來早已失寵，靠攀著年氏在府中勉強有一席之地。

憑她，絕對做不出這麼縝密狠辣的布置。

這般想著，凌若仔細打量映紅一眼，發現她雖然一直表現得很害怕，但眼底又似有些篤定，再聯想到剛才映紅看那拉氏的的目光，心中疑竇叢生。

宋氏得知胤禛召喚，高興了好一陣子，還特意打扮一番，換了身嶄新的衣裳，沒想到卻是被領去含元居，更沒想到一踏進去，便看到裡面站著、跪著好些人，氣氛明顯有些不對。

之前的歡喜勁一下子消失得無影無蹤，她踮著腳尖走進去，朝臉色不善的胤禛行了個禮。「妾身給王爺請安，王爺吉祥。」

在胤禛叫起之後，她又分別給那拉氏與凌若行禮。在面對凌若時，她神色勉強，動作更是磨磨蹭蹭，一副不情願的樣子。

宋氏對凌若一直不滿，尤其是凌若現在還爬到了她頭上，早憋了一肚子氣，這禮自然行得不情不願，卻不曉得這番置氣的舉動，看在胤禛眼中卻變成了另一層意思。

銀票輕飄飄地落在宋氏面前，胤禛淡然道：「鳶律，認識這些銀票嗎？」

鳶律是宋氏的閨名。她奇怪地撿起銀票看了幾眼。「這是六通銀號設在廣西的分號所出的銀票，妾身手裡也有，不知王爺想知道什麼？」

胤禛深深看了她一眼道：「有人用這些銀票買通陳陌，幾次加害凌若，我很想知道，這人是不是妳。」

宋氏頓時花容失色。她或許不聰明，但什麼話要命還是知道的，趕緊跪下道：「王爺明鑑，妾身沒有，這等惡毒之事妾身萬萬不敢。至於銀票、銀票，妾身也不知道是怎麼一回事。」許是因為過於害怕，宋氏有些語無倫次，那張慘白的俏臉上盡是惶恐害怕，連脂粉也遮掩不住。

「銀票是從廣西分號發出來的，我記得咱們府中只有宋妹妹妳是出身廣西。」那拉氏緩緩說著。

「是……可是妾身真的什麼都不知道啊！」宋氏急得掉下眼淚，不一會兒便將精心描繪過的妝容沖得慘不忍睹。

胤禛見問不出什麼來，乾脆讓來福去宋氏所住的地方搜查。這一點宋氏並不怕，因為她確實沒做過，相信來福搜不出什麼來。

可惜，宋氏忘了，這世間還有栽贓嫁禍一說，有人早在許久之前就已經盯上了她，要她做那個替死鬼。

來福回來時，手裡捧著幾樣東西，皆是從宋氏院中搜到的，其中包括一包未吃完的蛇食以及一只哨子，件件皆指向宋氏與鐵線蛇一事有關，而來福還說在宋氏院中看到鐵線蛇的蹤跡。

宋氏嚇壞了，大腦一片空白，她不明白這些根本見都沒見過的東西為何會出現在自己院中。

凌若一言不發地盯著那些東西，臉色有些難看。到了此時，她焉有不明白之理，那拉氏只怕早在第一次動手之前，就已經找好宋氏做替死鬼。

只是她始終不明白，為何映紅會當著這麼多人的面撒謊，她不過是一個青樓女子，根本與王府裡的爭鬥扯不上半分關係。

而且那拉氏今日分明是有備而來，不聲不響就將一切掌控其中，就算是早有布置，也不該如此縝密、無漏洞才對。難道她一早就知道自己今日會揭發她？可是陳陌一直沒離開過自己的眼皮子，究竟是哪裡走漏了風聲？

凌若尚在不解，胤禛已經一臉鐵青地將東西擲在宋氏面前。「是否到現在，妳還準備說自己什麼都不知道？」

「妾身真的什麼都不知。」宋氏的眼淚不斷往下掉，她是真的嚇壞了，若這罪名坐實，她必然不會有好下場，所以使勁否認；卻不知道在這樣的情況下，再否認都是無用的，除非她能自證清白。

只是……那拉氏又怎會允許她有這個機會，早在棋子布下的那一刻，一切就已經註定。唯一的錯漏，也許就是胤禛對凌若的信任，否則她大可以藉此機會將凌若也一併收拾掉。

「這位爺，她姓宋嗎？」映紅指著跪在旁邊的宋氏，怯怯地問道，待得到肯定的回答後，她又道：「我曾聽陳陌說給他錢的那位貴人就姓宋。」

「映紅！妳究竟知不知道自己在說什麼，我何時說過這等話？」陳陌見她越說越離譜，忍不住開口質問。

映紅有些害怕地往後縮了一下，委屈地嘟囔一句：「你確實說過，難道我還能無中生有不成。」

妓女的話本是無足輕重，但在這種瞧不見利益牽扯的情況下，反而成了最可信的話，因為根本尋不到她撒謊的理由。

「宋鳶律，妳好狠的心腸！」胤禛咬牙吐出這幾個字來，他本不願相信，但人證、物證俱在，由不得他不信。

宋氏整個人都懵了，只知道哭，卻不曉得這樣的哭號並不能讓胤禛生出半分憐惜來，反而更加的心浮氣躁。

凌若雖然不恥宋氏為人，卻也不願見她替那拉氏背起這個黑鍋，想了想道：「王爺，妾身覺得宋姊姊不像是會做出這種事的人，當中是否有什麼誤會？」

宋氏沒想到在這種情況下凌若會替自己說話，不由得生出幾許感激，爬到胤禛腳下，攥了他寶藍色繡有祥雲紋的衣角，哀求道：「王爺，妾身當真什麼都沒有做過，求您相信妾身！」

胤禛低頭，眸中沒有一絲感情，冰冷如冬日的冰雪。「我也很想相信妳，可惜不知該如何去相信。鳶律，是否妳沒了孩子，所以也不希望別人有孩子？」

第三百九十章 輕敵

宋氏趕緊搖頭，胤禛卻不給她說話的機會，繼續道：「一直以來，我都知道妳失了孩子，心裡難過，所以有時妳說了不該的話我也未與妳計較。可惜，換來的卻是妳的得寸進尺、胡作妄為，害凌若與弘曆還不夠，甚至將罪名加諸在蓮意身上，陷她於不仁不義。鳶律，妳說我要如何恕妳？」

宋氏不斷地磕頭，口中爆發出尖銳的哭喊叫冤聲，希望胤禛可以相信一二；可惜她不是凌若，對她，胤禛也永遠不會有太多信任。

沉默了一會兒後，胤禛說出令宋氏絕望的話：「傳令，宋氏懷執怨懟，因妒生恨，蓄意謀害側福晉與曆阿哥之餘還要陷害嫡福晉，這等行徑實不配再為庶福晉著，自今日起，廢宋氏庶福晉之位，幽禁無華閣，有生之年不得踏出一步！」

「不要！王爺，妾身是冤枉的，王爺！」

宋氏被帶了下去，一直到看不見人影，耳邊依然隱隱可聽到她喊冤的聲音，淒厲絕望。彼時夜色漸漸籠罩，她的聲音聽起來更像是夜梟，令人心驚肉跳。

又一個人喪失了在王府中爭鬥下去的資格，而始作俑者的那拉氏，沒有絲毫在意或是不忍，從頭到尾，她的表情都表現得那麼恰到好處。

胤禛放過了映紅，而陳陌，罪無可恕，被帶下去杖斃。廷杖帶著死亡的氣息一下接一下落在陳陌的背上，在他生命終止之前，絕對不會停止。

映紅從屋中出來後沒有立即離去，而是來到被打得後背血肉模糊的陳陌面前。華燈下，她神色出奇的平靜，若非那張臉陳陌再熟悉不過，甚至會忍不住懷疑，究竟她是否是自己認識的那個映紅。

「為什麼？」陳陌不甘心，咬著已經出血的牙齒問出這三個字。

映紅蹲下身用手絹輕輕拭去陳陌臉上的汗與淚，附在他耳邊，用只有彼此能聽到的聲音道：「陳陌，你以為我真的會看上你嗎？我只是在利用你而已。從一開始我就是嫡福晉布下的棋子，用來勾引你這個蠢材。不過你真的很蠢，這麼點兒小事都沒辦好，還打算出賣嫡福晉，要你這條命真是半點都不冤枉！」

陳陌死死盯著她，這一刻背上的疼痛已經完全不重要，他整個人全部被欺騙的痛楚淹沒。

他會背叛凌福晉，會落到今日這個下場，全部是為了這個女人，可現在她告訴自己，從頭到尾，只是利用，根本沒有半分真心。他恨，他好恨！

就在映紅帶著得意的笑容準備起身時，趴在凳子上的陳陌突然向前一衝，張嘴用盡所有力氣咬上映紅圓潤小巧的鼻頭，下一刻，淒厲無比的慘叫劃破夜空。

在滿嘴的腥味中，陳陌狠狠合攏牙齒，咬下了這個欺騙他感情、又毀了他一輩子的女人鼻子。看著捂著血流不止的鼻子在地上哀號打滾的映紅，他大笑不止，半個鼻頭從他的嘴裡滾落在地。

笑聲戛然而止，陳陌歪頭嚥下最後一口氣，地上的哀號聲還在繼續。映紅不會死，但是失去半個鼻子的她，往後想來不會太好過。

遠處，華燈下，凌若與那拉氏並肩而立，之前的一幕盡皆落入兩人眼中。夜風拂過，即便衣領鑲了風毛，依然有那麼一絲半縷鑽進去，帶著冬日獨有的寒涼。

「若我沒猜錯，映紅是嫡福晉的人？」凌若望著身邊這個令她忌憚不已的女人。她雖然聽不到映紅的話，但陳陌突然發狂以及那陣大笑，已然令她明白。

那拉氏彎脣，漫然道：「陳陌是棋子，宋氏是棋子，映紅自然同樣是棋子。」她回頭，深深地看了凌若一眼道：「妳以為區區一個陳陌就可以指證我嗎？呵，鈕祜祿凌若，妳太心急也太天真了。」

凌若不語，這一次她確實是過於輕敵；又或許不是輕敵，只是太過急切地想要扳倒那拉氏，所以才決定鋌而走險，結果她輸了。

「如果我是妳，我一定不會輕舉妄動。」她笑，明明周圍華燈無數，她的笑意卻給人一種毛骨悚然的感覺。「若非王爺這般信妳，今日遭難的興許就不是宋氏而是妳了。」

說到這裡，她一攏合在袖中的雙手，仰頭看著隱隱出現在天邊的星星。「鈕祜祿氏，有時我真的很羨慕妳，可以得到王爺這般對待。除卻已經嫁作人婦的納蘭湄兒與被趕出府的佟佳氏之外，妳是唯一一個。」

「可惜妳容不下我，哪怕我並無意與妳為敵。」凌若的聲音帶著幾許縹緲之意。

那拉氏低頭一笑。「早已知道答案的事何須再問，不過……鈕祜祿凌若，我永遠不會給妳扳倒我的機會，永遠不會！」

她要算無遺策地走好每一步，如此才可以替弘暉報仇，才可以牢牢坐穩這個嫡福晉的位置。

「沒有人可以永遠贏下去，妳也一樣。」凌若看了她許久，方才說出這麼一句來。

「那咱們便慢慢走著吧，希望妳有命看到那一天。」在輕笑聲中，那拉氏漸漸遠去。宋氏、陳陌、映紅，皆可說是為她所害，可是她根本不在意，因為旁人的生死本就是不必在意的事。

凌若轉身，朝著與她相反的方向走去，步履帶著往常沒有的沉重。

她以為自己可以對付那拉氏，但真到了對決時，才發現自己依然遠遠不及。正如那拉氏所言，若非胤禛對自己異乎尋常的信任，此刻在無華閣的人或許就是自己。

映紅是那拉氏的人，她大可以讓映紅指稱銀子是自己給陳陌的，讓陳陌故意陷害。

那拉氏在走每一步之前都想好了結局，棋子隨時可以取用，也隨時可以拋棄，與她相鬥，自己最不足也最致命的一點，就是不及她心狠手辣。

思來想去，竟然想不到辦法對付那拉氏。

第三百九十一章

平衡

茫然間，凌若回到淨思居，小路子見她臉色不對，暫忍了到嘴邊的話，扶她至掌起明燈的屋中坐下。

水秀知機地沏來一盞熱茶。「主子喝口茶暖暖身子。」

待凌若喝過茶，臉色好些後，小路子才問道：「主子，嫡……嫡福晉怎麼樣了？」因為過於急切，許久不犯的結巴又冒了出來。

水秀也眼巴巴地盯著。那拉氏是個心腹大患，不除她，主子難有心安之日。

凌若沒有答話，而是徐徐轉著手中溫熱的茶盞，直至燈罩中的燭火因為長時間燃燒而有些發暗後，方才沉聲道：「咱們失敗了，那拉氏毫髮無損，反倒是宋氏替她背了這個黑鍋，此刻已被廢入無華閣。」

「怎麼會這樣？」小路子聽得一陣發懵。明明一切都是針對那拉氏做下的布置，怎麼最後扯到全不相干的宋氏頭上去。

凌若嘆了口氣。「嫡福晉比我以為的還要可怕得多，陳陌的背叛從頭到尾皆是嫡福晉一手策劃，映紅並非普通青樓女子。她也好，陳陌也好，宋氏也好，皆是她手裡的棋子。」

映紅？水秀怔了一怔，下意識地問道：「她與嫡福晉有關？」在此之前，她甚至不曾注意過這個女人。

「何止有關。」凌若冷笑一聲，理了理思路後道：「嫡福晉一早就注意到陳陌，之後利用映紅去引誘陳陌入套。人一旦被感情沖昏了頭，什麼事都敢做，背棄主子自然不在話下。」

水秀與小路子均聽得起了一身雞皮疙瘩。嫡福晉這份心機實在是令人膽寒。小路子想了一會兒還是有些不明白。「就算如此，又與宋福晉有何瓜葛？」

凌若將今日在含元居的事細細說了一遍，包括陳陌最後發狂咬掉映紅鼻頭的事，臨了感慨道：「我雖然恨那拉氏，卻不得不承認，她每一步都走得比我更穩、更決絕，凡事皆備下後路，且該狠時絕不拖泥帶水。相較起來，我確實不如她良多，這一次也算輸得不冤。」

「可是這一次，嫡福晉吃了這麼大一個暗虧，必定會想辦法對付主子，咱們該如何是好？」水秀憂心忡忡地道。

「不會的。」凌若放下茶盞，攏攏袖子起身走到透著沉沉夜色的珊瑚長窗前。窗子沒有關嚴，冷風從縫中吹進來，拂動她衣領上的風毛。「這一次，我固然奈何不得嫡福晉，但同樣她也奈何不得我。彼此都有顧忌，相信在很長一段時間裡，她都不會再動我。」

水秀怕凍到凌若，上前將窗子關緊，咬脣道：「話雖如此，但奴婢一想到嫡福晉害了那麼多人，卻至今安然無恙，就覺得上天不公。」

凌若小指上尖利的護甲尖在窗櫺上劃過，留下一道細長的印子。「妳沒聽說天若有情天亦老嗎？上天充其量只是一個旁觀者，世間的悲喜皆與之無關，又怎可能去指望上天來替妳主持公道。」

小路子拿剪子將蜷曲發黑的燭心剪去後，拿過繪有福祿壽三星報喜圖案的紗罩重新罩好明亮如初的蠟燭，道：「奴才始終相信一句話：善惡到頭終有報，不是不報，只是時辰未到。像那個映紅，她害得陳陌這麼慘，最終不也被咬掉了半個鼻頭嗎？嫡福晉身上纏了那麼多冤孽，終有一日要一一償還。」

「是啊，時辰未到，且慢慢瞧著吧。」凌若扶一扶鬢角珠花徐聲道，燭光明媚，卻不能照見她眼底最深處的幽暗。

康熙五十年十月的這場暗鬥，令那拉氏與凌若皆深深忌憚，兩頭猛獸暗自蟄伏下來，靜靜等待最好的時機，一擊致命！

君子報仇，十年不晚，何況是女子。

正是這樣的忌憚，使得王府在很長一段時間內都顯得風平浪靜，維持著微妙的平衡。

在凌若的精心撫育下，弘曆漸漸長大，這孩子不論是走路或是說話都比一般孩子早，半歲開口，待到一歲多時已經可以清晰表達出自己的意思。

兩歲開始識字，識字千餘，三歲已經可以通篇背誦《三字經》、《千字文》。

弘曆過人的聰慧令康熙龍心大悅，初滿三歲就接到宮中開始教其讀書習字，康熙百餘個皇孫，能得此殊榮的唯弘曆一人。

弘曆的倍受重視，令凌若在府中的地位越發穩當；與之相對的是弘時，不論那拉氏怎麼悉心教導，又請來博學大儒，始終改變不了這位名義上的嫡長子資質平庸的事實。

反倒是福沛有幾分聰明，雖不能與弘曆相提並論，卻也不錯了。不過年氏心裡始終憋著一口氣，她生的孩子憑什麼比鈕祜祿氏生的孩子差？再這樣下去，豈非連世子之位都要落在他頭上？

這麼些年來，世子之位胤禛依然不曾立下，為著這事，她曾旁敲側擊地試探過，胤禛只道如今三個孩子尚且年幼，最大的那個也不過八歲，立世子為時過早，等幾個孩子都大一些後再議此事。

胤禛這些話聽起來並沒有問題，但年氏明白，這不過是推脫之詞。當初弘暉出生未多久，就被立為世子，年齡根本不是考量。真相只有一個，胤禛想立的那個人如今尚不能令府中眾人心服，他想等時機成熟的時候再行議立。

不論是弘暉還是福沛，立世子都不會有太多人反對，唯有一個弘曆，年紀最幼、序齒最小，母家出身也最低。

弘曆……就像是擋在福沛面前的絆腳石，一日不搬開，福沛就一日難出頭！

年氏不是沒動過心思，可是不論是胤禛還是康熙表露出的對弘曆的偏愛，都令她不敢輕舉妄動。唯一值得欣慰的是，府中大權始終被她牢牢握在手中，不論胤禛怎麼厚待鈕祜祿氏，都沒有開口將此權分予對方。

眼下，只能走一步看一步，若真到了那一步，就算再危險她也會去做。側福晉始終只是側福晉，一旦胤禛將來過世就什麼都不是，怎及世子額娘來得可靠。

她不喜歡輸，更不喜歡輸給鈕祜祿氏，所以一定要贏！

第三百九十二章　五年

康熙五十五年初秋，明澈似金的秋陽漫天撒落，帶著夏末的最後一絲炎熱。凌若坐在四人抬乘的小轎中，往紫禁城行去。

弘曆自滿三歲後，就被康熙接入宮中親自教授課業，每三日方才回來一次。凌若儘管不忍心與幼子分別，卻曉得這個機會對幼子而言意味著什麼，是以從來不曾說話，更叮嚀弘曆在宮中一定要悉心聽課，莫要貪玩。

不過，兩年來每次弘曆入宮或回府，她都親力親為接送，從不假他人之手，左右康熙已在弘曆開始入宮讀書那年給了她隨時出入宮禁的權力。

凌若到南書房的時候，正好看到康熙在親手教五歲的弘曆習字，兩人都沒有注意到站在門外的凌若。李德全要進去通稟，也被凌若拉住了。

「皇爺爺，孫兒的手好痠，剩下的能不能明日再寫？」在寫滿一張紙後，弘曆甩著發痠的手腕，皺著筆挺的小鼻子脆聲道。

康熙輕咳幾聲，氣息微微有些不暢地說道：「待會兒你額娘就要來接你了，明日可不在皇爺爺這裡，皇爺爺也沒法看著你習字啊。」

弘曆靈動的眼珠子轉了一下，一邊替康熙撫背順氣一邊道：「就算皇爺爺不在，孫兒也會好好習字的，保證不偷懶，等下次入宮的時候，一定將練好的字帶給皇爺爺看。今天就讓孫兒歇會兒好不好，真的很疲啊。」

「這樣啊……」康熙滿面笑容地看著一臉希冀的弘曆，故作為難地道：「好吧，剩下的留到明日再做，只是不許忘記。」平常那些皇子皇孫，看到自己都像是老鼠見了貓一樣，躲之不及，唯有這個經常帶在身邊的孫兒對自己最是親近，雖也守規矩，卻不死板。

「多謝皇爺爺！」弘曆歡呼一聲，擱下狼毫，俐落地從椅中爬下來。他剛一站定就看到站在外頭的凌若，小臉頓時被喜悅包圍，歡歡喜喜地喚了聲「額娘」。

凌若笑笑，走到康熙面前，屈膝行禮。「兒臣給皇阿瑪請安，皇阿瑪吉祥。」自她晉為側福晉後，就有資格自稱兒臣了。

「起來吧。」康熙微微一笑，曉得她來意，指了弘曆道：「朕這裡沒什麼事了，將他帶走吧，後日再送來就是。」

「是。」凌若輕巧地答應一聲，從隨她一道入宮的水秀手中取過食盒，取出用薄棉套子包著的瓷盅道：「兒臣上次來的時候，聽到皇阿瑪有幾聲咳嗽，猜測應是老毛病又犯了，所以自作主張燉了湯來，希望對皇阿瑪的咳嗽有所幫助。」

康熙曉得她帶來的必是數年前自己在暢春園時喝到的專治咳嗽的偏方。原本前幾年咳嗽已經不怎麼犯了，但今年不知怎麼一回事，自入秋後又開始頻頻咳嗽，實在難受，這兩天正念著凌若那個偏方，沒想到還沒開口，她已經燉好了送過來，也算有心了。

在康熙頷首後，凌若將瓷盅遞給弘曆，吩咐道：「快給皇爺爺拿過去。」

「嗯。」弘曆乖巧地答應一聲，捧了瓷盅過去，在邁著小腿蹬上臺階後，並沒有直接將瓷盅往書案上放去，而是對李德全客氣地道：「李公公，替我拿只碗與勺子來可好？」

康熙眼中笑意點點，撫著弘曆的頭道：「皇爺爺自己會喝，趕緊隨你額娘回去吧。」

「弘曆怕皇爺爺忘了。」弘曆執意讓李德全去拿碗，康熙拗不過他只得同意。

李德全拿了一只繪有錦鯉戲水圖的彩碗過來，弘曆從瓷盅中仔細舀出一碗顏色透明的湯水，正要遞給康熙，忽地想起什麼，自己舀了一口試過溫度，方才恭謹地遞到康熙面前，脆聲道：「皇爺爺喝湯。」

弘曆的乖巧懂事令康熙欣慰不已，含笑接過溫熱的湯水，當著弘曆面前徐徐喝著。

看到康熙拿碗的是左手，凌若微覺奇怪。康熙並不是左撇子，往常拿東西都習慣用右手，怎麼這一次改用左手？再仔細一瞧，發現他右手一直垂在身側，瞧起來不太自然。

待得康熙將湯水喝盡後，凌若猶豫了一下問：「皇阿瑪的右手沒什麼事吧？」

康熙放下已經空了的碗，右手動了一下，似想抬起來，但終還是放棄了，澀笑道：「有幾日了，這右手一直使不上勁，連字也寫不了，只能用左手代替。」

「太醫怎麼說？」凌若關切地問。

「太醫也說不上是什麼原因，針灸了幾日倒是好些了，但一時半會兒還是使不上力氣。」說到這裡，康熙重重嘆了口氣道：「年紀大了總是這樣，時不時會有些莫名其妙的毛病出來，久而久之也就習慣了。」

此時的康熙比起與凌若第一次見面時，確是蒼老了許多，身形也更顯清瘦，十二年的歲月流逝，終是在他身上刻下了無情的痕跡。

這些年來，皇子之間各種傾軋鬥爭從未停止過。大皇子、二皇子、十三皇子，先後被廢、被圈禁。康熙雖然從來不提，但並不代表他不會去想，那都是他的親生兒子啊，二皇子胤礽更曾被他寄予厚望。

他還活著，可是那些親生兒子卻一個個盯著他座下那張龍椅。親情，在天家變成了最奢侈的東西，正因為如此，凌若與弘曆沒有矯揉造作的關切才顯得彌足珍貴。

握有整個天下，是九五至尊，但他依然可悲……

凌若不知道該說什麼，站了許久方才道：「皇阿瑪當要放開懷抱，如此病痛才不會久纏於皇阿瑪之身。」

「放開懷抱……」康熙的神色有些發怔，然下一刻已失笑搖頭。「此話說來容易，做起來卻千難萬難。罷了，不說這些掃興的了，妳快些帶弘曆回去吧。」

「兒臣告退。」見康熙不願再說下去，凌若只得牽過走到她身邊的弘曆，叩首離開南書房。

在回府的路上，弘曆自懷中取出一個小油紙包，打開來裡面是幾顆桂花酥糖。他獻寶似地遞到凌若嘴邊，彎眼道：「額娘吃糖。」

弘曆是懂事的，才五歲就知道關心皇爺爺的身體，將好東西留給額娘吃。凌若含了一顆糖在嘴裡，感覺甜意從嘴裡一直蔓延到心間。她此生最大的成就，或許就是生了這麼一個聰明又懂事的孩子。

「哪裡來的糖？」凌若隨口問道。

等凌若吃了之後，弘曆才撿了一顆放在嘴裡，細細品了一下他最喜歡的甜味後道：「昨日在御花園玩耍的時候碰到靜嬪娘娘，是她給兒子吃的。」

第三百九十三章　聰慧

靜嬪——聽得這兩字，凌若微微一驚，問道：「她與你還說了什麼？」

弘曆歪著小腦袋想了一下道：「也沒什麼，只是問了兒子幾句額娘的情況，還說額娘這些日子都沒去她那裡坐坐，甚是想念。」

「那弘曆是怎麼回答的？」石秋瓷的背叛就像是一根刺，深深扎在凌若心裡，日復一日，被迫接受卻永遠都不會習慣這種感覺。

這兩年她雖常出入宮禁，去石秋瓷的地方卻不多，反倒是常去方憐兒處。可是眼下弘曆的話卻提醒她，自己這樣下意識的疏遠遲早會令石秋瓷感覺到異樣，也許這一次，她就是藉著弘曆在試探自己的態度。

康熙五十二年時，石秋瓷生下皇二十三子，取名胤祁，不過她並沒有因此再得到更高的晉封。不論是德妃還是宜妃，都不願再有人與她們平起平坐。

康熙五十五年初，方憐兒與生下皇子的知縣之女王氏一道晉升為嬪，如今也是一宮之主了。

杭州的那番經歷令她一夜之間成熟，再加上選秀前凌若的勸告，這五年來，方憐兒在宮中小心謹慎，雖說不上步步為營，卻也不曾吃過大虧；再加上她以一片赤子之心待康熙，沒有太多算計經營，康熙凡有病痛，皆侍奉榻前，使得康熙格外憐惜於她，即便沒有子嗣也給了她與有皇子的妃嬪並列的榮耀，令無數女子羨慕。

弘曆舔了舔嘴角的糖漬，仰頭道：「兒子說額娘心裡一直記著娘娘，只是這些天舅母要生孩子，額娘忙著給她備禮，所以無暇來看望娘娘。額娘，弘曆說得對不對？」

「弘曆真乖。」弘曆的回答令凌若心中一定。她雖然不曾在弘曆面前透露過對石秋瓷的厭惡，但還是怕弘曆年幼無知，說出什麼不該說的話來，所幸弘曆聰慧過人，小小年紀已經曉得什麼話該講、什麼話不該講。

昔年榮祿因為江氏一事與家人鬧翻，後來凌若替他做主，在京中尋了一戶身家清白的人家，讓江氏認作父母。那戶人家只得三個兒子，一直想要一個女兒侍奉膝下，如今江氏的出現令得他們老懷安慰，待江氏猶如親女一般。

凌柱原本是怕江氏出身不正會影響兒子仕途才遲遲不肯答應，其實對江氏並沒有太大惡感，如今江氏猶如重生，又有凌若在一旁勸解，也就默許了。康熙五十一年時，榮祿鄭重其事娶其為正妻。

江氏入門後，對夫君關懷體貼，對公婆孝順恭敬，幾年下來，凌柱夫婦心裡最後一點芥蒂也消失得無影無蹤，由衷地接納了她。

夫妻恩愛四年後，江氏終於有了身孕，闔家歡喜不已，盼著她能生一個大胖小子，如此凌家也好有後。

凌若得知後也替大哥、大嫂高興，估計著江氏臨盆就在這幾天，她便著手置禮，準備到時候送去。

「額娘，您不喜歡靜嬪娘娘嗎？」

弘曆將油紙重新包好後，突然問出這麼一句話來，一時間倒令凌若不知道怎麼回答，撫著臉道：「弘曆為什麼這麼問？」

「因為每次說起靜嬪娘娘，額娘都會猶豫一下，而且您去咸福宮時，比去翊坤宮要拘謹許多。」

翊坤宮是方憐兒晉為熙嬪後居住的宮殿。

弘曆雖然只有五歲，但心智卻比一般同齡孩子成熟許多，又有敏銳的觀察力，連這一點兒細微的區別都能夠留意到，甚至勝過大人。

凌若撫著弘曆梳得整整齊齊的辮子沉吟不語，她並不準備將自己與石秋瓷的恩怨告訴弘曆，他還太小，哪怕再聰明依然改變不了是一個孩子的事實。雖然身為王府阿哥往後必定少不了勾心鬥角、兄弟爭權的時候，但那是往後的事，如今她想盡量讓弘曆過得開心些。

許久，她想好了說詞，委婉道：「額娘不是不喜歡靜嬪，只是她是你皇爺爺的妃子，又是二十三阿哥的親額娘，在她面前不可太過隨便。不只額娘如此，往後弘曆見了靜嬪娘娘也要規規矩矩的，知道嗎？」

「嗯。」弘曆乖巧地點頭，旋即又疑惑地道：「可是額娘在熙嬪娘娘面前，並不見太過拘謹啊，她不也是皇爺爺的妃子嗎？」

對於弘曆這種追根究柢的問法，凌若一陣頭疼，卻還是不得不繼續應付：「熙嬪娘娘性子活潑好動，所以與她處著相對自在些，弘曆不也更喜歡去翊坤宮嗎？」

對於這一點，弘曆倒是深以為然。每次去，熙嬪娘娘都會拿出很多好吃的給他，還會帶他玩，一點兒架子都沒有，他很喜歡這位年輕的娘娘。

凌若想了想，在輕晃的轎子中道：「既然靜嬪娘娘這般說了，那改明兒額娘送弘曆入宮的時候，一道去看望一下靜嬪娘娘可好？」

「好！」弘曆答應一聲，想想又有些不放心，道：「靜嬪娘娘說喜歡荷花，可如今荷花都謝了，兒子明日畫幅荷花送去給靜嬪娘娘，讓她也高興高興，這樣娘娘就不會怪額娘這些日子沒去看她了。」

凌若笑撫著弘曆沒有說話。這個兒子聰慧近妖，卻又極其孝順，從出生那一日起，就沒有讓自己操過半點心。擁有弘曆，實在是她此生最大的幸運！

坐得久了，又兼轎子搖搖晃晃如催眠一般，天未亮就起來的弘曆不由得有些犯睏，倚在凌若身上打盹。迷迷糊糊間，他感覺轎子好像停下了，揉了揉眼睛直起身道：「額娘，到家了嗎？」

凌若撿起滑落的桃紅色披風重新覆在他身上，輕言道：「嗯，到了，弘曆若是覺得睏就再睡一會兒，額娘抱你下去。」

「不用。」弘曆用力在自己臉頰上拍了幾下，一下子清醒許多，不等凌若再說什麼，先一步從轎凳上跳下，趁著水秀掀開簾子時跑出去。

凌若知道他是不想自己抱他。五歲的弘曆已經有近四十斤，上次也是這樣睡著，偏生中途抬轎的轎夫又扭傷了腳，抬不了轎子，她與水秀兩人就換手抱著弘曆一路走回雍王府，接下來的兩日裡，她與水秀都疼得抬不起手，從那以後，弘曆就再沒有讓自己抱過，不管怎麼打盹，等轎子落地時必定會醒來。

第三百九十四章　李衛回京

「主子。」早早等候在府外的水月走上來扶凌若下轎，仔細看會發現她雙唇抿在一起微微上翹，帶著掩不住的笑意。一旁打轎簾的水秀也是相同的表情，至於早跑到外面的弘曆則不知為何發出一聲歡呼。

凌若細緻若柳葉的雙眉輕輕一蹙，奇道：「怎麼了？」

「主子您看了就知道。」水月刻意賣了個關子。

「妳這丫頭。」凌若輕斥一聲，扶著她的手下了轎子。

剛站穩還沒來得及看清周遭的情況，凌若就見到一個穿著灰色長衣的男人大步走到自己跟前，拍袖跪地朗聲道：「奴才李衛給主子請安，主子萬福金安！」

李衛？凌若倏然一驚，旋即化為重重喜悅，定睛看去，果然是一年未見的李衛，怪不得她們一個個含笑，連忙親自扶起他道：「快起來，何時回來的？」

李衛臉上掛著激動的笑容。「奴才剛到京城沒多久，想著給主子來請安，哪知王府的人說主子去接曆阿哥了，奴才便在這裡等主子回來。」

凌若點點頭，朝四周看一眼，並不見轎子或馬車，倒是有一個女人牽著男孩站在不遠處，神色有些局促。弘曆正好奇地打量著比他還小一些的男孩，料想應該是李衛信中提到的妻兒。李衛在江陰縣上任後沒多久，在凌若的催促下討了房媳婦，第二年便生了個大胖小子，一家人倒也和和美美。

「你們怎麼過來的，轎子呢？」

李衛嘿嘿一笑沒有答話，倒是水月在一旁抿嘴道：「回主子的話，李衛原本是僱了轎子來的，不過他說自己是王府出去的下人，若是大搖大擺地坐著轎子到王府門口，豈非對王爺和主子不敬，是以在前街就下了轎，一路走到這裡。」

凌若嗔怪地睨了他一眼。「以前倒沒看出你這人這麼迂腐，從前街到這裡少說也得走上大半個時辰，你一人倒是算了，你妻子與孩子呢，可不是要累到他們？」

「主子放心，小翠做慣了農活家務，這些路累不著她。虎子有奴才和小翠抱著更是不打緊。」他一邊說著一邊催促女人與孩子上來見禮。

不等他們跪倒，凌若已扶住對方，含笑道：「李衛名義上是我奴才，但在我心裡卻是拿他當家人看待，自家人不必行這些虛禮。」

小翠見跪不下去，只得拉著虎子福了一福道：「多謝福晉。」

弘曆悄悄走到李衛身邊，拉了他的袖子，小聲而興奮地道：「李叔，待會兒給我講講你判的案子好不好？」

說來也奇怪，李衛至多一年來王府一次，往常更多的是書信來往，但弘曆與李衛就是極為親近投緣，這一點甚至勝過整日見面的小路子。

自弘曆懂事後，每次見到李衛都讓他講任縣丞乃至縣令時遇到的各種奇難案件，每一次都聽得津津有味，而那時他才不過三歲而已。當時李衛還怕自己說的案子他聽不懂，盡量撿了簡單的話來講，後來才發現是自己多此一舉了，弘曆的理解能力很好，即便偶爾有聽不懂的也會立刻相問。

對他的稱呼，李衛受寵若驚。「奴才說過許多次了，曆阿哥喚奴才名字就是，李叔二字，奴才實在擔當不起。」

「無妨，他喜歡叫就讓他叫著吧，你如今也是朝廷命官了，沒什麼擔不擔得起。」凌若笑言了一句又道：「好了，都別杵在外頭了，進去再說。」

凌若剛要邁步，李衛已經過來扶住她的手，自然得像是還在王府裡當差一樣。「奴才扶主子進去。」

他的這份心意與忠誠令凌若很是感動，手卻是收了回來。「都說了你是朝廷命官，就得有朝官的樣子，哪還能像以前一樣伺候我這個舊主，可是沒個樣子。」

「莫說奴才現在只是個縣令，就算將來做了知府、巡撫乃至總督，那也是主子的奴才。沒有主子，就沒有奴才今日。能伺候主子，那是奴才幾世修來福分。」李衛很堅決，手一直伸在半空中不曾收回。

小翠是第一次見凌若，難免有些緊張拘謹，但在這一刻也忍不住插話：「啟稟主子，奴婢自從跟了李衛之後，他就一直在奴婢面前念主子的好，總盼著能夠有機會伺候主子。」

凌若眼眶微紅，無奈地搖搖頭，戴著玳瑁嵌珠寶花蝶護甲的手輕輕搭上李衛的手背，就像是以前在王府中一樣。

李衛很激動，身子微顫著扶凌若進去，一直到淨思居方才放下手。

凌若轉身坐下後，看到李衛一家還站在那裡，示意水秀去端了繡墩來，擺手道：「走了一路也累了，都坐下吧。」

「奴才們沒事，站著就是了。」李衛這般說道。

不等凌若開口，弘曆已笑嘻嘻地道：「李叔，既然額娘是你主子，那你就該聽額娘的話才對，否則可就是不敬了哦。」

李衛沒想到弘曆會給自己扣這麼一頂大帽子，只得斜側了身子坐下，小翠也是如此。至於還有些懵懂的虎子，早被弘曆拉到身邊一道坐，不時將紫檀几上的點心遞給虎子嘗嘗。

李衛接過一個面生侍女遞來的茶，好奇地問水秀：「這些是新來的下人嗎？」

「嗯，你們走後，陳陌又背叛主子被打死了。淨思居缺人手，便讓高管家抽調了幾個過來，留意了一陣子，倒還老實。」

有了陳陌的前車之鑑，他們擇起人來自然更加小心。日防夜防，家賊難防，在這王府中，最怕的就是身邊的人不聲不響在背後捅刀子。

凌若啜了一口清香四溢的茶對李衛道：「這次來，準備待幾日再走？」

「奴才這次是回京述職的，怕是要多待些時日，也不曉得吏部考績之後會讓奴才留任還是怎麼的。」李衛倒是不太擔心考績，這些年他在江陰縣的政績是實打實幹出來的。

江陰縣原本有流盜作亂，搶糧食、奪女人，令百姓苦不堪言，但他們每次做完之後就躲到深山之中，極難抓捕，反而折了不少人手，於是此事就一直擱置下來。此患不除，江陰縣就永無寧日。

李衛任縣丞後就曾向當時的縣令獻計再行抓捕，但孫大人是一個前怕狼、後怕虎的人，再加上任期又快要滿了，怕再鬧出事來會影響自己仕途，是以拒絕李衛的提議。左右早幾任縣令在的時候，這些流盜就有了，也怪不到他頭上來。

第三百九十五章　請安

如此，一直拖到孫大人離任，李衛出任縣令，才在經過周密的計畫後，一鼓作氣將那些作亂多年的流盜剿滅。百姓額手稱慶，擔驚受怕這麼多年，終於可以安心睡覺，不必再擔心半夜會有人提刀衝進來。之後，李衛深入了解民情，體會百姓疾苦，斷案公正清廉，從不刮民脂民膏，三年下來，百姓皆傳其青天美名。

「那你自己又是個什麼心思？」

「奴才倒想著留在京城，也好經常來給王爺和主子請安，只是這事不是奴才能說了算的，朝廷委派到哪裡，奴才便得去哪裡，縱然是蠻荒之地也得去啊。」最後一句，李衛帶了些玩笑的意味。不過倒也是事實，君令不可違，既然拿了朝廷的俸祿就得遵照朝廷的命令辦差。

凌若想一想道：「等王爺回府後，你過去給王爺請個安，若是王爺問起，就提一提此事，若王爺肯幫你打聲招呼，事會好辦許多。」

「請安是自然，只是奴才這點兒小事不敢勞煩王爺。」李衛如是說道。

侍女端了時令的水果進來，龍眼與葡萄堆成尖塔形，旁邊各放了幾支銀籤子。

虎子還是小孩子，看到有水果吃，黑亮的大眼睛頓時放光；不過他也曉得這裡不是自己家中，不好隨意去拿，只能用渴望的眼神看著小翠。

小翠猶豫了一下朝他搖搖頭，虎子失望不已，低下頭把玩著自己剛剪乾淨指甲的小指。

凌若看到他這模樣哪有不曉得的理，拿銀籤子插了一個葡萄遞到虎子手裡。「來，多吃些，在姨娘這裡不用客氣。」

虎子雖然很想吃，但看到李衛的目光，小手緊緊縮在衣袖中不敢接。李衛跟著道：「主子，您自個兒吃就行，這些水果奴才在江陰時常買來吃。」

凌若斜看了他一眼，沒好氣地道：「出去幾年，別的本事沒長進，這撒謊的本事倒是漸長。你俸祿多少我會不曉得嗎？衙門要開支，師爺要請，哪還有多餘的銀子去買這些東西，除非學那些心黑的，昧著良心去搜刮民脂民膏。」

李衛一張臉被說得通紅，低了頭不敢回嘴。凌若看了他一眼，話語一頓，繼而帶上幾分憐惜：「還有，你離開不過五、六年，不是五、六十年，我眼可沒花，瞧瞧你們身上的衣服，哪一件不是洗得發舊褪色，虎子褲腿上甚至都打著補子呢。若是不說，沒人會相信你是朝廷委派的七品縣官。」

小翠見李衛被斥得不敢吭聲，有些心疼他，鼓了勇氣小聲道：「回主子的話，其實銀子每月還有剩下那麼些，不過李衛和奴婢都覺得衣裳乾淨整潔能穿就行，又不丟人現眼，沒必要去浪費那銀子。」

「話是這麼說沒錯，但該用的地方還是要用。」凌若搖搖頭，看李衛夫婦的樣子就知道，他們是不會去花那個錢的，乾脆轉頭道：「水月，明兒個將縫衣的師父請來，再將上次熙嬪送來的料子挑幾匹適用的出來，不夠的再從庫房拿，讓師父給他們三人量身製衣。」說完怕水月不清楚，又補充道：「四季的衣裳各做幾套，虎子的要留點兒寬鬆，備著他長高。」

李衛聽得連連擺手。「主子，當真不用，奴才們又不是沒衣裳穿，那些料子還是主子留著自己穿吧。」

「我一個人能穿得了多少。行了，就這麼辦吧。」凌若揮手，不給他再說下去的機會。

至於虎子，在看到李衛點頭後，高興地從凌若手中接過葡萄，正要湊到嘴裡，不知想到了什麼，咧開牙齒已經長齊的小嘴，脆生生道：「謝謝姨娘。」

「什麼姨娘，得叫主子！」李衛趕緊糾正他的話。

「無妨，是我讓他叫的，姨娘聽著更親切些。」凌若不以為然地道。虎子就像他名字一樣，長得虎頭虎腦，讓人一瞧就喜歡。看著他將葡萄塞進嘴裡後，凌若摸了他的頭，笑問：「甜嗎？」

「嗯，好甜！」虎子嘴裡塞著葡萄，腮幫子鼓鼓的有些說不清楚，只是用力點頭，生怕淩若不知道。

「喜歡就多吃一些。」

她話音剛落，旁邊弘曆已剝好了一個龍眼遞到虎子面前。「給你。」

相對於淩若，虎子更容易接受年紀相仿的弘曆，只猶豫了一會兒就接過他遞來的龍眼。「謝謝曆阿哥。」

說話間，安兒進來福了一福道：「主子，王爺已經回府了，此刻正在書房。」

不等淩若開口，李衛已起身道：「那奴才這就去給王爺請安。」

淩若頷首道：「去吧，該提的就提，不必太過拘束，你能有出息，王爺也高興。待請過安之後，再來我這裡一道用膳，我讓廚房做幾個拿手好菜。」

李衛答應一聲快步離去，到了書房外，來福進去通稟後，示意他進來。

李衛整一整衣衫，確定沒有什麼不妥後方才舉步入內，一路低頭盯著自己前後交替的腳尖，待到了書房正中後，一拍袖子，朝端坐在案桌後的胤禛叩頭。「奴才李衛給王爺請安，王爺吉祥！」

胤禛放下手中看到一半的書，抬眼打量了李衛一眼後，淡淡道：「何時回的京？」

「回王爺的話，今日剛剛到，一回京就來給王爺與主子請安了。」李衛說的都是實話，剛到京城僅僅來得及尋客棧放下行李，連歇都沒歇一下。

李衛這番話令胤禛冷峻的面色緩和不少。「去過你主子那裡了？」

「是，之前王爺不在，所以奴才先去給主子請安。」李衛如實答道。

「嗯，我看過你的案卷，這些年在江陰做得不錯，很給你主子長臉，不枉她對你這般看重。」

李衛趕緊回道：「奴才能有今日全賴王爺與主子的悉心栽培，縱萬死亦難報其一。」

「我與你主子給你的只是一個機會，能否把握住是你自己的本事。」胤禛隨手合上攤在桌上的書，卻是一本《春秋》。「這麼說來，吏部那邊還沒去過？」

第三百九十六章　報喜

李衛走後沒多久，安兒滿面喜色地走進來，朝凌若一福道：「主子，凌府派人來，說要見主子。」

凌若眉目一抬，頗有幾分意外。沒等她說話，正在掌燈的水秀突然輕呼一聲，卻是插在純銅鎏金雕雙鶴的燭臺上的紅燭在點燃時，突然「嗶剝、嗶剝」爆出好幾朵燈花來。

小翠在一旁笑道：「在奴婢家鄉那裡，爆燈花可就意味著喜事要到了，不曉得主子這裡會是什麼喜事。」

「這種事不過是說說罷了，哪能當真。」凌若隨口說了一句後對安兒道：「去將人帶進來。」

不多時，一個穿著藍底碎花衣裙、膚色黝黑的中年婦人提著一籃子不知道什麼東西，喜氣洋洋地走進來。她倒也曉得規矩，一進來便放下籃子磕了個頭，嘴裡道：「奴婢白珠給凌福晉請安，凌福晉吉祥。」

安兒見她人長得那麼黑，偏偏還叫白珠，一點也不相襯，忍不住掩嘴輕笑起來，直到凌若回頭睨了她一眼，才勉強忍住笑意。

凌若收回目光，示意白珠起身後道：「是誰讓妳過來的，又有何事？」

白珠一聽這話，忙道：「回福晉的話，奴婢是奉了大公子的命令來給福晉報喜的。昨兒個夜裡，大少夫人開始腹痛不止，到了今兒個未時，生下一位白白胖胖的小哥兒來，母子皆平安。」

「嫂嫂生了？」凌若有些不敢置信地問道。因為按著之前的日子算，江氏至少還要十來天才到臨盆之期。

「是啊，誰也沒想到大少夫人會突然提前生產，不過已經找大夫看過了，說小哥兒一切都好，並沒有因提前出世而有什麼影響。」回答了一句後，白珠掀開覆在竹籃上的布，露出裡面一籃的紅蛋。「夫人著奴婢將這些紅蛋拿來給主子。」

這是流傳下來的老習俗了，凡是生子的家中，都是煮一鍋子雞蛋，然後塗成紅色，分送給各處的親戚近鄰，討個吉利。

接過那籃子紅蛋後，凌若對水秀道：「去將我給嫂嫂與姪兒備下的禮拿來。」

水秀答應一聲，攜了水月一道離去，再進來時，她們手中已經各捧了幾個錦盒。凌若指了指那些錦盒對白珠道：「妳將這些東西帶回去，就說是我的一點心意。今兒個天色已晚，明日待我回了王爺後，再去府中看望。」

白珠答應一聲，接過這一個個或重或輕的錦盒。在離開前，水秀還往她袖中塞了一錠十兩重的小元寶，喜得她眉開眼笑，連連答謝。

「主子待家人真好。」看著白珠離去的身影，小翠突然有些羨慕地道。以凌若今時今日的身分，能讓她拿出手的東西，自不會差到哪裡去。

「十年修得同船渡，百年修得共枕眠。能成為一家人，不知是修了多少年才得來的緣分，好一些是應該的。」凌若不以為意地說了一句，忽又有些好奇地道：「對了，小翠，妳家裡還有些什麼人？」

「奴婢母親幾年前就因病過世了，如今只有老父與一個弟弟。弟弟如今也有十五歲了，隨父親一道學著打鐵，父親說再過個兩年，就給弟弟尋一房媳婦。」說到家人，小翠話比剛才多了一些，絮絮地又說了一些以前在家中的趣事。

凌若一直在旁邊含笑聽著，待她停下後方道：「我聽妳說話，彷彿讀過書？」

小翠不好意思地道：「是，奴婢以前看到別人讀書識字很羨慕，便跑到私塾外面偷聽，所以勉強認得幾個字。」

凌若點點頭。像小翠這樣尋常人家的女子，能識字是很了不起的事。雖說讀書應試方可出人頭地，但那是對男子而言，在世人眼中，女子識不識字根本不打緊，左右是要嫁人的，上私塾還得花錢，即使是富戶，也多有不識字的姑娘。

「額娘，以後讓虎子跟著我讀書吧。」弘曆忽然插嘴，眼裡帶著幾分渴求。他雖然有兩個哥哥，但彼此間因為各式各樣的原因，並不親近。這幾年來，弘曆一直比較孤單，雖然他很懂事，從來不提這些，但心裡總盼著能有年紀相同的小玩伴；而虎子只比他小了兩歲，又是李衛的兒子，自然感覺格外親切。

凌若聞言還真是頗有幾分意動，不過旋即又道：「那得看你李叔留京與否，若是不留京，虎子可得跟著爹娘回去，哪能待在這裡陪你讀書。何況你自己也要入宮隨你皇爺爺讀書，這宮裡，虎子可跟不進去。」

弘曆想想也是，遂不再多言，但私心裡還是盼著李衛這一次能留在京城，即使不能一起讀書，好歹也能經常與虎子見面。

「主子，菜已經做好了，廚房來問是現在就上桌嗎？」小路子進來問道。

凌若聞言道：「都端上來吧，先拿銀蓋子覆著，等李衛來了再一道用膳。」

聽到這話，小翠忙擺手道：「主子，不必等李衛，您先用就是了。」

看著魚貫而入的人影將一道道色香味俱全的菜餚擺上桌，凌若微微一笑道：「那可不行，這頓飯是為替你們接風洗塵而設，哪有我一人先用的理，再說我此刻也不餓。」

在凌若的堅持下，所有菜餚都被覆上銀蓋子，等李衛從胤禛那裡回來再開席。為怕他們等得無聊，水秀端了瓜子上來，好讓她們一邊嗑瓜子一邊聊天。

「虎子，這是什麼？」弘曆對瓜子不感興趣，倒是對虎子無意中拿出來的一根長方形竹片和一根竹棍好奇得緊。在那竹片中央還鑽了一個小洞，大小倒與那竹棍粗細相同。

見他感興趣，虎子連忙獻寶一樣地解釋：「這個轉起來會飛的。」

能飛？弘曆雖然沒說話，但虎子明顯看出他眼中的不信之意，這下子可是急了，連葡萄也不吃了，拿著那兩件東西就從椅中跳下來道：「曆阿哥要是不相信，我轉給你看。」

「好啊，咱們到外面去。」弘曆始終還是小孩子心性，在徵求了凌若同意後，拉著虎子跑到院中。

此時天色已經黑了下來，所幸院中已經四處升燈，倒也明亮。虎子站在院中，將竹片插在竹棍上，然後雙掌用力一搓，在竹棍的快速旋轉中，打磨得極為輕薄的竹片一下子飛了起來，如翩翩起舞的蝴蝶一般。

弘曆沒想到這樣簡單的一轉，真的可以令竹片飛起來，興奮地接過虎子手裡的竹棍，又撿起竹片放在上面，然後學著虎子的樣子用力一搓，果然竹片再一次飛起，在空中盤旋了好一陣子才落下。

「真好玩。」弘曆開心地拍著手，不斷重複著撿起再讓竹片飛起的動作，每次竹片飛到空中時，都會惹來他歡悅的笑聲。

凌若默然看著院中的弘曆，只有在這個時候，他才真正像一個五歲的孩童，笑鬧無忌。

第三百九十七章　留京與否

「是，吏部明日旬休，奴才打算後日再過去。」面對胤禛的問題，李衛想起凌若的話，抬頭小心睨了胤禛一眼，在猶豫要不要開口。

胤禛瞧在眼中，饒有興趣地打量李衛一眼，道：「以你在江陰縣的政績，吏部考績不成問題，還想說什麼？」

見胤禛發問，李衛咬了咬牙道：「奴才想留在京城任職，不知可否？」

「為何？」

胤禛只有簡單的兩個字，卻令李衛感覺到一股無形的威壓向自己壓來，書房中的氣氛瞬間變得凝重。

胤禛出身天家、貴為皇子，又在親王之位上多年，自有一股上位者的氣勢，壓得李衛撐地的雙手微微發顫，強自定了神方才道：「奴才自黃河水患後就被王爺收留在府中，又得幸伺候福晉，在奴才心裡，王爺和福晉既是奴才的主子也是奴才的親人，原想著要一輩子服侍您二位，以報大恩大德，可王爺厚待，放奴才出任為官，這六年間，奴才無一日不惦念著能再回來伺候王爺與主子。」

「如今，你已是朝廷命官，不再是王府的奴才。」胤禛的聲音聽不出喜怒。

李衛用力磕了個頭，沉聲道：「奴才絕不敢做那忘恩負義之輩。」

書房中靜得可以聽到自己心跳的聲音，「撲通、撲通」，像是隨時要從喉嚨裡蹦出來一樣。

許久，胤禛的聲音再一次響起：「我聽說，你在江陰時得罪了常州知府的小舅子，令得那位知府大人對你很不滿，是嗎？」

李衛倏然一驚，他沒想到胤禛連這事都知道，此事他甚至在凌若面前都沒有提及隻言片語，以免她擔心。適才之所以在胤禛面前說出要留京的話，一來確是像解釋的那樣，二來近一年知府因他小舅子的事，認為李衛不賣他這個上官的面子，處處尋他麻煩，令他掣肘重重，難以再像從前那樣如魚得水。再這樣下去他難有出頭之日，而回京則是一條極好的出路，畢竟這裡有胤禛這位親王在。

「奴才該死！」他知道自己這點兒小心思皆被胤禛看穿了，而胤禛又是最討厭別人撒謊矇騙的，是以他也不否認，逕自認罪。

胤禛知道那個知府，是胤禟的門人，也算有些能力，就是心眼小再加上極其護短，這些年鬧出的事不少，不過他背後有胤禟，尋常沒人敢動。

胤禛手指在那本《春秋》上輕輕敲著，一下一下，皆像是擂鼓一般叩在李衛心頭，他忐忑地等待著自己下一步的命運。

倏然，「叩叩」的聲音為之一停，正當李衛緊張如繃弦時，胤禛的聲音徐徐自頭頂傳來——

「你若要留京也非不可，最近刑部員外郎有一個缺，不過我更屬意你再歷練個幾年。至於常州知府，我翻過他的檔案，在任上也有七、八年了，也該是時候挪一挪了。」

雖然胤禛不管著吏部，但他是什麼身分，說出來的話即便是張廷玉也要掂量掂量，何況只是平調一個人，實不算什麼大事。

「奴才遵命。」儘管沒有達成目的，但移掉頭上一座大山還是令李衛心裡一鬆，趕緊磕頭答應，然胤禛的話還沒完。

「好生做事，如果三年後吏部考核還是優異的話，那你就回京來吧。」

「多謝王爺。」這一次李衛是徹底放心了，他就是再笨也聽得出胤禛這是在為他打算。

京中雖好，但六、七品官員在京中一抓一大把，可說是如過江之鯽。以他現在的情況，最多補一個六品官職，想一步步晉上去太難，也許熬到六、七十歲也不過一個四、五品；但是若在外面多加歷練，有了一定的功績，再調到京裡，那機會就大上許多。

胤禛不是不肯提拔他，而是希望他能夠走得更穩，將來拓展的餘地也更大。

從書房出來，已是近午時分，李衛趕到淨思居時，桌上已滿滿擺了一桌菜餚，而凌若正在與小翠閒聊；旁邊弘曆不時將一顆葡萄或龍眼剝好了遞給虎子，宛然一個哥哥的樣子。

看到李衛進來，凌若起身笑道：「好了，人都齊了，開席吧。」隨著她的話，立時有下人進來揭起保溫用的銀蓋子，菜餚香氣瞬間溢滿整個屋子，令人食慾大動。年幼的虎子按捺不住，在那裡不住地嚥著口水。

等所有人都落座，凌若執起倒滿的酒杯，對李衛夫婦道：「你們成婚時，我這個主子遠在京城不能前去恭賀，如今便藉此酒祝你們夫妻鶼鰈情深，白頭到老。」

「多謝主子。」在與凌若執杯相碰飲盡後，李衛拿過酒壺替凌若及自己、小翠三人倒滿，亦道：「奴才也祝主子與曆阿哥長命百歲、無災無難。」

「好。」隨著這個字，凌若將重新續滿的酒一飲而盡。

弘曆亦端了新鮮葡萄汁，朗聲道：「謝謝李叔。」

如此相互敬過之後，才開始舉起筷箸夾菜。弘曆夾過一隻從中剖開後烤得金黃的大蝦放到虎子碗裡，宛如一個小大人般道：「給你，這蝦很好吃的，蝦皮記得要吐出來。」

兩人都是孩子，年紀也相近，再加上弘曆又懂得照顧人，虎子對其已經頗為親近，沒有了初見時的生疏。他開心地答應一聲後，就夾了大蝦大口地咬著，甘甜富有嚼勁的蝦肉比他以前吃過的任何東西都要好吃。

飯用到一半，凌若忽地想起一事來道：「在京城的這幾日，你們就住在王府裡吧。」李衛如今已經不再是下人，自不能住在淨思居後院的下人房，不過王府中又豈會沒有住客的廂房，著人收拾一下便可以了。

李衛知道凌若是一片好意，但府中不只凌若一位福晉，自己一家人住進來，被其他福晉知道了，免不得又是一陣閒言碎語。為免替凌若帶來麻煩，他拒絕道：「奴才到京城時，已經尋好了客棧，行李什麼的都放在那裡，就不叨擾主子了。」

凌若不以為意地道：「王府這麼大，多你們幾個能叨擾到哪裡去？怎麼著也好過住客棧。依我說，待會兒你就去把客棧退了，把行李拿過來。」

李衛這一次卻是打定主意，不論凌若怎麼說就是不肯答應。最後凌若無法，只得由了他去，只囑他無事多帶小翠他們來府中坐坐。

等到這頓飯吃完時，天色已是一片漆黑，凌若著小路子備馬車送他們回客棧。

第三百九十八章　心結

翌日一早，在回過胤禛後，凌若帶了弘曆乘馬車前往凌府。如今的凌府已經從京郊搬了回來，在城內置了一座兩進院的宅子，從雍王府過去不過半個時辰的路程而已。

「主子，到了。」馬車停下後，小路子搬了一把木杌子放在下面，讓凌若與弘曆踩著下來。

弘曆尚是第一次來這裡，好奇地打量眼前的宅子。早在他們下馬車的時候，就有下人上前應門，守門的老僕聽得雍王側福晉駕到，忙不迭打開大門將他們迎進去，隨後在凌若的示意下帶著他們去了榮祿夫婦的居處。

富察氏正在屋中陪江氏說話，見到凌若過來，又驚又喜，正要起身見禮，凌若的手已按在她肩上，柔聲道：「這是家中，額娘不必多禮，嫂嫂也是一樣。」

江氏停下了起身動作，不過還是坐在床上行了個禮，眼中隱有感激。江氏很清楚，自己能以江家義女的身分順利嫁入凌家，與榮祿成就百年之好，全賴這位少有謀面的小姑子從中周旋。

「姥姥！舅母！」跟在凌若後面進來的弘曆乖巧地喊了一聲，隨即盯著江氏身邊那個被裹在襁褓中的小嬰兒，問道：「這便是弟弟嗎？他好小。」

富察氏聽了，在一邊笑道：「剛生出來的時候都是這樣的，曆阿哥那會兒可是比他還小一些呢。」

自己比他還小？弘曆眨了眨明亮的眼睛，有些不相信，伸出小手輕輕地在嬰兒臉上碰了碰，比自己肌膚還要幼滑柔嫩的觸感令他很是驚奇；熟睡中的小嬰兒彷彿感覺有人在碰他，還沒有長出睫毛的眼瞼動了一下。

凌若看到孩子頸上掛著長命富貴鎖，正是她昨日命白珠帶回來的。「孩子取名了嗎？」

富察氏憐愛地看了一眼孩子道：「取了，是妳父親取的，叫子寧。」

「子寧。」凌若輕輕唸了幾遍，微笑道：「是個好名字。對了，額娘，阿瑪和大哥他們人呢？」

榮祥在康熙五十二年的時候去參加武舉，雖說沒奪得武狀元，但也名列二甲前列，已在武舉之後被招入軍中，走上了他一直渴望的武官之路。這些年一直在外，少有回來的時候，所以凌若並未問他。

富察氏剛要回話，簾子突然被人挑開，一抹窈窕的身影走了進來。「額娘，枸杞烏骨雞湯燉好了呢。」

凌若身子一震，緩緩轉過身，一張嬌豔如桃花的臉龐映入眼裡，正是足足五年不曾見的伊蘭。

看到凌若，伊蘭臉上的笑容頓時為之一僵，顯然沒想到會在此刻遇上，一時站在那裡進也不是、退也不是，頗有些尷尬。

富察氏見狀，忙對凌若解釋：「忘了與妳說，蘭兒也來看她嫂子與姪兒。」

凌若頷首，隨即垂下眼喚過弘曆：「叫姨娘。」

「姨娘。」弘曆的聲音令伊蘭回過神來，扯了嘴角，露出一個難看的笑容，低頭上前幾步，朝凌若欠下身去。「鈕祜祿氏伊蘭見過凌福晉，福晉萬福。」

「起來吧。」凌若淡淡說著，並沒有姊妹相逢的喜悅。事實上，康熙五十年發生的那些事，早已磨盡了那些姊妹情誼，再相見只會令彼此不自在。相信這一點伊蘭也明白，所以這些年都刻意避著她，更不曾來過王府。

伊蘭起身，示意跟著她進來的丫頭將雞湯放在桌上，隨即對富察氏道：「額娘，嫂嫂，我想起家中還有些事，先走了，改明兒再來。」

「不是說吃了飯再走嗎？」見她要走，富察氏忙喚道。

已經走到門口的伊蘭腳步一滯，但也僅僅是一滯罷了，旋即以更快的速度離去，僅餘下一道聲音：「不了，我吃不下。」

富察氏無奈地看她的身影越離越遠，繼而對還站在原地的凌若嗔怪道：「妳們倆始終是嫡親姊妹，難道還真要一輩子不睬嗎？」

凌若默然，許久才輕輕地說了一句。「不睬總好過為敵。」是啊，即便一輩子視同陌路，也好過姊妹相殘。

富察氏曉得這個道理，可看著凌若與伊蘭這個樣子，還是忍不住心生難過。這些年來，她無時無刻不盼著這兩個女兒能重修舊好。

看到富察氏這樣子，凌若始終是不忍心，取下絹子拭去富察氏不小心滑落臉頰的淚水，輕聲道：「一切隨緣吧，也許會有那一天。對了，額娘，伊蘭在李府還好嗎？」

聽得凌若這麼說，富察氏心中好過了許多，點一點頭道：「耀光待她甚好，婆婆也是一個性子溫和的，這幾年倒也沒有受過什麼委屈。」

「那便好，看來當年我替伊蘭選的路並沒有錯。」她言，心中有幾分欣慰。雖然回不到從前，但也不希望伊蘭過得不好，所幸一切尚如人意。

「若兒，妳有沒有怪過額娘？」富察氏突然這般問。當年她為了伊蘭，厚著臉皮去求凌若，甚至在一時激憤下打了凌若一巴掌，雖然數年過去了，但每每想起，始終不安。

凌若不語，要說心中全無芥蒂，那必是騙人；可若說怪，豈非傷了額娘的心。在這樣的猶豫不決中，凌若突然感覺到有人牽了她的手，低頭看去，卻是弘曆。他正仰頭看著自己，目光是那樣依戀，兒子對母親無絲毫防備的依戀。

罷了，她始終是生養自己、賜自己血肉生命的額娘，該過去時就讓它過去吧。

想通了這一點，凌若突然覺得無比輕鬆，目光亦柔和許多，在富察氏略有些緊張的注視下說道：「怪與不怪都已經過去了，您始終是我額娘。」

凌若的話令富察氏放下了提在喉嚨的心。雖然這些年凌若一直待他們極好，就連宅子也是凌若出銀子置下的，但始終有陰影揮之不去，直至今日方才算是真正的雨過天晴。

從凌府出來已是午後，不知何時，外頭開始飄起了細如牛毛的雨絲，紛紛揚揚。在登上馬車後，憋了許久的弘曆終於忍不住問：「額娘，為何兒子以前從來不曾見過姨娘？」

第三百九十九章　母子

凌若曉得弘曆是在問伊蘭，不過她與伊蘭之間的恩怨沒必要讓一個孩子知道，遂道：「姨娘是額娘的妹妹，只是在弘曆剛出生的時候就已經出嫁了，這些年不常回來，你沒見過也不稀奇。」

弘曆對這個答案並不滿意，待要再問，卻發現凌若已經閉上眼睛，只得嚥下那份好奇，倚在凌若身邊把玩起昨日虎子離去前送給他的竹片與竹棍。聽虎子說，這東西叫竹蜻蜓。

回到淨思居後，李衛一家都在，專門給王府中人製衣的師父正在替他們各自量身。桌上除了擺著水秀她們從庫房中挑出來的料子外，還有幾筐子乾貨，她奇道：「這是哪裡來的？」

李衛忙道：「主子，這是奴才特意從江陰帶來的土特產，給主子嘗個鮮。」昨日他們急著過來，不方便帶，今日記著要來量身做衣，便順道拿來了。

「從江陰到這裡，本就千里迢迢，再帶著這麼些東西豈不是更難走，往後不要再帶了。」

「哎。」李衛答應得倒快，不過凌若卻曉得他這是口應心不應。每次過來，自己都要說上他一番，可來年他還是照樣大包小包地帶來，實在令人無奈。

等李衛他們都離開的時候已經是傍晚時分，天色放晴，夕陽的餘光將天邊映染得一片通紅。

「夕陽無限好，只是近黃昏。」靜靜看著美侖美奐的霞光，凌若無端生出幾許感慨來。這樣的美景無疑令人心醉神迷，只可惜，美景過後，這片天地便要陷入無盡的黑暗中，再想見如此美景，便要等到明日黃昏了。

如日中天的太陽都有落下之時，那麼人呢？人可以永遠屹立不倒嗎？

凌若不知道，她只知道，自己唯有用力握緊現在擁有的一切，才可以活下去，保護她的孩子，保護所有她在意的人。

「主子在想什麼？」水秀不知什麼時候來到凌若身後，將一襲天水碧色的披風覆在她身上。自從墨玉與李衛離府後，她與水月還有小路子就成了凌若身邊最值得依賴的人。

凌若曾想過要放她與水月出去嫁人，但兩人說什麼都不肯，水月更言她此生唯一的心願就是重振六合齋，如今六合齋雖還不能與以前相提並論，卻在一步步靠近，這個願望也算是達成，她此生再無所求，只盼能一世服侍凌若，以報恩德。

「沒什麼，只覺今日夕陽特別美。」凌若緊了緊身上的披風，轉身回到屋中。

水月與安兒正在收拾桌子，弘曆已不在裡面，一問之下方知在凌若送李衛他們出去的時候，弘曆就離席去了書房。

自弘曆開始識字讀書之後，凌若便將西廂的庫房收拾出來給弘曆當書房，至於那些東西皆鎖到淨思居後院平常不用的空房中去了。

弘曆尋常沒事便喜歡去書房，凌若原不在意，可一直等到戌時都不見弘曆出來。往常這時候，弘曆已該洗漱完畢準備睡覺了，她遂端了一盞剛熱好的馬奶過去。

書房的門是虛掩著的，一推就開，弘曆正坐在書案後，執筆在紙上寫著什麼。因為太過認真，以至於凌若進來了都不知道。直到凌若在他寫字的紙上投下一片陰影，他方才驚覺過來。

仰頭，在看清是凌若時，笑意在弘曆稚嫩的臉上浮現。「額娘」。

「在練字嗎？」凌若看到弘曆手邊放了一疊已經寫滿字的宣紙。

「嗯，謝謝額娘。」弘曆動了動發痠的手腕，接過凌若遞來的馬奶，滿足地啜了一口後道：「昨日答應皇爺爺會將剩下的字寫完，明日就要入宮了，兒子得趁著現在有空，趕緊寫完才行。」他趁著下午得空的時候，已經將要給靜嬪的荷花圖畫出來了。

「還差多少？」凌若翻了翻弘曆寫好的那疊宣紙，總共有四張。紙上的字雖然過於稚嫩，筆勢不足，但每一筆都寫得極為認真，並沒有因夜色漸深而有凌亂草率之意。

弘曆舔了舔嘴角的馬奶漬，道：「加上手裡這張，寫了五張了，還差三張。」

只是這幾張已經寫了一個時辰，若要全寫完，豈不是要到亥時？而明日是要一早就入宮的，晚不得。

「你這孩子，既然要寫這麼多，今兒個就不該跟我去你舅舅那裡。」凌若嗔怪地道。若不是去了這一上午的時間，弘曆這些字早就寫好了。

「兒子想多陪額娘一會兒。」

弘曆的話令凌若一陣心酸，能得康熙養在身邊親自授課固然是好，代價卻是他們母子聚少離多。

想到這裡，凌若心疼地道：「傻孩子，要陪額娘往後有的是機會，自是課業要緊。」她想一想道：「如今天色已晚，剩下幾張不若明日再寫，與你皇爺爺說一說，想來也不會怪你。」

「不行，兒子已經答應皇爺爺會在今日寫完，就一定要做到。皇爺爺一直教導兒子要做一個言而有信之人。」弘曆的表情極為認真，旋即又道：「額娘勞累一天了，早些去歇息吧，兒子寫完這些就去睡。」

凌若曉得這兒子雖然年紀幼小，卻甚有主見，一旦他決定的事輕易不會更改，只得搖頭離去。

正當弘曆喝完馬奶，提筆準備寫字的時候，意外看到凌若又走了進來，她手裡還拿了個繡繃。

面對弘曆的詫異，她只是輕輕說了一句：「額娘陪你。」

夜色涼如水，圓月在無聲無息中攀爬到夜空正中，在群星的拱衛下灑落一地銀輝。

雖然此刻已是入秋，不像夏時那般火熱，但繡得久了，手裡還是有些黏黏的。凌若將連著墨綠色絲線的繡花針插在繡了一半的緞子上，取下隨身的帕子拭去手心黏膩的汗水。

抬眼，看到弘曆在燭光下的側臉，思緒不知不覺間回到三年前那個春意盎然的午後。那時弘曆才兩歲，因為康熙的吩咐，所以她經常會抱著弘曆入宮去給康熙請安。

第四百章 偷聽

那日，凌若也是與平常一般去了養心殿，不想康熙正在召見方苞。此人被稱為布衣宰相，雖不參政，卻有議政之權，且因為他與朝中各方沒有什麼利益糾葛，所以深得康熙信任。

凌若不便進去，便在李德全的引領下，抱著在路上睡著的弘曆至東暖閣中暫歇。將弘曆放到一張大椅中後，閒著無事的她便看起掛在牆上的字畫來。東暖閣與正殿僅一牆之隔，竟讓凌若隱隱聽得正殿聲音，不由得貼近了牆，凝下神來靜聽。

「朕如今已經年屆六十，登基也有五十餘年，世祖將祖宗基業交到朕手裡時，朕就在心裡發誓，一定要好好守住這份基業，不讓任何意圖不軌的人有機會顛覆，這些年下來，總算勉強守住了這份誓言。」

這是康熙的聲音，普天之下也只有他會自稱朕。

「皇上沖齡即位，能有今日之功績，實屬不易。歷朝歷代無數帝王，能與皇上相提並論者卻是不過一手之數。」

這個聲音凌若不認識，想來便是李德全口中那位布衣宰相。

康熙似乎笑了一聲，隨後道：「一手之數？你倒是實在，沒像其他人那樣將朕誇得天上有、地下無一般。」停了片刻後，在重重散開的嘆息聲中，康熙又道：「可惜人終有老去的那一天，朕也一樣，身子一日不如一日，在面對國事時，已然力不從心。」

「皇上有眾多皇子，一個個皆是能吏，皇上大可將政事分交給諸皇子去做。」方苞如是說道。

「恰恰這才是最令朕難決之事。方先生，依你看來，朕該當傳位於哪位皇子才好？」

從牆另一頭傳來的這句話令凌若的心驟然一緊，想不到康熙召方苞覲見竟是為了這事。雖說只是詢問，但既然會問出來，就意味著他想聽方苞的意見。

凌若將耳朵又貼近牆壁幾分，想要將正殿內的對話聽得更清楚一些。等了許久，才有聲音傳來——

「此事當由皇上乾綱獨斷，草民不敢妄言。」此事關係到大清江山未來繼承者，就是方苞也不好說，一個不好便會惹來殺頭大禍。

「無妨，既然讓你說，你就儘管放心大膽地說，不管是什麼，朕都不會怪罪於你。」康熙是鐵了心要聽他的意見。

正殿中一直沒有聲音傳來，凌若心中清楚，方苞的下一句話必將影響到康熙心中的儲君人選，是以越發緊張，連呼吸都放輕了，唯恐會漏掉一個字。

「若皇上無法在幾位皇子中抉擇，不妨觀聖孫。大清一朝，若能接連有三位明君，至少可保百年安寧。」方苞沒有具體指哪位皇子，但無疑他的話替康熙指了一條可行之路。

凌若不知道康熙心中怎麼想的，因為這句話後，再沒有聽到康熙說話，只隱約聞得有開門的聲音，想是方苞退了出去。過不了多時，李德全便來告知自己可以入內。

凌若無疑是希望胤禛登基的，因為只有胤禛登基，她才有資格向石秋瓷報仇。

聖孫……她心情複雜地將目光轉向還在熟睡的弘曆，這孩子無疑是一個極好的資本，康熙一直都很喜歡這個孫子，若他能真正入康熙的眼，那麼胤禛繼位的可能性便會大大增加……

「額娘！額娘！」

耳邊突然傳來弘曆的聲音，將凌若自沉思中驚醒，定睛一看，只見弘曆不知何時站在自己跟前，忙撫一撫臉道：「怎麼了，可有事？」

「不是，是兒子的字已經都寫完了，想叫額娘一道去歇息。」隨即弘曆又好奇地道：「額娘想什麼想得這麼入神，兒子連著喚了好幾聲都沒聽到。」

「沒什麼。」凌若隨口答了一句後，外頭傳來打更的聲音，「梆梆梆」連著三聲，竟是已到了子時，忙打發弘曆去歇息。

翌日清晨，天剛矇矇亮，弘曆就已經刷牙洗臉乾淨，踩著鹿皮小靴來到膳廳。一進門，便看到凌若坐在桌前，他忙上前垂首道：「兒子給額娘請安。」

「坐吧。」凌若溫和地看了他一眼，親手盛了碗小米粥放到他面前。「這麼早起來，可覺得睏？」

「有些睏，不過還好。」弘曆一邊吃著小米粥一邊回答。

從昨夜到現在，統共不過三個時辰，對於一個孩子來說，這些時間肯定是不夠睡的，難為弘曆還能自己起來。凌若心疼地道：「待會兒去了你皇爺爺那裡後，若是午後無事，便睡一覺，知道嗎？」

「嗯，兒子會的，額娘不用擔心。」弘曆乖巧地答應著。

用過早膳後，凌若陪弘曆一道入宮。因為之前靜嬪的事，所以他們先去了咸福宮，之後才到養心殿。

康熙仔細檢查過弘曆寫的那幾張紙，頗為滿意，正要說話，李德全突然急急奔進來，打了千兒道：「皇上，太后在慈仁宮暈倒了。」

李德全口中的太后，是先帝的第二任皇后博爾濟吉特氏，康熙在即位後尊其為皇太后，她也是後宮中身分最尊貴的女子。不過這位太后一直深居簡出，甚少過問後宮之事，凌若亦從來不曾見過。

康熙大驚失色，忙問道：「太醫呢，都去了嗎？」
「慈仁宮的宮人已經去請了，此刻應已經到了。」李德全的話並不能令康熙安心，只見他從御案後起身，疾步往外走去，口中道：「去慈仁宮。」
「皇爺爺，弘曆也想去看皇曾祖母。」弘曆跟在康熙身後道。他在宮中三年，曾數次見過這位太后，對這位慈祥溫柔的曾祖母很有好感。
康熙腳步一頓，回頭看了他一眼，目光在收回時，掠過凌若不知所措的臉龐，眸光微閃，沉聲道：「你們兩個都跟著來吧。」
「兒臣遵命。」凌若連忙答應一聲，牽了弘曆的手疾步隨康熙一道趕去慈仁宮。剛進宮門，便看到一群太醫站在那裡，個個神色凝重，不知在議論什麼。容遠亦在裡頭。
「皇上駕到！」隨著李德全尖細的聲音，那群太醫連忙過來。不等他們行禮，康熙已經迫不及待地問：「太后鳳體如何？因何暈倒？可是得了什麼急症？」
這句話問得眾太醫面面相覷，不敢答話。最後還是身為太醫院院正的齊太醫站出來，硬著頭皮道：「回皇上的話，太后並不曾得病，暈倒是因太后本身的氣血開始衰敗不足，使得鳳體漸漸出現違和。」

第四百零一章　太后

「那可有救治之法？」這才是康熙最關心的問題。

這下子連齊太醫也不說話了，一眾太醫面面相覷，愣是沒一個出聲。

「朕在問你們話，一個個耳朵都聾了嗎？」康熙喝斥，隱含了一絲怒意的目光自眾人頭上掃過。

殿內，是死一般的靜默，唯有秋風捲入，吹起簾幔時的細微聲響。怒意在康熙眸中凝聚，隨之而來的還有害怕。他很清楚，若非事態嚴重到不可挽回的地步，他們絕不敢對自己的問話置若罔聞。

許久，終有一人啟聲道：「回皇上的話，太后病倒是因為體內生機衰敗，非疾病之累。生機一事，盛極而衰，乃自然之道，非藥石、人力所能干涉。縱有天才地寶、人間靈藥，也只能延緩生機而不能逆轉。」

說話的正是容遠，他也是幾位太醫中較為鎮定的一個。

他的話雖然委婉，但康熙怎有聽不出來之理？太后……已經到了油盡燈枯之時。雖然生老病死是每一個人必經的過程，但真到了這一刻，還是有些難以接受。

康熙死死盯著這個他並不喜歡的太醫，艱澀地道：「太后還能撐多久？」

容遠咬一咬牙，如實道：「若以靈藥再輔以微臣等人的醫術，大約還能保太后三月的命，三月之後，回天乏術。」

「飯桶！皆是一群飯桶！」他這句話讓康熙心中最後一點兒希望也破碎，急怒之下不由得指了容遠等太醫，怒斥道：「枉朝廷養你們這麼久，竟然全是一群飯桶，連太后都救治不了，養你們還有何用？」

「請皇上恕罪！」以齊太醫為首的一眾太醫均伏地請罪，戰戰兢兢，唯恐康熙遷怒太醫院。這樣的事在歷朝歷代並不少見，甚至先帝時亦有過一次，便是端敬皇后死之時。

康熙鼻翼微張，呼吸不斷加重，連垂在身側的雙手都在微微顫抖，可見其內心極不平靜。弘曆擔心地看著康熙，想要走上去，卻被淩若緊緊拉住。這種時候，任誰摻和上去都可能會受到牽連，弘曆也不例外。

正在這個時候，重重的帷簾深處傳來一個虛弱的聲音：「皇上。」

這個並不響亮的聲音，卻令康熙渾身一震，眸中的怒意迅速散去，只剩下深深的關切，低呼一聲「皇額娘」，疾步走了進去。

他腳步剛一動，守在後方的宮女便一個接一個打起帷簾，露出最裡面那張硬木千工床。一名髮絲銀白的老婦人神色懨懨地躺在上面，乾瘦的手伸在半空。

「皇額娘。」康熙快步走到床邊，緊緊握住那隻手，聲音裡帶著幾許哽咽。

「莫難過，能活這麼多年，哀家已經很滿足了。七十餘歲啊，已經勝過許多人兩世乃至三世，又得皇上誠孝侍奉於膝下，哀家很開心，真的很開心。」他們適才的話都被太后聽在耳中，她甚是看得開。

「不夠呢，皇額娘要長命百歲，讓兒臣一直侍奉下去才好。」康熙乃天下英主，握有生殺予奪大權，然在生老病死前依然無能為力。

太后澀然一笑，眼中寧靜如湖。「命裡有時終須有，命裡無時莫強求。上天已經很厚待哀家了，可以一直看著皇上建功立業，時至今日，哀家死後也可有面目去見列祖列宗。」

在他們說話的時候，李德全已經悄悄遣了太醫與一眾宮人下去，除他之外便只剩下凌若與弘曆還站在殿內。

康熙並不能如太后一般看開，眼裡有深深的悲慟與依戀。「額娘走了，皇阿瑪走了，姨娘走了，皇祖母也走了，朕只剩下皇額娘您了。」

「你姨娘……」太后喃喃地說著，眸中泛起回憶之色。已經過去五十多年了，但她依然清晰記得那名清麗絕美的女子，對方的一生是傳奇亦是一曲悲歌。

生前費盡無數心思去追逐那顆高高在上的帝王心，可先帝的心始終掛在端敬皇后身上，令她苦求不得。等她追得渾身是傷、放棄一切的時候，先帝才幡然醒悟。

只是那時已太晚了，佳人香消玉殞，只能在回憶中追尋曾經的美好。面對自己一手造下的孽果，先帝悲痛難忍，將皇位傳給當時才八歲的玄燁，出家五臺山。

在沉沉的嘆息後，太后目光一轉，落在不遠處的小小身影上。對於這個聰明伶俐的重孫，她還是很喜歡的，嘴角掠過一絲笑意，略有些無力地招手。「過來。」

「皇曾祖母。」弘曆「登登登」跑到床榻前，黑白分明的眼裡噙著晶亮的液體。他雖然還小，卻已經知道死是恆久的離開，再不能相見。

「好孩子。」太后頷首正要說話，無意中看到跟在弘曆身後的人影，在看清的那一瞬間，她呆若木雞，恍恍惚惚，彷彿回到先帝還在的時候。

她……她……怎麼可能……

康熙知道她何以會如此失態，解釋道：「皇額娘，她是老四的側福晉，也是弘曆的額娘，鈕祜祿氏凌若。」

老四的側福晉……

這幾個字令太后回過神來。是啊，妹妹早已不在了，如何會再出現，何況都過了五十多年，她已經這般老了，妹妹又怎可能還像從前一樣青春妍麗。

「除卻芳兒，她是我見過最像她的人。」

這句話凌若曾從康熙口中聽到，如今又從太后口中聽到，卻始終不知道她們口中的那個姨娘、那個她，究竟是何人。終順治一朝，並無赫舍里氏的妃子。

「孫媳見過皇祖母，皇祖母吉祥。」凌若行禮，這是她第一次見到這位一直深居在後宮的太后，敬畏之中帶了一絲好奇。

「平身。」太后態度異常和藹，又仔細打量凌若一會兒，發現她不只容貌，便是氣質亦與妹妹有幾分相似，溫婉清秀之下又帶著幾許傲骨。

太后說了幾句後便精神不支，歇下時叮囑凌若常帶弘曆來慈仁宮。

凌若答應，在往後的幾個月裡，常帶弘曆到慈仁宮給臥病在床的太后請安。每次看到她，太后都顯得很高興。太后是一個很慈祥的人，從不曾有過半句苛責，待凌若如是，待宮人亦如是。

第四百零二章　數年

每次看到凌若，太后的心情都會特別好，凌若便趁著這個機會哄她多吃一些；若遇上天氣晴朗的時候，就讓人抬了太后到外頭晒晒太陽，整日躺在屋內於病情並無幫助。

有太醫的精心照料，有康熙與弘曆等人的寬慰，太后的精神一日好過一日，偶爾甚至可以下地走上幾步。

就在所有人都以為太后情況好轉，可以多活數月乃至數年時，情況突然惡化，十一月，太后情況急轉直下，整個人陷入昏迷之中，少有清醒時。

康熙侍疾於慈仁宮，然不論他如何殷勤細心的照顧，太后的病都沒有絲毫起色，身子反而越加衰敗。

同月，康熙發布詔書，回顧一生，闡述為君之難，並言自今春開始有頭暈之症，形漸羸瘦，特召諸子諸卿詳議立儲大事。

朝堂之上，後宮之中，因為立儲一事再次暗潮洶湧，且遠勝之前。

十二月，纏綿病榻數月的太后終於病逝，大殮之後，悲慟萬分的康熙大病七十餘日，腳面浮腫。病癒之後，身體越加不堪。

其後，翰林院檢討朱天保上疏請復立胤礽為皇太子，康熙於行宮訓斥之，以其知而違旨上奏，實乃不忠不孝之人，命誅之。

這一雷霆手段，亦令被儲君之位沖昏了頭腦的諸皇子心頭一冷，意識到太子之位並不這麼易得，稍一不慎就是萬劫不復的局面。

三阿哥胤祉、四阿哥胤禛、八阿哥胤禩、九阿哥胤禟、十阿哥胤䄉、十四阿哥胤禵、十七阿哥胤禮；除卻八阿哥被康熙當眾斥其不配為君者，其他這幾位都有可能；其中又以十四阿哥胤禵呼聲最高，頗有些像第一次廢太子時被提出的胤禩。

之後，準噶爾部落首領長子策妄阿拉布坦遣將侵擾西藏，殺其統治者拉藏汗，囚其所立達賴，朝廷欲發兵剿之。廢太子以礬水作書，囑大臣普奇舉己為大將軍，事發，普奇獲罪，胤礽亦被加重看守，不得再與外人接觸。

大行皇后謚號為孝惠仁憲端懿純德順天翊聖章皇后，葬孝惠章皇后於孝東陵，升祔太廟，位於孝康章皇后之左，頒詔天下。

康熙五十七年，七月，修《省方盛典》。十月，命皇十四子胤禵為撫遠大將軍，進軍青海。

康熙五十八年四月，命撫遠大將軍胤禵駐師西寧。

康熙五十九年二月，冊封新呼畢勒罕為六世達賴喇嘛，結束了五世達賴喇嘛之後的西藏宗教領袖不宗的局面。

同月，詔撫遠大將軍胤禎會議明年師期，皇三子胤祉之子弘晟被封為世子。

三月，年已六十七的康熙定於四月初九獰獵於木蘭圍場，眾皇子、皇孫及大內侍衛隨行，包括已經九歲的弘曆。

弘曆自得知這個消息後就十分興奮，他長到現在還從未去過木蘭圍場，只是聽皇爺爺與阿瑪說起過，如今有機會親自去那裡並且捕獵野獸，怎會不高興。

「曆阿哥，到王府了。」隨著馬車的停頓，弘曆隨身小廝青河打起了簾子。

弘曆答應一聲，輕巧地從馬車上跳下來，擺好的木杌子根本連踩都沒踩。自他年滿八歲後，就堅持不再讓凌若往返宮中、王府接送。

弘曆一路小跑到淨思居，彼時春光明媚，草長鶯飛，淨思居裡的兩棵櫻花樹如往年一樣，開出了滿枝或粉或白的櫻花。風拂過樹梢，無數花瓣在風中旋轉飄零，不時落於鞦韆上的女子衣上，彷彿映在上面一般。

「額娘！」

隨著弘曆的聲音，鞦韆上的女子轉過身來，那是一張比櫻花更嬌豔的臉龐。她打量著弘曆，秋水明眸慢慢彎起，露出令百花失色的絕美笑容，柔聲道：「回來了。」

「嗯，兒子給額娘請安。」弘曆單膝跪地行過禮後，方才走到凌若身邊，任她拉著自己的手細細詢問這些天的事。

「你皇爺爺最近身子好些了嗎？」凌若有些憂心地問道。上次她去宮裡的時候，康熙精神並不太好，常說身子乏力得很。實際上，自從太后過世時大病一場後，康熙的身子便再沒有大好過。

「這些日子皇爺爺一直在吃太醫開的藥，倒是好些了。皇爺爺還說初九去木蘭圍場狩獵呢，孩兒也能去。」一說起這個來，弘曆整張臉都是笑意。

知子莫若母，凌若怎麼會不知道他心裡在想什麼，捏了捏他的鼻子道：「是啊是啊，你最開心了，學了這麼些年的弓箭終於有用武之地了。」

笑語了一會兒，弘曆忽地想起一事來。「前日皇爺爺賜給兒子幾套文房四寶，兒子想著一人也用不了這麼許多，所以準備送給兄長與幼弟，額娘覺得呢？」

「弘曆有這份心，自然是好，待明天分別送去就是。」笑意淺淺浮在凌若臉上，溫軟如池中的春水。

這些年又有不少新人入府，春蘭秋菊，各有千秋。當中有兩人較為受寵，一個是耿氏，乃管領耿德金之女；另一個則是武氏，為知州武國柱之女。兩人入府之初皆為格格，後來耿氏生下一子，取名弘晝，排在弘曆之後，耿氏亦因此被晉為庶福晉。

不過任無數青春貌美的女子來來去去，凌若始終是最受寵的那一個，胤禛待她的那種寵愛與給予年氏的盛寵不同，不熾烈卻真實。

不是沒有人覬覦過凌若的位置，認為她家世不過爾爾，只是運氣好生下一個兒子才能忝居此位，莫不想著將她趕下來，後來居上。

只是……連那拉氏與年氏都奈她不得，那些痴心妄想的女子又怎可能做到，臨到頭不過是害了自己。

夜間，胤禛來看他們母子，一道用過膳後又檢查了弘曆的功課。雖然這些年弘曆一直在紫禁城隨康熙讀書，但胤禛對他的課業從沒有放鬆過，每次回來，總要檢查一遍，看他是否有所鬆懈。

面對他的問題，弘曆皆對答如流，令胤禛甚為滿意。論資質，弘曆確實是他所有兒子中最高的那一個，弘時也好，福沛也罷，皆不及弘曆良多。

第四百零三章

儲君之位

因為還有事要忙，所以胤禛未留下過夜。凌若坐在銅鏡前任由水秀將她髮間的步搖、珠釵一支支取下來。

水月打了水進來準備替她梳洗，凌若順口問起弘曆，得知他屋內尚且燈火通明，不由得感到奇怪。這課業是早早做完的，這麼晚了怎的還不休息？

凌若心下好奇，便暫緩了梳洗，移步來到弘曆房門口，輕敲了幾下後，門被打開，卻是弘曆。他看到凌若微微一驚，脫口道：「額娘怎的還沒休息？」

「你不也一樣嗎？」凌若笑一笑，與小時候一樣牽了他的手進到屋內。只見桌上放著一張弓與一把箭，皆比尋常的小一些，倒是適合弘曆這樣半大不小的孩子用。在弓旁邊還有一塊軟巾，想是用來擦拭弓箭之用。

凌若隨手拿起一支尾上鑲羽的箭，箭尖是用黑鐵打造而成，鋒利無比，只是手指輕輕撫過，便能感覺到一種破膚而入的利意。「這麼晚不睡在做什麼？」

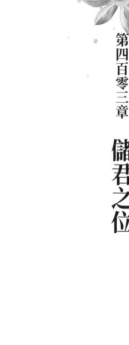

「後日就是初九了，兒子想再檢查一遍弓箭，看還有什麼需要調整的地方。」說到這裡，弘曆眼裡閃著希冀的光芒。「皇爺爺說了，皇孫之中得獵最多者，賞黃馬褂一件，兒子定要將黃馬褂贏過來。」

弘曆待人素來謙和有禮，從沒有仗勢欺人的時候，但這並不代表他內心就沒有傲氣；恰恰相反，九歲的弘曆是最驕傲的，這份驕傲令他不願輸給任何一個人。

箭被凌若輕輕放到桌上，她攬過弘曆的肩膀，認真地道：「弘曆，後日的狩獵，你可以去，但不許狩圍場裡的任何一隻動物。」

「這是為何？」弘曆滿面不解地看著凌若，問道：「額娘若是擔心兒子會被虎豹等動物所傷，大可放心，自有大內侍衛會保護；再說兒子自己也會萬分小心，絕不讓額娘擔心。」

凌若撫著弘曆的腦袋，徐徐道：「額娘擔心的不是這個。」

「那是什麼？」弘曆越發疑惑，難道是怕自己搶了兄長們的風頭，令他們臉上無光？

「弘曆，你與皇爺爺也學了這麼久了，許多事都懂得，那額娘就考考你，四維八德是什麼？」

四維八德，弘曆早就學過，當下想也不想便道：「四維為：禮、義、廉、恥；八德為：忠、孝、仁、愛、信、義、和、平。」雖然回答出問題，但弘曆還不是明白，這些與後日的狩獵有何關係。

凌若點一點頭道：「人生在世，首重的便是一個德字，若德行不端，縱這人家財萬貫、權勢滔天也為人所不齒。德有各樣，無處不在。就說後日之獰獵，你想想，此時正值春季，是獸類交合、生育下一代的時候，若你在此時大量獵殺牠們，固然是隨了性子，得了獎賞，可獸類卻因此而不能繁衍，豈非有傷天和，也損了自己身上的德。」

弘曆之前只顧想著圍獵時該如何去捕殺野獸，對於這些根本想都沒想過，如今聽得凌若提及，心知確是有理。但他畢竟還是個孩子，要他放棄這麼好的機會，看別人出盡風頭，心裡始終有些不甘，這份不甘，令他遲遲沒有回應凌若。

凌若也不催促，只靜靜站在燭光前等待答案，她相信弘曆不會讓她失望。

許久，弘曆終是道：「兒子知道了，額娘放心，後日圍場之上，兒子絕不捕殺任何一隻獸類。」他是一個極孝順的人，雖然不願意，但還是聽從凌若的話。

凌若頷首，她聽出了弘曆心中的不甘，但這樣做才是對弘曆最好，也是最能令他得康熙眼緣的。

所謂的獸類交合、肆意捕殺有傷天和，不過是用來應付弘曆之語罷了，她真正的用意並非在此，而是在於迎合聖心。

康熙已不是幾十年前那個鋒芒畢露的少年皇帝了，他老了，失去了從前的殺伐果決，那顆帝王心逐漸變得仁慈起來，特別是太后死後，這個感覺更加明顯。

這樣的康熙更希望他的下一任會是一個與他一般仁慈的英主，胤禛性子過於冷漠強硬，明顯不是，所以凌若便在弘曆身上著手。

以弘曆的年紀，拚盡全力也不一定能在圍場上得第一，與其如此，倒不若趁此機會，讓弘曆在康熙跟前一躍而出。

一切，就像凌若預料的那樣，狩獵那日，康熙不只沒有因為弘曆未曾打得一隻獵物而責怪他，反而賜了他一柄青玉如意。那柄玉如意是擺在南書房中的，三阿哥曾問康熙討要過，但康熙未曾鬆口，誰都沒想到會在這個時候賜給弘曆。

這究竟代表著什麼，除卻康熙之外沒人知道，連凌若都只是暗自揣測，等待著謎底揭曉的那一日。

康熙六十年正月，康熙以御極六十年，遣皇四子胤禛、皇十二子胤祹、世子弘晟祭永陵、福陵、昭陵。

三月，大學士王琰先密疏復儲，後御史陶彝等十三人疏請建儲，康熙不許，王琰、陶彝等人被治罪，遣往軍中效力。

帝心越發難測，眾皇子盯著皇位之餘也更加小心，將一切都放到暗地裡。而隨著康熙身體的衰敗，帝位更替被放到了第一位。

九月，康熙製定平西碑文。

十月，召撫遠大將軍胤禎來京。

康熙六十一年正月，舉行千叟宴，康熙賦詩，諸臣屬和，題曰《千叟宴詩》。

在千叟宴過程中，諸皇子各呈賀禮，在輪到十四阿哥胤禎時卻出了意外，他原是送一隻在外平亂時馴服的隼，可是在呈上殿時，卻變成了死隼，令得千叟宴大為掃興，胤禎亦被康熙好一陣喝罵。

千叟宴後，康熙再次患病，難以起身，對弘曆的教導亦有心無力。康熙的病纏綿許久，時好時壞，難見起色，此事令後宮、朝堂均是人心惶惶，皆在猜測康熙是否能熬過此次大病。

一旦駕崩，而儲君人選又懸而未決的話，只怕會有一場波及整個大清的災難。

十月，康熙命胤禛等人視察倉儲。

十二月，康熙移駐暢春園，命皇四子胤禛恭代祀天。

此旨下達之時，在皇子、百官中引起軒然大波。

任誰都知道，有資格祀天的除卻皇帝之外便只有未來儲君，康熙此刻讓胤禛恭代祀天，難道是準備將皇位傳給他？

第四百零四章　病重

十二月初九，暢春園。

這些日子，廚房裡總是瀰漫著一股濃重的藥味，揮之不去，而藥味的來源便是此刻燉在爐火上的罐子。李德全的徒弟四喜一直守在藥邊上，任旁邊人來來去去，他都沒有動過半分，手裡還拿著一把蒲扇，在爐火不夠旺的時候便搧上幾下。

「小春子，再添點兒柴火。」四喜瞅了一眼爐內正在燃燒的柴火。

「哎。」隨著這個聲音，爐灶後面探出一個腦袋來，五官瞧起來還有些稚嫩，想是年紀不大。他在扔了幾塊劈好的木柴後，討好地道：「喜公公，可以了嗎？」

四喜點點頭，再次將全副精神放到藥罐上。這裡面煎的藥可是要給皇上喝的，容不得有一點兒疏忽。又守了一會兒後，估計著差不多了，他用軟布裹了藥罐的把手，將濃黑的藥汁緩緩從藥罐的嘴裡倒出來，恰巧七分滿。

四喜放下藥罐正要去端那只盛了藥的白瓷描海棠花碗時，有一雙手比他先一步端起來，他訝然抬頭，卻是弘曆。

不等他打千請安，弘曆已是道：「喜公公，這藥我給皇爺爺送去就是了。」

四喜連忙擺手道：「怎麼敢勞煩曆阿哥，還是奴才自己端去吧。」他是李德全的徒弟，自然知道康熙異常鍾愛這個孫子，且四阿哥之前還恭代祀天，此刻宮裡宮外都在暗傳皇上是不是有意將皇位傳給四阿哥。若真如此，那曆阿哥可是未來的皇子，他巴結都來不及。

「不礙事，正巧我也要去看皇爺爺。」弘曆一邊說一邊將藥碗放在小太監端著的紅漆托盤上，隨後端了就往外走去，不給四喜再說下去的機會。

從廚房到春暉堂後堂並不遠，不過是半炷香的路程。李德全遠遠看到弘曆過來，忙打了個千兒道：「怎麼是曆阿哥端藥來，可是四喜那小崽子躲懶？」只要弘曆說一個是字，他待會兒必定要狠狠教訓四喜一頓。

「與喜公公無關，是我自己要端藥過來。李公公，皇爺爺可在裡面？」弘曆不無憂心地問。

李德全神色一黯，復又強顏道：「在裡面呢，曆阿哥快進去吧。」

弘曆點一點頭，輕手輕腳走了進去。這裡瀰漫著與廚房相似的藥味，一個身著明黃緙絲龍袍的老人閉目靜靜躺在長榻上。

儘管弘曆的動作很輕，老人還是有所察覺，鼻子動了動，疲聲道：「把藥放下吧，朕待會兒喝。」

「藥要趁熱喝，放涼了效果便差許多。」弘曆取過長絨毯輕輕覆在康熙身上。「最近天涼，皇爺爺這樣睡著不蓋毯子，很容易被風寒所侵。」

「怎麼是你過來？」聽得是弘曆的聲音，康熙睜開了雙眼。「此刻不是應該還在太傅那裡上課嗎？」

「太傅今日教的功課孫兒都會了，所以太傅允許孫兒早些下課。」弘曆取過藥碗舀了一勺放在嘴邊吹涼後道：「皇爺爺，孫兒服侍您喝藥吧。」

康熙那雙略微發渾的眼眸中掠過一絲厭惡，搖頭道：「喝了這麼久都不見起色，再喝也是一樣的，放下吧。」

「病來如山倒，病去如抽絲，病要慢慢治才會好，急不得。」弘曆將勺子又往前遞了一分道：「良藥苦口，孫兒相信皇爺爺的病一定會好的。」

「是嗎？」康熙苦笑，搖頭道：「朕的身子自己最清楚，這病怕是好不了了。」

弘曆低頭不語，肩頭卻在微微聳動，康熙瞥了他一眼，澀然道：「怎麼不說話了？」

弘曆抬頭，那雙猶如星子的眼眸中泛著水光，哽咽道：「皇爺爺是萬乘之尊，是天底下最尊貴的人，許多大風大浪都熬過來了，些許小病怎麼可能難得倒皇爺爺，皇爺爺一定會沒事的。」

弘曆發自內心的關心令康熙欣慰，伸手覆在他頭頂。「萬乘之尊也是人，只要身在這個紅塵輪迴中，就擺脫不了生老病死的過程。」

「不會的，皇爺爺一定會沒事的。皇爺爺還要教孫兒讀書，怎麼可以有事！」他這樣說著，眼中的水光卻凝聚成淚，滴落在藥碗中，讓本來就極苦的藥帶上了一絲澀味。

「傻孩子。」康熙能感覺到弘曆的一片赤子之心，微微一笑，打量弘曆許久後，將目光轉向他端了許久的藥碗，輕言道：「餵朕喝藥吧。」

聽得康熙肯喝藥，弘曆連忙點頭，抹了眼裡的淚後，一勺一勺地餵給康熙喝。他不知道這藥對康熙有沒有幫助，只希望康熙可以活得久一點，再久一點。

在喝過藥後，康熙問了幾句弘曆這些日子所學的課業。自他身子不濟後，便讓太傅來教弘曆讀書，不至於落下了課業。

正說著話，李德全捧著一疊奏摺走進來。「皇上，這是剛送來的摺子，要不要奴才唸給您聽。」

入冬以後，康熙精神越發不濟，一日中有半日是在昏睡，醒著的時候，也是看一會兒奏摺就會頭暈，是以在暢春園的這些日子，都是由李德全將奏摺一本本唸給康熙聽，然後康熙再行批註。

康熙擺擺手道：「讓弘曆唸吧。」

「嗻！」李德全垂身答應，走到弘曆跟前小聲道：「曆阿哥，將每本摺子的內容撿重要的唸給皇上聽，那些虛的就不必唸了。」

弘曆答應一聲，拿過放在最上面的摺子。他自三歲以後就一直跟在康熙身邊，對於這些以黃綾封面的奏摺並不陌生，略略看了一遍以後就心裡有數，以最簡便的言語將其中內容講了出來。

饒是如此，一大堆摺子亦是唸了足足一個時辰方才唸完，康熙又在後面以朱筆加註了批覆的內容。久病之中的康熙在執筆時，雙手微微發顫，寫出來的字跡虛浮無力，看得弘曆難過不已。他不會忘記以前皇爺爺親手教自己寫字時，那雙手是多麼的沉穩有力。

批註完所有摺子，康熙已是渾身脫力，用力喘了好一會兒後，才對正替他撫胸的弘曆道：「往後每日都來替皇爺爺唸會兒摺子。」

「孫兒領命。」儘管不願承認，弘曆心中卻是知道，皇爺爺這回怕是真的好不了了，每一刻的相處都彌足珍貴。

就在弘曆退下後沒多久，原本已經閉上雙眼的康熙突然又睜開眼，對默不作聲站在一旁的李德全道：「去，將四阿哥召來。」

第四百零五章 召見

李德全為難地看了康熙一眼，小心翼翼地道：「皇上批了這麼多的摺子也累了，不如明日再傳四阿哥。」

「去！」康熙只得這一個字，李德全不敢再吱聲，躬身退了下去。

在離去前，康熙讓他開了半扇窗子，可以看到窗外浮雲變幻的天空。今年的雪遲遲不見下，不曉得是否要等到來年才會看到飄雪漫天的景象。那他呢，他還能等到那一日嗎？康熙不知道，就像他不知道自己的生命什麼時候會走到終點一樣，不過在此之前，他必須要將一切都安排好。

意識漸趨昏沉，在將要陷入昏迷時，李德全的聲音隔著朱門傳入耳中。

「皇上，四阿哥來了。」

康熙一振精神，命他們進來。

胤禛在行過禮後，關切道：「皇阿瑪身子好些了嗎？」

「一時半會兒還死不了。」

這句話嚇得胤禛跪地磕頭，流淚道：「皇阿瑪洪福齊天，一定不會有事。」

「你起來。」待胤禛起來後，康熙定定地望著他。「可知朕今日叫你來為何？」

「恕兒臣愚鈍，未知皇阿瑪聖意為何。」康熙的突然召見，令胤禛一路上揣測良多，卻不敢妄加言語。

康熙點點頭。「眾皇子當中，你是最肯幹實事的，籌銀也好，頂死案也好，時疫也罷，都做得很好。若這些換了老八他們去做，是萬萬不肯得罪那麼多人的。」

「兒臣是皇阿瑪的兒子，也是朝廷的官員，為皇阿瑪與朝廷辦事乃是理所當然，兒臣並不敢居功。」胤禛受寵若驚地道。

「功就是功，過就是過，不必過謙。」說到這裡，康熙有些疲倦，歇了會兒方才繼續道：「不怕得罪人是你最大的優點也是你最大的缺點，滿朝文武怕都是讓你得罪了個遍。」

胤禛跪在榻前磕了個頭道：「只要是對大清有利的事，就算得罪再多的人，兒臣都會去做。」

「好一句都會去做。」康熙深深地看了他一眼，卻沒有再就這個話題說下去，轉而道：「有去看過老十三嗎？」

胤禛臉色一變，只道康熙是在試探自己，忙道：「不曾得皇阿瑪聖命，兒臣不敢私自相見。」說到這裡，他偷偷睨了康熙一眼，小心地道：「皇阿瑪，兒臣斗膽，能否請皇阿瑪網開一面，放十三弟出來，他已經被圈禁了十多年。」
「如今尚不是時候。」康熙望著窗外的天空，不知在想什麼，許久方道：「你去見一見他吧，回來後告訴朕怎麼樣了。」
儘管康熙不曾開口恕胤祥，但讓他前去探望已是一種鬆口，連忙跪謝皇恩。
胤禛忍著心中的激動離開暢春園，隨即策馬直奔十三阿哥府。十幾年了，他們兄弟終於可以再見。
這些年，胤禛無數次路過十三阿哥府，可是那裡永遠有無數侍衛看守，若無康熙命令，根本不會放任何人進去，只能在外遙遙看一眼。
這一次，得了康熙口諭的胤禛順利進到十三阿哥府，剛一進到院子就看到一個面貌蒼老的男子坐在那裡喝酒，四目交錯的那一瞬間，彼此都愣住了。
胤祥是因為沒想到會突然在府裡見到胤禛，胤禛則是因為沒想到眼前這個看起來比自己還要年老的男子居然會是胤祥。遙想當年，胤祥是多麼的英姿煥發，就算過了十幾年，也不應該蒼老成這樣。
「四哥……」不知過了多久，胤祥終於找到自己的聲音，剛喚了兩個字便有兩行清淚直落，手一鬆，酒杯落地，化為無數碎片。
「十三弟。」胤禛同樣是激動萬分，急步過去，仔仔細細地打量胤祥一眼，隨即用力抱住他，大力拍著他的背，哽咽道：「咱們兄弟終於能再見面了。」

「是啊，我沒想到有生之年還能再見四哥。」胤祥猶如在做夢一般。十幾年了，自己從最初的日夜祈盼到後面的絕望乃至麻木，以為這一輩子都不能再見四哥，沒想到上天給了這麼大一個驚喜。

不過很快的，這份驚喜卻化了成擔憂，胤祥緊張地盯著胤禛道：「四哥這樣私自闖進來，讓人知道了又該借題發揮，在皇阿瑪面前詆毀你了。快走吧，我這裡沒什麼大事。」

見胤祥這個時候還這般擔心自己，胤禛好生感動。「放心吧，這一次是皇阿瑪讓我來的，他很惦念你。」

「惦念我？」在喃喃重複了一句後，胤祥驟然爆發出一陣淒厲無比的笑聲，驚碎了滿天浮雲。「皇阿瑪他還記得我，記得還有老十三這個兒子，哈哈哈！」

胤禛默默地看著胤祥在那裡又哭又笑，待他心情平復些後方才道：「皇阿瑪一直都記著你，連病中都記著。」

胤祥神色一震，用力攥了胤禛的胳膊，急急道：「你說什麼，皇阿瑪病了，要不要緊？嚴不嚴重？」

胤禛沒有說話，不過這已經足夠讓胤祥明白。皇阿瑪的病必然是已經到了讓太醫束手無策的地步，否則四哥不會這副樣子。

一時間心痛如絞。皇阿瑪……皇阿瑪……

胤禛嘆了口氣，拍一拍胤祥的肩膀道：「十三弟你再忍耐些許時日，既然這一次皇阿瑪肯主動讓我來看你，便說明他已經開始鬆動，過幾日我再設法求一求他老人家，讓他恕你出去。」

胤祥魂不守舍地點點頭，在勉強定了心神後道：「四哥，這些年皇阿瑪可曾定下過儲君人選？」

「始終不曾。」說到這裡，胤禛忍不住嘆了口氣。萬一皇阿瑪龍馭賓天，而儲君人選又懸而不決，到時候必會有一場大變。勝者為王，敗者只怕連為寇的機會都沒有。

胤祥一低頭，沉聲道：「皇阿瑪乃天縱之姿，英偉非凡，相信他心中早已有了人選，只是未曾公布罷了。四哥，我想問你一句，若到時候儲君之選非你，你會怎樣？」

這句話一下子戳到胤禛的心坎裡，嘴裡滿是酸苦之意，澀澀道：「若如此，我自當輔佐新君，保我大清江山穩固太平。」

第四百零六章 利害關係

「迂腐！」胤祥狠聲吐出這兩個字來，微瞇的眼睛中閃爍著令胤禛吃驚的光芒。「皇阿瑪有那麼多皇子，但論能力、論功績，哪個又及得上四哥你。別人不知道，我卻是一直看在眼中。雖說這十幾年我與外界隔絕，但相信四哥會一如從前，你做了這麼多，皇位卻落入他人之手，試問四哥你會甘心嗎？」

胤禛被他說得心潮澎湃。確實，他從不甘心，可是若真要與他們鬥，兄弟相殘不說，自己在朝中幾十年，因為辦事而得罪的人不在少數，而且為免被人扣上結黨營私的帽子，這些年從不曾拉攏示好過哪位大臣，爭奪起來，只怕贏面不大。

胤祥的話還在繼續：「有能力爭奪皇位的就那幾個人，大哥、二哥就不說了，三哥是個心機深沉之人，雖整日裝作酷愛詩書，但那不過是用來掩飾野心的手段罷了；老八、老九、老十還有老十四是一夥的，他們與四哥鬥了這麼多年，一朝得勢，會放過四哥嗎？特別是老十四，他好勇鬥狠又心胸狹窄，睚眥必報。」

老十七胤禮是在胤祥被圈禁後才開始展露鋒芒，胤祥對此並不清楚，所以沒有提及他。

胤禛萬萬沒想到，胤祥被圈禁十餘年竟然對形勢還有如此深刻的認識，與自己的看法不謀而合。只是知道是一回事，能不能做到又是另一回事，當下道：「十三弟，不瞞你說，這些我都知道，只是謀逆造反是萬萬不行的，何況以我在朝中的勢力也做不到這一步。」

胤祥搖頭。「我沒讓四哥去走這一步，只是提醒你，皇權路上萬不可有婦人之仁，該爭就爭，哪怕鬧他個天翻地覆也不打緊。」除卻謀反之外，還有很多相對更簡便好使的方法，譬如矯詔，相信四哥也明白，不需要他說得太過直白。

「另外皇阿瑪那邊也該多爭取，畢竟皇阿瑪的傳位才是正統。」說到此處，胤祥突然奔回屋中，過了一會兒拿著張紙出來，上面密密麻麻的都是人名。

「這是我這些年無事時寫的，都是我以前在軍中使過的，有三、四十個人。當中有些人重利，有些人是牆頭草，哪邊來風就往哪邊倒；還有一些性子過於陰沉，信不得。能信的只有十幾個，適才我已經拿筆圈出來了，到時候四哥盡可找這些人辦事。」說到這裡，他苦笑道：「可惜我被困在這裡，否則能用的人會更多一些，有幾個除了我之外哪個都叫不動。」

胤禛接過這張名單，肅然道：「有這些就夠了，多謝十三弟，不論成敗，四哥皆會盡全力去拚搏。」

胤祥一笑道：「四哥難得來一次，陪我喝陣子酒再走。」

「好。」胤禛想也不想便答應了，隨胤祥一道走到裡面。

屋子還是從前的樣子，不過因為多年不曾修繕，看起來有些陳舊。窗紙發黃，有些地方都破了，寒冬臘月的冷風不住從漏洞中吹進來，幾個下人儘管穿了厚厚的棉襖在屋中，還是凍得瑟瑟發抖，也不曾生炭火。

胤禛剛一進來就皺起眉頭。「內務府是做什麼吃的，窗紙破了也不來換，皇阿瑪只是將你圈禁，並未削減你的用度。」

「隨他們去了。」胤祥不在意地揮揮手。「虎落平陽被犬欺，何況內務府那幫子東西都是跟紅頂白的，與他們置氣不值得。」

胤禛冷哼一聲，不過心裡已打定主意，回去後要好好訓斥內務府總管。

「十三爺在與誰說話，奴婢怎麼好像聽到了雍王爺的聲音？」

隨著這個清脆如落珠的聲音傳來，一道纖秀的身影從裡頭走出來，當她看到胤禛時，頓時呆若木雞，愣愣地站了好一會兒方才回過神來，跪下泣聲道：「奴婢墨玉給王爺請安，王爺萬福金安。」

十餘年歲月，足以令一個人的容貌改變許多，胤禛一時間並沒有認出墨玉，直至她自報姓名方才省悟。對於這個待胤祥一往情深，在胤祥被圈禁後甚至甘願拋棄一切來這裡陪他的女子，胤禛向來頗為喜歡，當即命她起來。仔細打量墨玉，發現她綰起長髮改作婦人打扮，心裡隱約明白幾分，卻也更加歡喜。墨玉的出身雖說低了些，但患難見真情，她待胤祥的這份真情，足以替自己掙一個名分。

「墨玉，妳去替我們炒幾個菜來，再拿壺好酒，我要與四哥把酒言歡。」胤祥笑道，胤禛的到來令他一掃心中陰霾。

墨玉的動作很快，不消一會兒就端了三個菜上來，一盤青椒炒蛋、一盤麻婆豆腐，還有什錦一品鍋。

在端酒上來的時候，墨玉不放心地叮嚀道：「十三爺，您身子不好，這酒可是不能多喝了。」

「我知道，小飲而已。」

在墨玉退下後，胤祥替胤禛與自己各倒了一杯酒。胤禛摩挲著圓潤的杯口道：「墨玉出身是低了些，不過你既然要了她，往後就好好待她吧，否則你小嫂子也饒不了你。」

「四哥放心。」胤祥沉沉地嘆了口氣，道：「若無墨玉，只怕四哥已經看不到我了。」

即使明知道胤祥好好的在自己面前，但聽到這話，胤禛心裡還是極其難受，這麼多兄弟，他最要好的卻只有一個胤祥而已。「凡事都要看開一些，塞翁失馬焉知非福。」

胤祥苦笑一聲道：「四哥你沒嘗過那滋味是不會明白的，坐在這裡看來看去就只有這一片天空，明知道外面天大地大，可就是走不出去，憋屈得我都快發瘋了。」

偏偏就是這個時候，兆佳氏和孩子又都沒了，我感覺自己所看到的東西全是灰白的，沒有一絲色彩。那時候的我很絕望，整日借酒澆愁，將自己不分日夜地泡在酒缸中，藉此忘記蝕骨的痛若，身子就是那時候喝壞的。」他撫撫自己的臉自嘲道：「有時候照著鏡子，我都懷疑自己是不是已經很老了。」

「後來墨玉來了，她就像是一道清泉，將我從深重的痛苦中慢慢解脫出來。當時我戒不掉酒，她陪著我一起熬，我都不記得自己被酒癮逼瘋時咬了她多少口，還好最終是戒掉了。」在說這句話時，胤祥很慶幸，若沒有墨玉，他的人生想必到現在都是灰暗的。

第四百零七章　大限

「那就好。」胤禛欣慰地點點頭。失之得之，上天總是公平的，不會太過虧待了誰去。

「我現在只是擔心委屈了墨玉，陪著我一起吃了十幾年的苦，也不知是否有苦盡甘來的那一天。」

「她若覺得委屈，當日就不會求了你小嫂子來。」胤禛如是說道，不過一想到胤祥至今仍要被困在這方寸之地，心裡仍極是難過。

胤祥拍拍胤禛的肩膀道：「無事的，四哥，我已經看開了，你不必為我憂心難過。」說到此處，他猶豫地道：「不過我真的很想見皇阿瑪，若四哥覺得有合適的機會，便替我求一求皇阿瑪。」

「放心吧，我一定會求皇阿瑪放你出去。」這話不只是說給胤祥聽也是說給他自己聽。

胤祥點頭，又啜了一口杯裡的酒後道：「不過我的事始終是次要，大位傳承才是最要緊的，四哥萬不可掉以輕心。還有，我給你的那份名單可要早早運用起來，以免到時失了先機。」

待胤禛答應後，他又問起了自己被禁這十幾年所發生的事，兩人一直聊到天色漸晚，才依依惜別。拴在外面的裂風看到主人出來，高興地打了個響鼻。胤禛跨上馬，在無盡的夜色中回頭看向燈火幽然的十三阿哥府，天很暗，極盡目力也只能看到一個在燈光下有些扭曲的人影孤零零站在院中。

胤禛默默收回目光，雙腿用力一夾，裂風如牠名字一般飛馳出去，奔跑在一條條街道上。夜風不斷在耳邊呼嘯而過，卻吹不散盤踞胤禛心頭的鬱結。

前路會怎樣，他不知道；命運會如何對待自己，同樣不知道，這種無能為力的感覺，實在是令他厭煩至極。

十二月初十，就在胤禛回過康熙後不久，暢春園下旨召見隆科多。他本是孝懿仁皇后的胞弟，佟國維之子，卻一直未得到重用，然在這一日卻傳出康熙晉其為步軍統領的消息。

不論是胤禛還是胤禩，聽到這個消息時，都敏銳地察覺到康熙這是感覺到自己大限將至，開始安排身後事了。

胤禩已經失去皇儲的資格，康熙無論如何都不會將皇位傳給他，但胤禛尚有機會，所以，以胤禩為首的八阿哥一黨，開始積極奔走，聯絡朝中各大臣，為將來的大位傳承做準備。

胤禛也是一樣，他雖沒有胤禩多年積累下來的人脈，但胤祥當日給他的那份名單當中有不少是豐臺大營、步軍衙門的人，萬一真要相爭起來，作用不可估量。

不只他們，許多阿哥都動了起來，爭不一定會有，但不爭就必然沒有。

日子在嚴寒中一天一天逝去，很快的便到了十二月二十。這些日子，弘曆一直在康熙跟前盡孝，少有回府之時。凌若也經常入園請安，看著康熙身子一日差過一日，暗自難過不已。

夜裡，胤禛難得抽空與凌若下棋，黑白子交錯的棋盤同樣是人生縱橫的軌跡，或明顯或詭異，難測下一步。

「四爺似乎有些心不在焉。」凌若執棋輕語，臉龐在流金般的燭光下瑩然如玉，垂落鬢邊的翡翠滴珠步搖閃爍著清冷的光澤。

胤禛不語，與其說心不在焉，倒不如說是心神不寧。皇阿瑪的身子一日不如一日，也許過不了幾日就要到大限，準備了這麼久，也不知到時會有多少勝算。

至於老十三，皇阿瑪一直說時機未到，不肯釋他出府，否則有一個可信之人商量，也不至於這般心緒不寧。他門下雖養了不少門客可以幫著出謀劃策，但又哪能與胤祥相提並論。

一步之間，贏了是天堂，輸了便是地獄，萬劫不復！

胤禛越想越心煩，連下棋的興致也沒了，隨手將棋子往棋盤上一丟，道：「最近有太多事心煩，實難靜心。」

「可是因為皇阿瑪的事？」在命人撤下棋盤後，凌若小心地問道。

胤禛負手起身，望著黑沉沉的天空，啞聲道：「也不曉得還有幾天安生日子好過，動亂將起，也許是明日，也許是後日。」

凌若走到他身後，默默抱住他的腰，輕聲道：「不論天堂、地獄，妾身都會與四爺在一起。」

胤禛眼中有些微動容，正待轉身，突然一點兒冰涼落在臉上。他訝然抬頭，藉著燭光，發現夜空不知何時飄起茫茫細雪，康熙六十一年的雪終於開始下了……

就在這個時候，外面突然傳來一陣急促的腳步聲，下一刻，周庸在外面叩門道：「四爺，步軍衙門來人。」

胤禛驟然一驚，不待他說話，凌若已打開門，只見外面站著一隊全副武裝的兵士。帶頭那位武官跪地朗聲道：「奉上諭，保護雍王爺進暢春園！」

「皇上是只召見我一個，還是所有阿哥？」胤禛沉聲問道。

「奴才們只負責護送雍王爺，其他一概不知。」在這句話後，武官又道：「皇上有命，請王爺即刻動身。」

胤禛頷首不再言語，在回頭看了凌若一眼後便隨其大步離開。在他身後，是緊張不安的凌若，皇上突然召見，誰也不曉得是好事還是壞事，她所能做的，就是在這裡等胤禛回來，然後兌現自己的諾言：不論天堂、地獄，都在一起！

那拉氏等人都被驚動了，一個個走到院中，難掩憂心之意。

「王爺……」那拉氏與年氏皆出身大家，一看到那群身著鎧甲、腰配長刀的兵士，就知道必是出了大事，眼裡是深深的擔憂與關切。不管她們彼此間有著怎麼樣的恩怨仇恨，待胤禛卻是一樣的，她們的一切皆寄託於這個男人身上，一榮俱榮，一損俱損。

胤禛也看到她們溢於言表的關切，安慰道：「沒事，我去去就回。」

那拉氏曉得朝廷上的事自己插不上手，只得道：「那王爺一切小心，妾身在這裡等著王爺歸來。」

年氏不願讓那拉氏專美於前，亦道：「妾身也是，王爺一定要平安回來。」

胤禛點頭不語，逕自隨著那群兵士出了王府。在去暢春園的路上，胤禛驚奇地發現，日間還一切太平的京師，此刻竟已全城戒嚴，整座城裡看不到一個普通百姓，只有一個個全副武裝的兵士，看來皇城真的是要變天了。

第四百零八章　傳位

入暢春園後，立刻有守衛康熙的侍衛領了胤禛往春暉堂走。今日的暢春園三步一哨、五步一崗，比平常不知嚴密多少倍，尤其是康熙居住的春暉堂，其戒備程度怕是連隻蒼蠅都休想飛過。

一路下來，胤禛不記得自己究竟過了多少個崗哨才到春暉堂正堂，守在裡面的赫然是時任保和殿大學士兼吏部尚書的張廷玉。他朝胤禛欠一欠身後，沉聲道：「皇上就在裡面，四爺趕緊進去吧。」

胤禛答應一聲，轉身進了內堂。裡面燒了炭火，卻不是很暖和，因為窗子有半扇是打開的，從窗子外面可以看到飄雪重重的夜空。康熙靜靜地躺在床上，渾濁的雙眼看著窗外雪夜，錦被下的身子難以看到起伏的痕跡。李德全就守在他旁邊，還有弘曆，紅著雙眼站在一旁。

儘管心中有著許多對未來的擔憂，但看到康熙的這一刻，胤禛依然忍不住悲從中來。四十餘年來，皇阿瑪的雙眼永遠都是睿智清明的，在雲淡風輕間看清一切，容不得一絲渾濁，而現在……

再英偉的人也敵不過歲月這把利刃，胤禛越想越傷心，忍不住一聲悲呼撲到床榻前，流淚道：「皇阿瑪，兒臣來了，您龍體可還好？」

康熙慢慢轉過頭來，一絲淺淡的笑容出現在臉上，旋即看了李德全一眼。後者會意，對弘曆道：「曆阿哥，皇上有話要與四阿哥說，咱們先出去吧。」

弘曆是個曉事的，當下紅著雙眼點點頭，隨李德全一起走到外頭。

待屋中只剩下他們父子兩人時，康熙方才輕嘆一聲，虛弱地道：「老四，可知朕連夜召你來所為何事？」

「兒臣不知。」胤禛跪伏在床前，淚流不止。

康熙輕斥一聲：「忘了朕是怎麼教你們的，男兒流血不流淚，有什麼好哭的，何況朕還沒死呢！」不待胤禛答話，他又道：「朕在位至今六十有一年，膝下有二十多位皇子。眾皇子當中，朕原寄希望於胤礽，可惜他位居太子之位三十餘年，卻依然擔不起朕的期望。老大粗鄙，老三能力不足，老八倒是有能力，可他母家出身過低，而且老八這麼些年來處處學朕，卻處處過猶不及。朕寬容，他比朕還要寬容；朕是以寬容治國，他卻是以寬容籠絡人心，第一次廢胤礽時，滿朝文武竟有十之八九站到他那邊。」

在說到這裡時，他重重嘆了口氣。「這樣的寬容，只會令吏治越加腐敗，最終走向無可挽回的地步，所以他不是朕要的那個人。」

胤禛靜靜地聽著，不敢接話。康熙歇了一會兒又道：「老九、老十便不說了，至於老十三，他是個真性情，想什麼便是什麼，從不加掩飾，這樣的人同樣不適合為君。還剩下一個老十四與老十七，老十四犯的是與老九一樣的毛病；而老十七，他還太年輕，許多事都缺乏歷練。至於你……能力有，手段也有，朕觀你多年，所作所為，皆是以朝廷為先，這很好。不過同樣的，你也有缺點，喜怒不定，待人不夠寬容，有時候易被情緒左右判斷，朝中說你是冷面王爺，也不算冤枉。」

胤禛聞言忙道：「兒臣知道自己尚且有很多不足，往後兒臣必定改掉這個缺點，請皇阿瑪放心。」

「那就好。」康熙欣慰地點點頭，從旁邊費力地摸出一幅字來，上面只有一個大大的「忍」字，待胤禛接過後道：「把它掛在南書房，每日都看一看，別忘了朕今日的一番話。」

「皇阿瑪……」胤禛愣愣地看著康熙，「掛在南書房中日日相看」，這代表什麼他太清楚了，皇阿瑪當真要將大位傳給他？

「朕晚年寬容過甚，使得朝廷這些年來吏治敗壞，這是朕的過。只是朕老了，無力再去糾正，只能替大清擇一位鐵腕皇帝，將吏治帶回正道。胤禛，你千萬別辜負了朕的期望！」

胤禛又是激動又是難過，用力磕了個頭，泣聲道：「皇阿瑪放心，兒臣就算拚卻這條命，也必不會讓皇阿瑪失望。」

「那就好。」康熙彷彿放下一樁大心事，眉目鬆開些許，望著不斷飄進屋中的雪花道：「原以為，朕已經看不到今年的雪景了，沒想到上天垂憐，讓朕在大限到來前再看一看冬雪紛飛的美景，此生再無遺憾。」

康熙喜歡雪，因為每次下雪都會讓他想起很多事，尤其是那位撫育了自己數年的女子。她死的時候，正好也是大雪紛飛的時候。

「皇阿瑪不會死，不會的。」胤禛忍不住心中悲痛，大泣不止。

「痴兒，世人皆有一死，皇帝也不例外，何況朕若不死，又如何將這個皇位騰出來給你。」康熙輕笑著，並沒有太多的悲慟。

「只要皇阿瑪龍體康健，長命百歲，兒臣寧願不要這個皇位。」胤禛聲淚俱下，這一刻，他是真的傷心萬分。

康熙搖搖頭，又道：「朕已經留下遺詔，就在乾清宮『正大光明』匾後面，這個張廷玉與隆科多都知道，一旦朕駕崩，他們自會去取出遺詔。至於隆科多，你也盡可信任他。雖佟國維與老八他們走得近，但隆科多倒不曾與老八有過太多牽連，他會好好輔佐你做一個英主。」

「兒臣記下了。」胤禛心中感動，他知道，康熙為了這一天，必然在暗中做了很多準備，一切都只是為了保自己可以順利繼位登基。

「還有一件事。」康熙緩了緩氣，突然用力抓住胤禛的肩膀，乾枯的手指像是要透過衣服抓進肉裡去一般。「不論你那些兄弟做過什麼，他們始終是你的手足至親，答應朕，你登基後一定不可以傷他們性命，除非你希望朕死不瞑目。」

胤禛忍著肩膀的痛苦，鄭重道：「兒臣答應皇阿瑪，一定善待各位兄弟，絕不傷兄弟性命。」

「那就好。」康熙知道這個兒子，既然答應了就絕不會反悔；相反的，若是老八或老十四，他們固然會答應，但一旦登上大位，還會不會守住承諾就是未知之數了，這也是他決意傳位給胤禛的其中一個原因。

「還有，弘曆是一個很聰明的孩子，好好撫育他，萬不要虧待了。」康熙不放心地又叮嚀一句。說了這麼久的話，康熙很累了，眸中那點兒光芒也越發黯淡，猶如風中的殘燭，隨時會熄滅……

第四百零九章　奪位

此時，李德全在外面叩門道：「皇上，諸位阿哥都到了，是否現在就讓他們進來？」

「都進來吧。」康熙強振了精神道。

李德全答應一聲，走到外頭，對在外面等了許久的胤禩等人打了個千兒道：「幾位阿哥，皇上召您們進去。」

康熙的二十幾個兒子，除卻被圈禁的幾個，還有帶兵在外的胤禵及年紀太小的以外，餘下的全在這裡了，其中就有石秋瓷所生的皇二十三子胤祁。

「哼，終於輪到咱們了嗎？」說話的是十阿哥胤䄉。他同樣接到康熙旨意，由步軍衙門護送來暢春園，哪曉得一進來，卻得知康熙正在見胤禛，讓他們一眾阿哥都在外面等著。

眾皇子中，胤䄉是最瞧不慣胤禛的那一個，且他性子火爆，當年追討欠銀一事中就敢和奉了欽命皇差的胤禛對著幹。他當下哪裡肯依，何況誰都曉得康熙這麼晚召眾阿哥前來，又出動了步軍衙門的人，不可能是遊園聽戲，必然是康熙自覺大限將至，召眾阿哥來議言傳位一事。此等大事卻獨召胤禛一人，他立時就嚷嚷著進去，李德全好說歹說，再加上胤禩的喝斥才讓他安靜下來。

「行了，老十，咱們進去吧。」胤禩睨了胤禩一眼，第一個走進去。他心裡同樣擔心，唯恐康熙將大位傳予胤禛，不過較之胤䄉，他更沉得住氣。

看到躺在床上面色蠟黃的康熙，不管是真心還是假意，眾人盡皆伏在地上，泣聲喚著皇阿瑪。隨他們一道進來的還有弘曆、張廷玉及李德全。

康熙看著黑壓壓跪了一屋子的人，擺手讓眾人進來。此刻的他精神看起來似乎比剛才好一些了，但胤禛心裡清楚，這不過是迴光返照罷了。皇阿瑪他是真的走到最後一步了……

胤禩不著痕跡地抬頭掃過跪在最前面的胤禛，眼中有深深的忌憚與憂慮。

康熙默默掃過跪在面前的諸多兒子，不論好的、不好的，那都是流著他血脈的兒子。這一刻，他唯有深深的不捨，死別之後，可就永遠都看不到了啊。

「皇爺爺！」弘曆第一個忍不住，撲到康熙身上大哭不止。論感情，他與康熙是最深的，三歲之後，就幾乎一直撫育在宮中。每一個字、每一篇文章，都是康熙親手所教，除卻凌若之外，康熙就是他最親的人，甚至還勝過胤禛三分。

康熙撫著他的頭，微笑道：「沒什麼好傷心的，皇爺爺只是去該去的地方，那是人生的必經之路，誰也不能例外。」

「弘曆不要皇爺爺走，弘曆要皇爺爺一直活著，嗚！」弘曆淚流滿面，悲痛萬分。

「曆阿哥，皇上還有話要與眾阿哥說，您先別哭了啊。」李德全小聲說著，拉過弘曆站到一邊。

此時的康熙已近油盡燈枯，連眼皮子抬著都費力，但面對一眾心思各異的皇子，他還是強撐了精神道：「朕已經替你們擇好了一位英主，你們往後必得好生扶持於他，不得生出二心。」

「兒臣們謹遵皇阿瑪旨意。」在說這句話時，所有皇子的心都提了起來。究竟是誰，大清江山究竟會落在誰的手裡？

胤䄉最是按捺不住，問道：「不知皇阿瑪替兒臣們擇的英主是哪位兄弟？」

康熙看了跪在榻前的胤禛，眼中有詢問之意，胤禛會意，忍著心中的悲意道：「皇阿瑪放心，兒臣一定會謹記皇阿瑪的話，一刻不忘。」

康熙點頭，重新看著眾人，虛弱地道：「朕大行之後，由……由四阿哥……胤禛繼承皇位……」

隨著最後一個字音的落下，康熙緩緩閉上眼睛。六十九年了，從呱呱墜地的嬰孩到現在，整整走過了六十九年的春夏秋冬。

終其一生，生母早逝，生父出家，八歲登基，一直由孝莊太皇太后撫育他成人，他在回憶幼年時，曾說「父母膝下，未得一日承歡，實乃人生一大憾」。十四歲親政後，擒鰲拜、定三藩、復臺灣，親手奠下了大清朝興盛的根基。論功績，一生不輸任何人。

康熙——取自萬民康寧，天下熙盛。

愛新覺羅·玄燁，終其一生都在為這八個字努力，而他做到了，六十餘年的統治，換來如今的天下太平。

「皇阿瑪！皇阿瑪！」春暉堂內響起一片慟哭之聲，一個個盡皆痛哭流涕，哀慟康熙的逝去。

就在這時，跪在眾人當中的胤䄉突然撥開眾人，膝行上前，扶在康熙的榻前流淚道：「皇阿瑪，您安心地去吧，兒臣們一定會好生輔佐十四弟做一位英主。」

胤禛心中一沉，曉得胤䄉一夥人開始發難，當下抹了淚冷聲道：「老十，你這是什麼意思？剛才皇阿瑪清清楚楚說傳位給我，怎的到你嘴裡就成了十四弟？」

胤䄉回頭看了一眼，目光所及之處正是胤禩跪的地方，旋即梗著脖子先聲奪人：「該是我問四哥什麼意思才對，皇阿瑪屍骨未寒，你就要在這裡爭奪皇位，甚至不惜篡改皇阿瑪遺詔，明明就是傳位於十四阿哥胤禎，何時變成了四阿哥胤禛了！」

說到這裡，他還不肯甘休，起身看著還跪在地上的眾人道：「你們倒是說說，皇阿瑪究竟是傳位給四阿哥還是十四阿哥。」

康熙臨終氣息將竭，聲音很是微弱，除卻最前頭的幾個，後面聽得並不是很清楚，是以一下子眾皇子間竟沒人答話。

倒是張廷玉道：「十阿哥，微臣聽得很清楚，皇上是說傳位給四阿哥……」

「閉嘴！」胤䄉牛眼一瞪，道：「你算老幾，愛新覺羅家的家事什麼時候輪到你這個漢人來指手畫腳。」

他這番話將李德全到嘴邊的話嚇了回去。連位高權重的張相都被喝斥，自己一個奴才，就算說了也無濟於事，只能緊緊拉了弘曆在一旁。

胤禛怒目而視，未料到胤䄉如此顛倒黑白，生生將四阿哥改成了十四阿哥；偏生自己與胤禎名字又相近，給了可乘之機。不過胤禛也曉得，以胤䄉的頭腦絕對不可能在須臾之間想到這等點子，必是得自素來以心思縝密著稱的老八授意。

第四百一十章 遺詔

此時，跪在後面的胤禩趁機道：「不錯，我等都聽到了皇阿瑪臨終遺言，確實是傳給十四弟。」

他一出聲，與他交好的九阿哥自然也跟著幫襯，振振有辭，一時間倒像是他們占著理一樣，令那些不曾聽清的阿哥搖擺不定，不曉得該聽哪邊才是。

胤禛在一旁氣得臉色發白，同時也是暗自心寒。皇阿瑪剛嚥氣，屍骨未寒，這群兄弟已經盤算著要奪皇位，好，真是好！

胤禩看到了胤禛掠過眼底的鋒芒厲意，不過那又怎樣，只要坐實了胤禎的皇位，區區一個胤禛又算得了什麼，自有無數辦法收拾他。

想到這裡，胤禩爬到康熙跟前，用力磕了個頭，垂淚道：「皇阿瑪放心去吧，兒臣等人必會好生輔佐十四弟，成為咱們大清的又一位英主，以慰皇阿瑪在天之靈。」

胤禟在一旁假模假樣勸道：「八哥莫傷心了，既然皇位已定，那咱們趕緊迎十四皇弟回京繼承皇位，同時也得趕緊將皇阿瑪的遺體移入大內發喪才行。」

「九弟說得對。」胤禩露出恍然之色，抹淚收了那抹哀色，起身要往外走。

胤禛一下子擋在他跟前，冷聲警告：「八弟，為人做事還是適可而止的好。」

胤禩微一皺眉，諷意在眼底一掠而過，口中則悲聲道：「四哥這是何意，難道到了現在還想說皇阿瑪傳位於你嗎？咱們兄弟可都是聽得清清楚楚，是傳給十四弟胤禎。」說罷，他又語重心長地道：「四哥，咱們都是兄弟，哪個做皇帝不是做，何必要這樣腆了臉面來爭搶，你這樣讓皇阿瑪在天之靈如何安息？」

胤禛死死盯著他一言不發，那冰冷無情的眸光縱是胤禩也忍不住心頭微微發顫，但無一絲後退之意。此刻一步退卻，失去的不只是皇位，還有自己這群人往後的一切。只要坐實胤禎的皇位，區區一個胤禛根本不足為慮。

「我聽到了！」正自僵持不下時，一個清脆的童音倏然響起，卻是二十三阿哥胤祁，只見他一臉認真地道：「我剛才聽到皇阿瑪說了，傳位給四哥，根本就不是十四哥。」

胤䄉臉色一變，惡狠狠地喝斥道：「你一個還在吃奶的小娃娃知道什麼，一邊去！」

胤祁抬著頭倔強地道：「我明明都聽到了，就是傳位給四哥。」

「你再胡說！」胤䄉被他嚷得心煩，揚了蒲扇大的手，作勢欲打。

胤祁年紀雖小卻是機靈，一個閃身躲到胤禛身後，大聲道：「四哥救我！」

胤禛與胤祁並不親近，不過這個時候胤祁能站出來替他說話，心中頗為感動，護著胤祁道：「放心，有四哥在，沒人可以傷害你。」

與此同時，胤禩拉住胤䄉道：「老十，莫鬧了，辦正經事要緊。」

彼時，剛才被胤䄉喝斥過的張廷玉又道：「幾位阿哥不必爭執，皇上臨終前已寫下遺詔，就放在乾清宮正大光明匾後，只要將遺詔取來自然知道是傳位於哪位阿哥。此時隆科多大人已去乾清宮取遺詔，還請眾位阿哥稍候片刻。」

聽得遺詔二字，胤禩臉色大變。

若只是口頭傳位，那還可以指鹿為馬，但若是白紙黑字寫在詔書上面，想篡改幾乎不可能，除非動用最後的手段，如此尚可能為自己幾人掙上一掙。只是這手段一旦動用就不能再回頭了，非生即死，他還沒有做好這個決心。

胤䄉還在那裡梗著脖子道：「皇阿瑪有遺詔留下，我等怎麼絲毫不知？」

張廷玉涵養功夫極佳，剛才被胤䄉那一陣搶白喝斥也沒有動氣，此刻更是淡淡睨了他一眼道：「皇上遺詔乃是千真萬確的事，十阿哥若有疑問，盡可等遺詔取來後，辨明究竟是否皇上親筆所書。」

一句話就將胤䄉堵死在那裡，憋著氣，胸口不住起伏。要不是旁邊九哥拉著他，他非要上去揍這個老東西一頓。不過一個漢人，蒙皇阿瑪寵信當了大學士，就真當自己了不得了，還敢給他這個黃帶子的阿哥臉色看，真是活得不耐煩。

胤禛雙眉皺了又皺。

老八這幫子人怕是不肯善罷干休，衛戍京城的軍隊主要是步軍衙門及駐紮在京城西南的豐臺大營，那裡有最精銳的八旗軍隊，駐軍更多達四萬餘人，幾乎是步軍衙門的一倍還有餘。

隆科多是皇阿瑪指定的提督九門步軍巡捕五營統領，京師內的治安短時間可以放心；至於豐臺大營，雖說老十三上次給了他一份名單，其中有幾人就是豐臺大營的將領，可豐臺大營的提督喀什卻紮紮實實是老八的人，這是一個硬茬。

萬一老八不顧一切指使豐臺大營的人入京，單靠步軍衙門是萬萬擋不住的；至於駐紮在各地的軍隊，同樣遠水解不了近渴。

張廷玉看出胤禛的憂心，將之拉到一邊輕聲道：「四爺不必擔心，皇上生前料到會有如今的局面，是以早在四爺入園之前便讓馬齊帶了金牌令箭去放十三爺出來。豐臺大營的人大多是十三爺早前帶過的將領，有他在，京城絕對亂不起來，咱們只管安心在這裡等遺詔就是。」

胤禛聞言長出了一口氣。皇阿瑪果有先見之明，曉得他駕崩之後，那些兄弟不會甘心皇位旁落，所以在重病之中依然將一切安排妥當，好讓自己可以順利登上皇位。

皇阿瑪……皇阿瑪……想到康熙為自己所做的一切，再看到靜靜躺在床榻上的老人，胤禛忍不住悲從中來，也終於明白了為何康熙臨終前要讓他一再保證不得傷害眾兄弟性命，就是預見到了這一幕啊！

看到張廷玉與胤禛在那裡竊竊私語，胤禩等人臉色均是不太好看。雖然有豐臺大營做後盾，隆科多也與自己有所交往，來之前更是已經布下一切後手，但他們同樣擔心康熙會有後手布下。

虎死威猶在，不到生死存亡關頭，誰也不敢輕易踏出那一步！

第四百一十一章　豐臺大營

「八哥，他們鬼鬼祟祟在說什麼吶？」胤䄉最是沉不住氣，扯了胤禩的袖子問道。

胤禩同樣好奇，不過張廷玉刻意迴避，他也無法知道，只是說了一句：「靜觀其變。」

時間在銅漏聲中一點一滴逝去，炭盆裡的銀炭已經燒得看不到一點兒火星。沒有了用來取暖的炭，十二月的夜格外陰寒。

「這鬼老天！」胤䄉嘀咕一句，將冰冷的手往袖子裡攏了攏，待看到有窗子沒關嚴，立時倒豎了眉毛罵罵咧咧道：「哪個不長眼的奴才開的窗子，想把爺凍死不成？」

「奴才這就去關上。」李德全惶恐地應了聲，頂著不住吹進來的寒風與冷雪將窗子關上。這窗子是康熙吩咐他開的，如今康熙剛死，這些皇子阿哥就為了皇位鬧得不可開交，真是看著都心寒。
這樣想著，李德全的眼裡不由得帶上一絲紅，不想被胤䄉看到，當頭就是一陣喝罵：「怎麼著，爺說你幾句還不行了，居然還敢給爺臉色看，不過一個奴才，還反了天了！」
胤䄉在胤禛和張廷玉那裡受了氣，正無處撒呢，現在逮著機會可是使勁地發揮，將滿肚子的怨氣都撒在李德全頭上，將他罵了個狗血淋頭不夠，還伸出大腳丫子用力踢在他身上，把一把年紀的李德全狠狠踹倒在地猶不解恨，還待要踹。
一直沒吭聲的三阿哥胤祉道：「老十你發的是哪門子瘋，又罵又踢的這是給誰看吶？」
胤䄉素來是個牛脾氣，除了胤禩，哪個人的帳都不買，當下梗了脖子頂過去道：「我就教訓這奴才了，怎麼著，三哥要是不喜歡盡可不看，沒人逼著你。」
胤祉被他頂得半天說不出話來，氣得拂袖不理他。這個渾老十，跟他說道理，那簡直就是對牛彈琴，能把人活活氣死。
又等了一會兒，連胤禩都開始不耐煩時，外頭終於有腳步聲傳進來，這個聲音令得眾皇子皆是精神一振，目光望著門口。
不消一會兒，一身從一品武官朝服的中年男子攜風雪寒意大步進來，正是剛剛被封為提督九門步軍巡捕五營統領的隆科多。他手上捧著一個長條形的明黃色匣子，所有人的目光在觸及這個匣子時均是微微一縮，或貪婪或凝重。

與此同時，同為保和殿大學士的馬齊在一眾步軍衙門將士護衛下來到十三阿哥府。他有康熙所賜金牌令箭，無人敢擋，直入阿哥府。在看到尚未反應過來的胤祥時，他高舉金牌令箭大聲道：「奉皇上旨意，釋十三阿哥胤祥出阿哥府！」

盼了十餘年，可真等到這一刻，胤祥卻猶在夢中，不敢相信圈禁了自己整整十餘年的禁足已經消弭不再。直至馬齊將金牌令箭雙手奉到他面前，方才驚聲道：「是否皇阿瑪出了什麼事？」

「皇上病重，已決定將大位傳予四阿哥，又擔心四阿哥一人勢單力薄，不足以應付大位傳承，所以特命老臣釋十三阿哥，以助四阿哥繼位登基。」

康熙病重的事胤祥早已從胤禛口中得知，雖極為惦念康熙，卻還分得清事情輕重緩急，想也不想便接過金牌令箭，對隨馬齊同來的那些將士肅然道：「你們，且隨我去豐臺大營！」

馬齊既能帶著步軍衙門的人來，可想而知步軍衙門必然是在掌控之中，如此一來，真正會威脅到四哥繼位的就只有豐臺大營。上次四哥便說過豐臺大營如今的提督喀什是胤禩的心腹，他必須要在胤禩發難之前控制大營。

這麼多年，府中頭一次來人，且還是這麼一隊將士，早有人將消息告訴後院的墨玉。她匆匆趕到的時候，恰好看到胤祥拿了金牌令箭上馬。

墨玉望著他，什麼也沒問，只是輕輕地說了一句：「十三爺萬事小心，奴婢在這裡等十三爺歸來。」

胤祥點頭，一夾馬腹，當先從緊閉十餘年的王府大門中衝出去，直奔駐守京城西南的豐臺大營。

此時，豐臺大營內亦是戒備森嚴，一眾將士正肅容集結在裡面，整裝待發，這一幕令剛剛趕到的胤祥暗自心驚。老八果然是備著隨時動手！

「什麼人！」

胤祥剛下馬就聽得頭上有人喝問，卻是炮臺上值夜的兵卒。胤祥懶得理會，把馬繩一甩逕自走進去。值夜的兵卒見來人不搭理自己，又問一次，還是沒回話，當機立斷吹響號角，這是有敵襲進攻時的訊號。豐臺大營為軍防重地，凡無上令擅闖豐臺大營者一律視作敵襲，殺無赦。

裡面一干整裝待發的將士聽得號角聲均神色一變，連正在對一眾副將、參將、都司訓話的喀什亦停下聲音，將目光投向大營入口處。難道有人先一步動手了？

數百名士兵手持利刃如潮水一般湧向大營入口，然片刻之後又如潮水一般退開，而且身子躬垂，帶著深深的敬畏，自動讓開一條路供來人進入。

「何人敢闖我豐臺大營？」喀什話音剛落，臉色就驀然一僵。雖然帶頭走進來的那個人模樣變了許多，但就算化成灰他也照樣認得出來，是十三阿哥！旋即另一個疑問出現在腦海中，為什麼十三阿哥會在這裡？

在他發愣的當口，底下那些將領已經齊齊跪地朝緩步進來的胤祥行禮。「末將等人參見十三阿哥！」

胤祥的臉上從始至終都掛著一抹淡然的笑容，對唯一一個站在自己對面的喀什道：「喀什，好本事啊，爺管著豐臺大營的時候，你還只是個小小參將，如今竟然爬到了提督總軍的位置，真是能耐啊。」

此時，喀什也回過神來，曉得這位爺不是個善茬，皮笑肉不笑地拱拱手道：「想不到十三爺還記得末將，說來末將能有今日也是託了十三爺的洪福，卻不知十三爺深夜來我豐臺大營所為何事？還有，若末將沒記錯的話，十三爺該是被禁足在阿哥府中才是。」

第四百一十二章　最後

胤祥對咯什的話置若罔聞，漫然道：「提督總軍，呵，好生威風啊，還質問起爺來。咯什，爺就算養條狗，看到主人來也會擺頭叫幾聲，你卻是比狗還不如！」

咯什自坐上這個位置後，何曾被人這樣奚落過，當下氣得滿面通紅，粗聲道：「十三爺願意怎麼說末將無權干涉，不過今日之事，末將一定會如實上報朝廷。」

「無所謂，不過在此之前，我想先請你這位提督總軍看樣東西。」胤祥滿不在乎地聳聳肩，旋即目光驟然一冷，取出在大營門口已經展現過一次的金牌令箭。

在看清的下一刻，咯什臉色大變，其他人則再次跪地，口稱「皇上」，金牌令箭代表著至高無上的皇權，所到之處猶如皇帝親臨，可以先斬後奏。

胤祥的氣勢在這一刻攀升到極點，壓得咯什喘不過氣來。「我奉皇上之命，接管豐臺大營，所有將軍聽令，隨我入暢春園勤王護駕！」

不等眾將答應，咯什先一步道：「慢著，我才是皇上親封的豐臺大營統帥，哪個敢動，我扒了他的皮！」
「唷，還學會耍橫了，喀什，你這本事可是見長啊！」胤祥在笑，然火光下的那雙眸子卻冷若冰霜。
在他的逼視下，喀什下意識地想往後縮，但腳步剛要動便停住了。他是八爺的人，若這麼放十三阿哥帶了豐臺大營的人離去，不說別的，就是八爺也絕對不會放過他。想活命，他就必須一步不退地守住豐臺大營。
「很好！」胤祥突然拍手，在滿面笑意中喚道：「王莽！」
「末將在！」一個腰佩金刀、滿臉絡腮鬍子的將領上前。他以前是跟著胤祥從死人堆裡爬出來的，對胤祥最是忠心不過。胤祥被禁足前他是遊擊參將，如今卻仍是個參將，想來這些年被壓制得極狠。
「從現在起，由你暫代提督一職！」
胤祥的話很簡單，卻令喀什滿面驚惶，脫口道：「十三爺，您這是什麼意思？」
「什麼意思？」胤祥冷笑道：「意思就是從現在開始，你不再是豐臺大營的提督，等爺護駕回來後再好生處置你！」
說完這句，胤祥不再看他一眼，著王莽帶齊人馬隨他前去暢春園。四哥還在園子裡等著他。
「慢著！」就在王莽點兵的這會兒工夫，喀什也回過神來，急急道：「豐臺提督總兵一職豈是十三爺說撤就撤的，即便您有金牌令箭在手也不行。你，還有你，全部都給我回去，沒我的命令，誰都不許出這個門！」
「喀什。」胤祥終於連淺淺的笑容也不願掛了，陰聲道：「別在這裡敬酒不吃吃罰酒！」
喀什是清楚這位十三爺的，以前被叫做拚命十三郎，發起狠來可是誰都惹不起的主。只是他還有退路嗎？沒有！富貴險中求，無論如何他都要拚這一把！
「我們走！」胤祥一揮手，示意王莽與他帶的人隨自己走。還沒出豐臺大營門口，就聽得背後一聲慘叫。
轉頭看去，只見隨胤祥來的其中一個士兵正將染血的長刀收回鞘中；而喀什兩眼圓睜，緩緩倒在地上，在他胸口有一個被捅出的窟窿，正咕咚咕咚地往外冒著鮮血。
「你……」喀什只來得及說出這個字，就徹底斷了氣倒在地上，他的右手正按在已經抽出一半的刀柄上。
胤祥冷冷掃了已經是屍體的喀什一眼，大步離去。他本不願在此刻要喀什的命，可惜對方自尋死路，怨不得他。
此時，暢春園內，眾阿哥都死死盯著隆科多手上那個匣子。
胤禟悄悄碰了碰神色複雜的胤禩手肘，輕聲道：「八哥，皇阿瑪準備了這麼一手，對咱們可是大大的不利。還有隆科多這老傢伙，似乎已經跟老四一夥了，這遺詔不能讓他讀，否則真讓老四坐了大位，咱們再動手於情於理可都是處在下風了。」見胤禩不出言聲，他有些焦急地勸道：「八哥，機不可失，失不再來啊！」

「那你有什麼法子不讓他宣讀遺詔？」胤禩也是心亂如麻，此時的情況就如上了弦的箭，不是他想不發就能不發的。

胤禟點子不少，就在隆科多剛走到前頭，準備從匣子裡取出遺詔宣讀的時候，他突然捂了肚子在地上打滾，大聲叫道：「哎呀，痛死人了，怎麼突然這麼痛啊，要命了！」

胤禩在一旁假意關切道：「老九，你怎麼了，出什麼事了？」

「我也不曉得，就突然一下子肚子痛得像抽筋一樣。哎唷，八哥，好痛啊，趕緊替我找太醫！」胤禟痛苦萬分地道。

胤禩點一點頭，對旁邊的胤䄉急急道：「趕緊去找太醫，快些！」

在說話的同時，他隱蔽地使了個眼色。胤䄉會意，「哎」了一聲後就要往外走，被胤禛眼疾手快地擋在門口。「你要去哪裡？」

胤䄉發橫道：「你是沒長眼睛還是沒長耳朵，沒瞧見九哥疼成那個樣子了嗎？我自然是去替他傳太醫了！」

「是傳太醫還是討救兵啊？」胤禛張口就戳穿了胤䄉心裡的打算，瞥了還躺在地上打滾的胤禟，對身後戰戰兢兢的宮人道：「去傳太醫來此處。」

不等宮人答應，胤䄉已經冷聲道：「不敢勞煩四哥的人，我自己去傳。」

胤禎手臂一伸，阻止了他的去路，一字一句道：「我說過，不許去！」

胤禩終於怒了，梗著脖子惡狠狠道：「你我同樣是皇阿瑪的兒子，你有什麼權力不讓我去，滾開！」他用力一推，身形粗壯的他憑著一身怪力生生將胤禎推到一邊。

不過胤禎鐵了心不讓他出去，大喝道：「來人！」

隨著他的聲音，立刻有數名精幹的大內侍衛進來。胤禎冷冷掃過胤禩以及一直坐在椅中的胤禩一眼，面無表情地道：「守住園子，哪個不長眼的敢踏出園門一步，即刻鎖拿！」

「放屁！」胤禎這句話可是徹底將胤禩這個炮仗點著了，瞪了眼，大聲質問道：「誰給你的這個權力，拿我？」他冷冷逼視著胤禎，指了一步步逼近自己的那幾個侍衛。「拿啊，現在就把爺拿下啊！」

第四百一十三章　登基

侍衛們也很為難，一邊是四阿哥一邊是十阿哥，哪個都不是他們能得罪的。遺詔又還沒讀，否則君命一出，他們照辦就是了，哪還需要顧忌這麼多。

「還請十爺不要讓奴才們為難……」其中一個侍衛話還沒說完就已經挨了一個巴掌，打得他眼冒金星。

「什麼東西，憑你也配跟爺說為難二字，信不信爺現在就送你去見閻王爺！」

胤䄉性子火爆，發起火來天王老子也敢惹，為此以前沒少衝撞康熙；不過康熙念在他一片真性情，不予計較。

在揍完那個侍衛後，胤䄉冷冷盯著胤禛道：「聽清楚，爺現在就要出去，我看哪個敢阻我！」

他畢竟是阿哥，若真發起狠來，只是奉著胤禛之命的侍衛是絕對不敢下狠手攔截的，而這也是胤禩選他來做這個出頭人的原因。

眼見胤䄉大搖大擺地準備走出大門，胤禛心焦不已。胤祥那邊還沒有消息，他是萬不能放胤䄉出去的，否則真讓他聯絡了豐臺大營欺上作亂，後果不堪設想。

胤禛一咬牙，以迅雷不及掩耳之速從其中一位侍衛腰上抽出明晃晃的鋼刀，指著已一步跨出門檻的胤䄉道：「老十，你若敢再走出一步，別怪我不念兄弟之情！」

胤䄉輕蔑地回頭看了他一眼。「果然是個陰險小人，皇阿瑪剛死，就忙著對兄弟下手！行啊，有本事你就下手，左右你惦念我的命也不是一天、兩天了。」

聽著他在那裡顛倒黑白，胤禛又氣又怒，一口氣梗在喉中怎麼也吐不出來。如果胤䄉一夥人當真在意皇阿瑪、在意這份兄弟情的話，就不會這麼急著奪位。

胤禛手裡的鋼刀始終不曾放下，隨著胤䄉落在後面的那一隻腳抬起，握著刀柄的手悄然握緊，一抹深重而無奈的狠厲在眼底掠過。只要胤䄉這一腳踏出，他必會動手。

我不殺人，人卻會殺我。帝路之上，容不下仁慈二字！

就在千鈞一髮的時刻，外頭突然響起重重腳步聲，同時傳來胤祥的聲音：「給我把春暉堂團團圍住，沒我的命令，哪個都不許放出去！」

聽到這個聲音，胤禛心情驟然一鬆，張廷玉與隆科多更是徹底放鬆下來。來了，終於趕來了，能來這裡，十三爺必然控制了豐臺大營。

與他們相反的是胤禩一夥人，一個個面色大變，在看到隨胤祥進來的將士後更是如喪考妣，他們連最後的殺手鐧也沒有了。

「皇阿瑪！」胤祥一進來就直奔床榻前，待看到靜靜躺在那裡的康熙，他眼中浮現出從未有過的害怕，顫聲問著旁邊默然不語的胤禛：「四哥，皇阿瑪……皇阿瑪他睡著了是不是？」

胤禛被他這一句話再度勾起了哀思，落淚哽咽道：「十三弟，皇阿瑪他……他已經龍馭賓天了。」

「不！」胤祥爆發出撕心裂肺的聲音，撲到康熙身上泣聲道：「皇阿瑪，皇阿瑪您睜開眼睛看看我，看看您的老十三啊！為什麼，為什麼您連最後一眼都不讓我看。究竟我做錯了什麼，您要這樣懲罰我，皇阿瑪！皇阿瑪啊！」

「五歲那年，您說兒子拉弓的姿勢不對，臂力不夠，兒子就天天練，一直練到十個手指頭全部起了血泡，可以將弓弦全部拉開為止，可是您再沒有看過兒子練習拉弓射箭。同樣是您的兒子，二哥是天邊的月亮，兒子就是地上的爛泥，任人作踐。皇阿瑪，您告訴兒子，究竟兒子錯在哪裡啊，讓您這樣不待見兒子！」

胤祥痛哭不止，將幾十年的委屈都哭了出來，幾乎要暈厥過去。他被圈禁十餘年，好不容易出來，康熙卻已經過世，連最後一面都沒有見到，這無疑是他一生都揮之不去的遺憾。

胤祥的痛哭也將幾位阿哥的悲意重新勾起來，一時間，春暉堂內泣聲連連。

張廷玉抹了把淚，扶住胤祥道：「十三阿哥節哀，眾位阿哥節哀，現在還是宣讀先帝遺詔要緊。」

數度勸說後，胤祥方才勉強止了淚，隨胤禛一道跪下，其他阿哥也依次跪好。

隆科多曉得這次應該是鬧不起來了，暗鬆一口氣，取出遺詔，展開後朗聲唸道：「雍親王皇四子胤禛，人品貴重，深肖朕躬，必能克承大統，著繼朕登基即皇帝位，即遵典制，持服二十七日，釋服布告中外，咸使聞知。欽此！」

聽得遺詔果然是傳位給胤禛，胤禩等人皆面如土色，深曉這一局他們徹底輸了，輸給胤禛。

隨著隆科多聲音的落下，胤禛流淚磕頭，泣聲道：「皇阿瑪，兒臣如何擔得起您如此重託！」

張廷玉與隆科多一人一邊扶住胤禛道：「先帝已經龍馭賓天，皇上還請節哀。」隨著遺詔的宣讀，兩人不約而同地改了稱呼，同時也意味著，從這一刻起，胤禛不再是皇四子或是雍親王，而是大清繼康熙之後的又一位皇帝。

在扶胤禛至椅中坐下後，張廷玉朝尚跪在地上的一眾阿哥道：「大位已定，請諸位阿哥朝拜新君！」

隨著這話，他自己拍袖跪地，李德全緊跟著拉了弘曆跪下。至於隆科多因捧有先帝遺旨，故無須下跪，肅容站在胤禛身邊。

胤祥是阿哥中第一個跪拜行禮的，其他幾位阿哥面面相覷，曉得事已成定局，當下也是乾脆，三三兩兩走到胤禛跟前跪下。「臣等參見皇上！」

當中包括了三阿哥與十七阿哥，到最後，只剩下胤禩等三人尚跪在原地。

隆科多肅聲道：「八阿哥、九阿哥、十阿哥，你們為何不跪拜新君，可是對先帝遺詔有所懷疑？」

胤禩暗嘆一聲，沒有說什麼，只是起身走到胤禛面前，沉聲道：「臣胤禩叩見皇上，皇上萬歲萬歲萬萬歲！」

在他之後，胤禟與胤䄉兩人不情不願地跪了下去。

康熙六十一年冬，十二月二十日，康熙帝病逝於暢春園，皇四子胤禛即位，是為雍正皇帝。

熹妃傳

熹妃傳 第一部第六冊

作　　者／解語
執 行 長／陳君平
榮譽發行人／黃鎮隆
協　　理／洪琇菁
總 編 輯／呂尚燁
執行編輯／陳昭燕
美術監製／沙雲佩
美術編輯／陳又荻
國際版權／黃令歡、梁名儀
企劃宣傳／洪國瑋
文字校對／朱瑩倫
內文排版／謝青秀

國家圖書館出版品預行編目資料

熹妃傳．第一部／解語作．-- 1 版．-- 臺北市：城邦文化事業股份有限公司尖端出版：英屬蓋曼群島商家庭傳媒股份有限公司城邦分公司尖端出版發行，2022.10-
冊；　公分
ISBN 978-626-338-480-4（第 6 冊：平裝）

857.7　　111013425

出版／城邦文化事業股份有限公司　尖端出版
台北市 104 中山區民生東路二段 141 號 10 樓
電話：（02）2500-7600　傳真：（02）2500-2683
讀者服務信箱：7novels@mail2.spp.com.tw
發行／英屬蓋曼群島商家庭傳媒股份有限公司城邦分公司　尖端出版
台北市 104 中山區民生東路二段 141 號 10 樓
電話：（02）2500-7600　傳真：（02）2500-1979
劃撥專線：（03）312-4212
戶名：英屬蓋曼群島商家庭傳媒（股）公司城邦分公司
劃撥帳號：50003021
※ 劃撥金額未滿 500 元，請加付掛號郵資 50 元
法律顧問／王子文律師　元禾法律事務所　台北市羅斯福路三段 37 號 15 樓

台灣地區總經銷／中彰投以北（含宜花東）　楨彥有限公司
電話：（02）8919-3369　　傳真：（02）8914-5524
雲嘉以南　威信圖書有限公司
（嘉義公司）電話：（05）233-3852　　傳真：（05）233-3863
（高雄公司）電話：（07）373-0079　　傳真：（07）373-0087
馬新地區總經銷／城邦（馬新）出版集團 Cite（M）Sdn Bhd
電話：603-9057-8822　　傳真：603-9057-6622
E-mail：cite@cite.com.my
香港地區總經銷／城邦（香港）出版集團 Cite（H.K.）Publishing Group Limited
電話：852-2508-6231　　傳真：852-2578-9337
E-mail：hkcite@biznetvigator.com

版　次／2022 年 10 月 1 版 1 刷　Printed in Taiwan